LOCUS

LOCUS

L O C U S

LOCUS

RECREATION

R24

道士下山

作者：徐皓峰
責任編輯：徐淑卿
校對：呂佳真
法律顧問：董安丹律師、顧慕堯律師
出版者：大塊文化出版股份有限公司
台北市105022南京東路四段25號11樓
www.locuspublishing.com

讀者服務專線：0800-006689
TEL：（02）87123898　FAX：（02）87123897
郵撥帳號：18955675　戶名：大塊文化出版股份有限公司

總經銷：大和書報圖書股份有限公司　地址：新北市新莊區五工五路2號
TEL：（02）89902588　FAX：（02）22901658
製版：瑞豐實業股份有限公司
初版一刷：2009年5月
初版九刷：2024年5月

定價：新台幣 280元
Printed in Taiwan

道士下山

徐皓峰／著

隱市者，早逝者，混世者

徐皓峰

一九九二年，高中畢業前夕，我在三味書屋見到一本民國道家文化的書，登有編者照片，暗覺將來會認識此人。一九九八年，我結識書的編者，他已八十餘歲。他非出家人，住在鬧市中。

隨他學習初期，我的語言表達能力降低到最低點，便採取一種特殊交流方法——寫文章讓他評點。他因有濃重口音，也是邊說邊寫。

對我寫的文章，他說「下筆如有神」，這是在諷刺我。因為某些問題，看我文章，他覺得我已經懂了，一問則發現我不懂，實在缺乏悟性，只是偶爾筆下通靈。

這些討教文章，因他介紹，有幾篇在道教刊物上發表，有讀者還熱心地邀請我出家。我是辭職求學的，不是為省出時間，是因為心境，不知覺便閒置了自己三年。三年後，我的筆用於寫紅男綠女、時尚消息了。很懷念以前為求學而寫字的歲月，那種文字裡沒有掙扎。

我去老人家都是下午三點，他午睡醒來後，會先給我講點民國時期的江湖掌故，然後再論學術。那些掌故便是此部小說的初始素材。

小說採取系列短篇形式，追溯遠緣，是因我一位高中時代的朋友。他早慧卻不早熟，在藝術、佛道上有較高悟性，不耐煩人情世故，活著活著便活傷了自己。他在結婚的第三天逝世，之前他將他寫的武俠小說留給了我。

那是他改寫的古龍作品《三少爺的劍》，僅寫了三章，是三十二歲所寫。在我的高中時代，是他推薦我看古龍小說的。我買的第一本是《大地飛鷹》，此書主人公名叫朴鷹。

不擇手段是人傑，不改初衷是英雄。朴鷹身上兼具人傑和英雄的特質，最後他的英雄本性佔了上風，業敗、身死。古龍的絕筆叫《獵鷹——賭局》，此書中朴鷹死而復生。人傑與英雄之爭，是古龍臨終前思考的命題，我的那位朋友也是這樣。

《獵鷹——賭局》是短篇系列，分看獨立成篇，合看又相互關聯，每篇都寫得很有自制力，惜字如金，國畫一樣留白，人物和情節皆有可遐想的餘地。武俠本是一種情懷，無須寫盡，如三少爺的劍，虛刺一兩下，對手便意會到自己的勝負生死——古龍絕筆便有此味道，這是當年他告訴我的。

古龍最後的文字技巧，於我有教益。所以要感謝他最初的推薦，每一位早逝者都是短篇小說，文止處留下了餘味。

武俠傳奇類文學中罕有系列短篇的形式，古龍一生也僅此一部。古龍在生命力衰微時，煥發出創造力，留下武俠小說的新鮮路數。此路數會有後續者，我便試著沿此路數去寫民國的江湖。

我今年三十四歲，比我早逝的朋友已大了兩歲，想不到我們倆在年過三十後，卻都對高中時熱中的武俠小說，產生創作衝動。也許因為我倆是成人世界中半生不熟的人。

對於高中生，校園之外全是江湖。離我高中校園最近的胡同口，總站著一個假盲人，他緊閉雙眼，腳上拴一個體重秤，對大街上的行人高喊：「給個蹦兒（硬幣），就秤！」這是有償乞討。

他是胡同裡的世代居民，愛跟學生耍貧嘴，我們管他叫「蹦兒」。十年後，我在某地鐵站，看到他仍緊閉雙眼，站在兩個拉二胡的真盲人身後，裝模作樣地拉著二胡，根本拉不出聲。我勸他：「這不是濫竽充數嗎？蹦兒呀，你就不能幹點有技術含量的事麼？」

又過了五年，我在某商廈樓下，意外看到他。他睜著賊亮的雙眼，滿臉通紅地吹著口琴，是王洛賓收集的新疆民歌——《青春舞曲》，吹得鏗鏘有力，還有抖舌、甩腮等複雜技巧。我立刻掏錢……

行文至此，我想，連蹦兒都在頑強地生活，一天天進步，我更要一個字一個字地寫下去。

目錄 CONTENTS

一　下青山萬里愁

一九二六年，杭州西湖邊一棵大柳樹下，睡著一個道士。他的道袍滿是土塵，不知走了多少路，當太陽即將下山時，他伸個懶腰，醒了過來。

他已經睡了六個小時，見到湖面上血色斑斑的夕陽，不由得兩眼癡迷。他叫何安下，十六歲時因仰慕神仙而入山修道，不知不覺已經五年，山中巨大的寂寞令他精神衰弱，到了崩潰的邊緣。為了內心的安靜，他回到了塵世。

飢餓來臨，聽著腹部的鳴響，看著遠近的遊客，何安下捫心自問：「你能不能從世上得到一個饅頭？」他站了起來，離開湖邊，向杭州市區走去。

市區一片酒綠燈紅，細腰長腿的時髦女子高頻率地閃現。何安下走了兩條街，也不能伸出乞討的手，終於他在一棵柳樹下站住，伸出了他的右手。

四十秒後，一個拎著鱷魚皮手包的女子走了過來，她從手包中掏出一塊銀角，要向何安下右手裡放去。何安下忽然抬起右手，抓住一片飄飛的柳葉，顯得是在尋找生活情趣，並非乞討。

女人奇怪地看看何安下，把銀角收進手包，轉身走了。

望著她的背影，何安下喘出一口長氣。心裡殘留的一點自尊，使得他繼續忍受飢餓。腸胃的怪異感覺，令他不能再平靜地站立，他垂頭縮肩地向前走去。

在山中修道時，曾學過一種抵禦飢餓的功法，名為「食氣」——含一口氣在嘴裡，等著它溫熱起來，然後像吞一個飯糰般吞下，此法會引起大量唾液分泌，在喉頭發出「咕嚕咕嚕」的聲響。

何安下大口大口地吞嚥著杭州的空氣，走到了一戶灰磚綠瓦的店鋪前。店鋪門面很小，掛著一幅對聯「告別山中寂寞，迎來世上煩惱」，橫批為「自救救人」。門上還懸有一個菱形燈籠，寫著「男科」二字。

店內陰暗，一個瘦小枯乾的中年男人正坐在桌前打算盤。發現有人走進店中，他停下手中的活計，站起身問：「這位道爺，有何貴幹？」何安下猶豫片刻，說道：「我下山還俗，還沒找到營生，不知你能不能給口吃的？」

店主嘿嘿一笑：「不瞞你說，我也是個下山還俗的人。你哪座山上下來的？」何安下：「龍顛山。」店主：「我是萃華山的，知道麼？」何安下搖頭。店主：「怎麼會？萃華山紫雲閣可是天下聞名的道場！」

何安下「噢」了一聲，勉強做出敬佩神情，店主登時滿面紅光，連呼：「快坐快坐！」給何安下沏茶倒水。

一口濃茶下肚，更感飢餓難當。店主聊起了紫雲閣典故，顯得興致頗高，而何安下連喝幾杯，被茶水刺激得胃部難受之極，終於忍不住了，賠笑一句：「道兄，還是給我個饅頭吧！」

店主一愣，隨即哈哈大笑，跑到後屋拿出一個盤子，盛了三個饅頭一塊鹹菜。何安下狼吞虎嚥吃起來，顯得十分香甜，店主也被感染，嚥了口唾沫，喃喃道：「你完全就是我的當年。」

何安下：「道兄，當年你為何下山？」店主：「嗨，都是這一口吃的鬧的。老哥我當年情場失意，一時萬念俱灰，就上了萃華山。誰料到山上只有瓜果蔬菜，吃得我虛火上升，原本以為食肉會欲念強，誰知吃素對情欲刺激更大。老弟，虛火也是火呀！」

店主長嘆一聲，似有天大委屈：「那時候，見到個小貓小狗，只要是雌的，我就一陣心慌，簡直中了魔障。唉！上山是為了成仙，可我差點做了畜生。我跑下山來，衝進個飯館，吃了一大碗紅燒肉，方才平靜下來。老弟，當時我透過飯館窗戶，望著外面的高山，邊吃邊哭。我破了魔障，可再也回不去啦！」

店主說著說著，兩顆眼淚滾了下來。何安下不敢發出咀嚼的聲響，將嘴裡饅頭嚥了下去，問：「我怎麼沒有這種情況？」店主：「老弟，你上山時多大？」何安下：「十六歲。」店主：「嗨，你還是個童男子。我上山前，已經碰過女人了。男女之事，只要開了頭，就等於是跳了懸崖，和一切好事都絕了緣，只有墮落再墮落。」

何安下聽得目瞪口呆，這時一個背著書包的小男孩走進店鋪，叫了聲「爸！」走入後屋。何安下：「這是你……」店主用袖子擦了把眼淚，嘀咕一聲：「冤孽，冤孽。」一臉痛不欲生的表情。

一個豐滿白皙的婦人拎著個菜籃子走了進來，說一句：「老李，有客人？」向何安下禮貌地一點頭，也走入了後屋。那婦人眼部很美，是雙眼皮。

何安下：「這是你……」店主眼珠一轉，竟有了一絲得意：「怎麼樣，我媳婦不錯吧？知書達理，能生能養。」

何安下覺得眼前的情況不是自己所能理解，嘴裡加快速度，想吃完饅頭就走。見了媳婦後，店主恢復平靜，給何安下倒了杯茶，問：「小兄弟，還俗可不是容易事，我拚死拚活才有了這份家業。沒有一技之長，是活不下去的。」

何安下：「我上山前，曾在藥鋪裡當學徒。中草藥名目至今沒忘，大不了重新做起。」店主一拍大腿，音調高昂：「對路子！看看這是什麼！」

店主胳膊挺直，指著門口的燈籠，正是令何安下百思不得其解的「男科」兩字。何安下：「什麼？」店主嘿嘿一笑，打開旁邊的壁櫃，拿出一個小鐵盒，從裡面取出一把小刀，上下揮舞一圈，鄭重說道：「我是個醫生呀！而且是西醫。」

何安下肅然起敬，說：「聽說西醫能開膛剖肚，切肝挖肺。」店主：「唉，不用那麼費事，我切點小東西，就能養活全家了。」何安下：「你切什麼？」店主：「包皮。」

何安下更加不理解，不敢做什麼反應。見到何安下面無表情，店主以為被何安下輕視，於是補充一句：「我還能切雙眼皮！」

這句話何安下聽懂了，想到他媳婦的美目，不由得真心佩服，說了句：「好手藝！」店主登時兩腮緋紅，如飲美酒，一拍何安下的肩膀，豪氣萬丈地說：「你留下來吧，跟我學本事。」

二　風過西湖千竹悲

三十天後，何安下學到了切雙眼皮的技術，就明白了店主夫人的雙眼皮是天生的。切出的雙眼皮，閉眼時會顯現刀痕，而天生的在閉眼後則是平滑的一整片。

店主夫人眼神清亮，總是雙眼瞪得大大，何安下看到她閉眼是難得的機緣。那天中午，店主坐在門口等著病人上門，不由得打起盹來，忽然摔倒在地。何安下扶店主去了裡屋臥室。

夫人正躺在床上午睡，閉合的眼皮彷彿荷葉，是完整的一片。何安下本想叫醒夫人，而店主衝他擺擺手，自己上床，依偎在了夫人身邊，一會兒就睡著了。

何安下退出臥室，心中頗為感慨，他們夫妻的睡相，正是「相依為命」一詞最生動的寫照。後來的日子裡，店主經常會打盹摔倒在地，何安下認為是男人進中年後精力衰弱了。

在一個沒有病人的下午，何安下對店主說：「你在山上的情欲魔障，主要是你沒有修鍊呼吸，調整呼吸就可以克服素食引發的虛火了。」店主喃喃道：「紫雲閣很保守，說要考驗我三年，才教這個。」

何安下：「我倒是懂，此法能清爽神志，想不想學？」店主瞟了何安下一眼，並沒有一絲嚮往。但店主還是跟何安下學了，兩人每天早晨去西湖邊，坐在石凳上面對湖水吐故納新，何安下彷彿又回到了山中歲月，而店主並不是很上心，常常坐一會就睡著了。

店主蜷曲在石凳上，睡得像個小孩，純潔得令何安下不忍驚動他。但何安下每次都很快地把他拍醒，因為石凳的冰涼就像深山的寒氣，足以滲透到人的內臟。

他們旁邊有一片竹林，有風吹過時，竹葉聲和緩得猶如沉睡人的喘息。一天，何安下拍醒店主，對他說：「孩子之所以能夠成長，因為他和大自然是一體的。隨著年齡的增長，人身上的自然越來越少，於是就病弱衰老。但呼吸是大自然在人體上安裝的密碼，傾聽呼吸就是接近大自然。希望你認真修鍊，一定能治好暈厥的毛病。」

店主怔怔地看著何安下，說：「你是好人。但我的暈厥不是病而是毒。」

店主比夫人大十五歲，一年前，他倆夫妻生活已不和諧。為此，店主開始喝一種叫「黑腐芋」的草藥，據說可以刺激男性能力。

三個月前，他開始頭痛，有時兩眼會瞬間失明。他走訪了西湖名醫崔道融，得到的診斷是，他只剩半年壽命。

何安下大驚，急忙說：「你不能再喝黑腐芋了！」店主淡然一笑，轉頭望著西湖，一片水波來而又去。店主：「其實你的聽呼吸法門，我也知道，但我不會去修，因為我本是為了情欲，方才下山的。」

這時竹林被風吹動，沙沙作響，彷彿男性低沉的哭泣。店主：「山上山下的奔波，令我悟出一個道理——其實成仙是沒有意義的，與其無聊地活上千年，不如快樂地度過一宿。」

何安下從此變得沉默寡言，不辭辛勞地料理醫館業務，不再讓夫人做菜，他來負責一日三餐。他像奴隸般拚命幹活，直到半年後店主逝世。

按照遺囑，店主的葬禮辦得十分簡樸，只是要求給他守靈七天。七天中，夫人哭暈過幾次，都是何安下將她抱回臥室。看著她美麗的雙眼皮生出了黑色，何安下總是隱隱心痛。

半年來，何安下幾次想告訴她真相，相信她會制止店主服藥。但店主選擇了自己的命運，他沒有權利去干擾。他只能安慰自己，當他出現的時候，悲劇已經發生，他所能做的，就是看著悲劇完成。

守靈結束後，夫人帶著孩子回浙江老家，何安下繼續料理醫館生意，每月給夫人寄十塊銀元。他覺得自己將永遠留在這裡，修道已成了一個荒誕的舊夢，因為他要負擔一個女人和一個孩子的生活。

十年後，那孩子將長大，會有贍養母親的能力。而他仍會每月寄去十元錢，這是他一生的任務，好了，永遠留在這裡了。

把杭州人都切成雙眼皮——這是何安下的遠大計劃，但他永遠來不及實施了。三個月後，夫人回到杭州，嫁給了名醫崔道融，然後夫人賣掉「男科館」的房產，何安下被趕出了門。

他帶走的唯一物品，就是那件舊道袍。道袍捆成一捲，包在一張報紙中，拿著它，何安下無目的地走著，忽然聽到一片竹聲。

這正是他和店主鍛鍊呼吸的地方，何安下撫摸著石凳，坐了下來，眼前湖水的波紋猶如夫人的雙眼皮，自然天成。

黑腐芋中也許混入了毒藥，崔道融和夫人也許早已通姦，何安下這樣想著，忽然感到極度睏倦，他倒在石凳上，蜷曲著睡著，正是店主的姿勢。

但他知道，沒有人會將他拍醒，石凳的冰涼已滲進了內臟。

三　入定

西湖賞月——是天下聞名的景致，而杭州百姓其實是不看月的，他們下午五點出發七點回家，躲避月亮像躲避仇人。

來旅遊的外地人和攜帶妓女的官員才聚集在岸邊，更有一批年輕無賴，唱著不成調的小曲，在人群中往來穿梭，大呼小叫，裝醉賣傻。月圓之時，西湖岸邊總是頗為不堪。

只在湖面上，還有賞月的人。他們定下小船，圍著乾淨的茶几暖爐，一面煮茶一面聊天，觀天上明月，看身邊美人，延續著古代士大夫的風流。崔道融是杭州名人，此刻坐在一艘小船上，隨波逐流到了西湖深處。

他的身邊，是一個穿著深紅色旗袍的美婦人，裸露著白皙的脖頸，正是店主夫人。夫人處在一個女人最好的時光，有著青春的元氣，同時有著少女不具備的韻味。

崔道融留著山羊鬍，眉弓高聳，一副古人相貌。這樣的一張臉，能令病人信服，也能震懾女人。夫人眼光流離，慢慢地依偎過來。感受著她肌膚的清涼，崔道融想起了古人遊西湖所用的樓船。

啊，月光，美人，是一定要有樓船的。在江面上佔有一個女人——沒有比這更愜意的事情了。想到在船上造房，古人的智慧令人欽佩。

崔道融挽住了夫人的腰部，那是一種滑膩的手感，船尾的船夫顯得更加多餘。崔道融向船尾瞥了一眼，猛地站了起來。

撐船的船夫消失了，離得最近的船也在兩公里外。崔道融忽然覺得腳面一涼，低頭見甲板已湧上了江水……

湖邊賞月的群眾起了騷亂，因為一個人突然鑽出水面，他濕淋淋地穿過眾人，小跑著向岳王廟而去。冬季湖水陰寒，在此刻游水無異於自殺，群眾好奇地尾隨。

那人跑到岳王廟前，面對黑漆漆的廟宇，盤腿坐在地上。他身上的水凝成了冰塊，整身衣服支起稜角。

也許錯了。沒有證據，他是憑著直覺認定了崔道融和夫人的罪行。不知道他倆會不會游水？何安下緊閉雙眼，對著岳王廟祈禱：偉大的岳王，希望您主持公道，如果他倆無罪，就讓他倆游上岸來吧……

何安下祈禱得筋疲力盡，仍不敢睜開雙眼，因為怕岳王不能顯靈。不知過去了多少時間，身體緊張到了極限，忽然一鬆，眼皮張開。

耳邊響起一片驚呼聲，何安下的視線兩秒後方才清晰，看到離他十米遠站著一大群人，均一臉敬畏。一個黑衣和尚牽著一匹馬，走了過來，謙恭作揖，說：「道爺！」然後蹲下身來，按摩何安下的肩膀和腿部。

何安下：「我這是怎麼了？」黑衣和尚：「您在這入定，已經十天，轟動了杭州。如松長老不願您擾民，讓我接您去靈隱寺。」

在黑衣和尚的攙扶下，何安下起身上馬。十天的入定，令他筋肉癱軟，一下伏在馬上，再也直不起腰。

到達靈隱寺用了四十分鐘，沿路不時有人跪拜，岳王廟的圍觀群眾也有三十多人跟隨。如松長老的住所在靈隱寺最深的庭院，何安下被攙扶進禪房時，他正坐在床上，就著一個小炕桌寫字。

何安下被放在床上，為防止傾倒，黑衣和尚搬過床上的棉被，墊住何安下的後腰。如松舔了一下毛筆頭，說：「我從十六歲開始，每天抄寫七遍《般若波羅蜜多心經》，已經有五十三年了。這一篇還差最後一筆，你能幫我麼？」

如松把毛筆遞過來，何安下拿住筆，上身探到小炕桌前，只見一張黃色毛邊紙上寫著清秀的小楷。

何安下顫巍巍地在紙上寫了一筆，這一筆粗大深重，破壞了整張書法的和諧。看著自己的這一筆，何安下兩眼發直，「哇」地一聲哭了起來。如松：「孩子，你怎麼了？」何安下：「我寫壞了。」

如松：「沒關係。可以重新再寫。」如松把紙一揉，從炕桌下又拿出一張紙，鋪在桌面。何安下上身伏在桌前，正要下筆，卻抬起頭來，瞳孔黑得如同地獄。

何安下：「西湖上有沒有發生命案？」如松：「九天前的早晨，杭州名醫崔道融和他的新婚妻子死在湖心。船沉後，他倆抓到根木頭，但湖水陰寒，他倆是被凍死的。」

何安下的瞳孔泛起一片蒼茫灰色，消滅了所有神情。如松長嘆一聲，將一卷經文放在桌上，說：「抄吧。」何安下立刻俯身抄寫起來。

如松下了床，走出屋去，關上了門。院落中站滿了跟隨的民眾，如松兩手合十，聲音厚重得如同千斤銅鐘：「阿彌陀佛。人間只有痛苦，哪有什麼熱鬧看？都散了吧。」

何安下在如松的禪房中抄寫《般若波羅蜜多心經》，一抄就抄了四十九天。他走出禪房的時候，正是除夕夜晚，杭州民眾有到靈隱寺聽新年鐘聲的習俗，如松僻靜的小院也受到了喧囂聲的騷擾。

何安下站在庭院中，仰頭望天，杭州城在今晚燈火通明，將天空的底邊染成粉紅。一個聲音在何安下耳邊響起，「看來，今晚的天是黑不下來了。」

正是如松長老。

如松穿一件黃袍，應是上等絲綢，他的頭剛剛刮過，閃著亮光，整個人煥然一新。如松：「畢竟是新年，你去首座堂，領身新衣服吧。」何安下：「我想正式出家，再也不出寺門了。」

如松：「你站到月光下，讓我看看你。」何安下移動兩步，對著月光，想自己一定憔悴不堪。如松眼光一閃，隨即暗淡，說：「你在人世間還有一番熱鬧，現在不是出家的時候。」

何安下：「我該如何生活呢？我知道許多修鍊的秘訣，但我沒能力從人間賺回一個饅頭。」如松發出一陣長笑，笑得何安下毛骨悚然。

如松：「你在岳王廟入定十天，俗人看你已是神仙。我保證，只要你走出靈隱，杭州的富商官僚會追著你轉。」何安下：「我並不想要這種生活。」如松：「但你在岳王廟顯示神奇，引發了你多生以來的善緣惡緣，總要有個了結吧？」

此時鐘聲傳來，深邃得可以鑽入心田。何安下向如松鞠躬，轉身打開小院的門，走了出去。

十五天後，何安下接受了一個富商的資助，在西湖邊建起兩層小樓，成立了一家藥房。藥房門庭若市，常有民眾來問禍問福，何安下總是說：「我只是個藥劑師，別的不會。」

他對那個資助他的富商也如此，半年後，富商終於厭倦，只是催著他還債。一年後，何安下還清了錢，從此與富商斷了聯繫。

只是杭州仍有一小批民眾把他當作神人，有著種種傳聞，說他每晚都會走出藥房，到湖邊的一片竹林中修鍊，有好事之徒半夜潛入竹林，卻看到他閉目而坐，臉上掛著淚痕。

還有傳聞，說他每到月圓之夜，會划一條小船到西湖湖心，飲酒到天亮。他每喝一杯，就會往湖水中倒一杯，彷彿與水神對飲。

四　自古大才難為用

何安下積累了兩千個銀元，這是他不曾有過的財富，接下來做什麼？像普通人一樣，好吃好喝，娶妻生子？他一直思索如松長老的話，等待著自己的善緣惡緣，那究竟是些什麼？

他的藥鋪緊挨水邊，在龍頸山道觀時他已知道，水邊是不能修鍊的，因為打坐時身體脆弱，經受不住水的寒氣。之所以選擇這裡，主要是和那片竹林接近，可以拜祭店主的靈魂。

到杭州已經兩年，他只有店主一個朋友。這日晚飯後，他依舊去竹林散步，卻發現竹林地面上有著密集的腳印。有的腳印入地一寸，並蜿蜒出三尺來長，十分怪異。

何安下蹲身，將手指探入這些怪異的腳印，腳印中的土十分鬆軟，手指輕易就插了進去，可入地兩寸。何安下撣掉手指上的土塵，抬頭見一隻烏鴉正站立在竹枝上，愣愣地看著自己。

難道這便是我的善緣、惡緣？

第二天清晨，何安下來到竹林，見一個穿著青色馬褂的男人在竹林中打著太極拳。他練的太極拳和社會上流行的不同，頻頻發力，顯得十分剛猛。何安下在竹葉的陰影中凝視著他，而他不受干擾地繼續打拳，直到兩手向上一舉，收在腹部，方停下來，胸腔中發出一聲低吟，悠揚深遠，很是好聽。

何安下在龍頸山道觀見過道士們打拳，這位俗世中的練拳人比道士們不知要高明多少，不由得有了結交之心，走上前去，作揖行禮。那人兩眼一翻，揉了一下小腹，沒理何安下，轉身走了。

性格古怪者，必有奇技異能——何安下認準這一點，從此每天早晨去竹林看拳，練拳人走後，何安下就憑藉記憶來練。一個月後，練拳者向何安下走來，說：「你練得太差了！我教你吧。」

練拳人叫趙心川，是太極拳大師彭乾吾的關門弟子，彭乾吾以太極推手著稱。太極推手是兩人相互搭著雙手，糾纏旋繞，練習借敵人之力打擊敵人，文化人對推手評價極高，認為是中華武術中深具哲理的絕技。

彭乾吾和人兩手一搭，就可將人彈出，而教授趙心川時，卻說：「推手只是力學，不是功夫。我用它在世俗中炫耀，你是我用來撐門面的徒弟，不必學這個。」所謂撐門面，就是當有人挑戰時，代師迎戰。

趙心川代彭乾吾比武三十七次，均取得勝利，不料彭乾吾卻對他越來越冷淡，後來發展到剋扣趙心川在彭家武館教學生的工錢。慈祥大度的師父變得刻薄小氣，趙心川百思不得其解。

後來一位師叔告訴他：「你這是招來了師父的嫉妒，當師父看到徒弟的功夫超過了他，會偷襲徒弟，把徒弟的功夫廢掉。你師父沒對你下狠手，已經很慈悲了，你還是離開吧。」

於是趙心川從北京來到江南，覺得自己一身武功，應該不難生活，任何一家武館都會高金聘用他，但彭乾吾在北京發表聲明，把趙心川逐出了師門。沒有任何一家武館敢聘用他了，趙心川落魄很長時間，只是在一個月前才透過親戚關係，在杭州小學當了體育老師。

整日教一些小毛孩，令趙心川十分厭煩，到西湖邊打拳，主要是調劑一下心情。何安下：「你已離開了師父，他為什麼還這麼絕情？」趙心川輕嘆了一聲：「我把師父的本事學走了，如果另立門戶，師父就沒飯吃了。」

何安下說他可以一個月出三塊銀元聘他教拳，趙心川很高興，第二天早晨來時換了身新衣服，一招一式教得十分認真。

十五天後，趙心川坐著黃包車來竹林，要何安下出車費，並且練完拳要何安下陪他去吃早點，早點費也是何安下出。何安下思索一下，就把每月學費提高到了五塊銀元，而趙心川依然每天要何安下出車費出早點錢，並且不再教拳術道理，只教動作。

何安下學了八十幾個動作，總是前忘後忘，一日終於醒悟：我這不是在受拳術訓練，而是在受記憶力訓練。於是早晨不再去竹林，不再給趙心川學費。趙心川曾找過他一次，說：「我這種做法，是為了避免我和我師父的情況，在咱倆身上發生。」

何安下：「你不教真東西，我還學什麼？」趙心川搖搖頭，走了，從此再不見何安下。何安下保持著每晚去竹林散步的習慣，看著趙心川在早晨留下的腳印，總是頗為感慨。

轉眼到了夏季，連續十天陰雨，想到趙心川在小學宿舍中一個人孤單生活，何安下買了兩瓶花雕酒，準備晚上給他送去。

月亮升起，何安下走出藥鋪，反身鎖門時，有人影印在門板上。何安下扭頭看去，見一個大胖身影背著月光站立在十米外，看不清面容。那人開口說話，是兒化音濃重的北京腔調：「趙心川教過你？」

一個名字在何安下心中湧現——彭乾吾。何安下忽然感到口乾舌燥，眼皮沉重得幾乎要睡去，只想跳到西湖中，永遠淹沒在水下。

藥店五十米外是一條公路，公路上有行人，也有車馬，那是一條安全地帶。

何安下強忍著睏倦，拎著花雕酒瓶向公路走去。但彷彿受了催眠，走出七八步後，他驚訝地發現自己和那人越走越近。

那人抬起兩臂，招魂一樣對著他。拚了？何安下咬了下嘴唇，疼得全身精神一振，大腦清醒了不少，然後掄起酒瓶，奮力地向那人碩大的腦袋砸去。花雕摔碎，流淌一地。

何安下斷線風箏般飛了出去，撞在十米外的藥鋪門板上。

那人冷笑一聲：「那小子沒教你什麼。」然後背著手走上公路，向著杭州小學的方向而去。

何安下覺得整條脊椎骨都被打得脫了節，喉嚨彷彿堵了一大口黏痰，難以呼吸。他躺在地上，像案板上的魚一樣翻騰幾下，終於坐了起來，然後扶牆站立，趺趺撞撞的向小學行去。

小學宿舍樓，趙心川的房間亮著燈，人卻不在。找到籃球場時，何安下見到兩個黑影快速一閃，然後一個人影僵立不動，突然癱倒。另一個黑影卻不見了。

何安下跑過去，見倒在地上的是襲擊自己的大胖子。何安下四下看去，都沒有趙心川的身影，忽然發覺自己的影子多出了一條腿。看著三條腿的影子，何安下不再動了，說道：「趙師父。」

耳畔響起「嗯」的一聲，趙心川從何安下身後走了出來。趙心川跪在地上，將彭乾吾上半身扶起，用手在他胸口深深一按。彭乾吾像初生嬰兒般「哇」地哭了一聲，聲音稚嫩之極。

彭乾吾哭了七八聲後，忽然兩眼圓睜，一跳而起，衝趙心川狠狠地說：「你行！」便以極快的速度跑出了校園。

五　人去西南天地間

杭州小學的人都知道趙心川病了，不再出屋，一個曾跟他學過拳的藥劑師每日來照顧他，有學生看到，藥劑師倒的痰盂中都是黑血。

何安下給趙心川配的藥均為名貴藥材，藥渣子倒在學校垃圾站，引得一些野狗去吃。何安下在熬藥時總是一臉慎重，因為往藥鍋中混入一點香灰，就可能改變整鍋的藥性，變為一鍋毒藥。

但這一切都是假象，痰盂中的黑血，是墨汁。趙心川並沒有受傷，和彭乾吾的決鬥，他取得了完勝。但兩個月前，彭乾吾到上海教拳，他的勢力威懾到杭州，小學校附近應該有彭乾吾布置的眼線。

裝作受了嚴重內傷，是為了給彭乾吾一個面子。「我不想讓他敗得那麼慘，他畢竟是我師父。」趙心川這麼說，並且決定離開杭州。

當何安下問他去哪裡時，他看著窗框上的夕陽餘暉，說：「廣西或者雲南，有少數民族姑娘的地方……我師父年輕時也曾到此風流，唉，畢竟是師父，這輩子擺脫不了他的影響啦。」

說這話時，趙心川笑了一下，這是何安下見過他唯一的笑容。

一日中午，何安下在藥鋪，搖著蒲扇給藥爐扇風，身後響起了輕微的腳步聲。何安下猛回頭，見是趙心川。

趙心川穿著第一次教拳時的新衣服，慢慢蹲在藥爐前，說：「差不多了，今天是我該走的時候了。」

他掉轉身形，用後背對著何安下，說：「你摸摸我的後背。」何安下雙手按在他的背上，感覺衣服下有什麼在蠕動。趙心川：「每條肌肉都要摸到。」何安下臉色慎重地摸著，感到他後背每一條肌肉都像一條蛇，在盤爬纏繞。

趙心川：「其實太極拳只有一招，就是你摸到的動勢。那些野馬分鬃、玉女穿梭一類的招式，只是我們招攬學生，養家糊口用的。好，你得到了真傳。」

趙心川站起身來，說：「我們師徒此生不會再見面了，為了你獨自修鍊能有信心，給你留下個見證。」他轉身，背對著何安下。

何安下眼睛一花，彷彿看到趙心川後背衣衫上有了水波的漣漪。整個藥鋪一震，一扇玻璃窗「嘎吱」一聲，裂出道縫，卻沒有崩碎。

趙心川哼了一聲：「這才是太極拳。」沒有轉過身來，徑直向門外走去。何安下依舊坐著，沒有站起送別，直到趙心川的背影在門外完全消失，方輕輕喚了聲：「保重，師父。」

六　天女

何安下晚上不再去竹林，而是關上門板，在屋裡練拳。一晚練到子夜時分，卻響起了敲門聲。

開門，見是個穿著淺灰色西裝的中年人，一臉官氣，一字一頓地說：「大師看上了你這所房子。你三生有幸了。」

中年人身後，站著四個肩披紅布的黑壯和尚，高鼻深眼，不像漢人。一個戴著黃色五角冠的瘦弱僧人站在水邊，輕聲說了句：「打攪了。」何安下吃了一驚，這聲音就像是在他耳邊響起。

這夥僧人來自蒙古草原，受浙江省長楊希丁邀請來杭州講學，為首僧人叫曠西達雷，據說已修到夢幻成就，可以潛入到任何人的夢中。他瘦弱白淨，不像草原的粗豪人種，反而更像是江南文人。

藥鋪分為上下兩層，樓上成了曠西達雷的住所。四個黑壯和尚不住店中，而是在水邊搭建了一個蒙古包，入夜後蒙古包的布幔會微微震動，那是他們在低吟「瓦拉波拉南雅舒哈」的咒語。

每當有念咒聲起，蒙古包外的水邊會游來許多魚，彷彿朝聖。這招魚的奇蹟，引來杭州百姓的狂熱崇拜。曠西達雷住在這裡，因為他正在修鍊一種叫「幻光成就」的法術，要依靠月光。西湖如一個銥盤，在夏季時分，藥鋪的位置正對月亮升起的地方，二樓可以得到直射的光。

何安下每晚睡在樓下，總是不能入眠，樓上住著一個能隨意潛入自己夢中的人，令睡眠變得恐怖。他堅持了三天，終於在第四個夜晚，響起了鼾聲。

他夢到店主、名醫崔道融、雙眼皮的夫人，他們叫著「救我！」忽然臉上的肉飛速墜落，呈現出雪白的骨頭。這些骨頭癱在地上，但他們的喊叫聲卻越來越大，這時曠西達雷出現了，他低聲念誦著咒語，地上的骨頭化成了道道銀光，一一融入月光之中……

何安下滿頭大汗地醒來，向著頭頂的地板跪拜。他相信，那三個死去的靈魂已經被曠西達雷超度。他們三人到達月光禪境，消滅恩怨，沒有痛苦。

何安下對著樓上跪拜，虔誠之極，然而這時隱隱地響起一聲女性的呻吟。幻聽？何安下看著頭頂的地板，見一片四尺長的地方在微微地顫動，那是曠西達雷床榻的位置。

佛經上記載，修到羅漢程度的人，會有天女來供奉。曠西達雷已是羅漢？崔道融和夫人的死，是何安下心底的陰影，他希望剛才的夢境是真實的。

何安下輕輕打開店鋪的門，經過蒙古帳篷時，聽到念咒聲已變成了沉重的鼾聲。在月光的照耀下，遠處的靈隱寺隱約可見。

如松長老每晚睡覺前，總是念一聲「阿彌陀佛」，整夜沉浸在這一句佛號中。他早已沒有了夢境，只有這一句音聲。這晚感到「阿」字音忽然變大，彷彿雨天驚雷，他眼皮一張，醒了過來。

窗前有一個人影，如松喚道：「誰呀？」

「抄經書的人。」何安下答道。

何安下坐在院子中央，臉頰迎著月光。如松長老走出禪房，看到何安下的臉，便不再走近，席地坐了下來，兩手合十，低垂雙目。

二十分鐘後，如松把兩手放在膝蓋上，溫和地說：「你的困惑，我無法解答，但可以告訴你一個我的故事。」

這是五十年前的事情，當時的如松還是個剛入靈隱寺的年輕和尚。靈隱寺在宋朝時出了一個濟公活佛，他一生飲酒，在靈隱寺中的濟公塑像也拿著一個酒杯。有好事的信徒，參拜濟公時，會往雕塑的酒杯中倒上酒。

奇怪的是，第二天早晨酒杯一定會空，濟公顯靈的消息在杭州傳開，從此日日有信徒給濟公雕像倒酒。為了維護佛門尊嚴，如松到了濟公殿，指著濟公的雕像吼道：「你生前混蛋，死後還要耍混蛋麼？」

他罵了一個下午，從此信徒們就再也不敢給濟公雕像倒酒了。更奇怪的是，雕像酒杯中的酒第二天沒有消失，直到一年後才自然地揮發乾淨，「濟公戒酒」的消息傳遍杭州，人人都知道靈隱寺出了個法力比濟公還大的如松和尚。

講完這個故事，如松一笑：「其實我知道濟公酒杯裡的酒都是廟裡和尚偷喝的。」何安下「噢」了一聲，起身向如松深鞠一躬，走出了院門。

第二天早晨，何安下給帳篷裡的僧人送早點時，聞到了一股奇怪的香氣，他一直以為那是蒙古的檀香，而現在他有了別的想法。上午十點，何安下在第一副食店買了一包炒熟的黑色芝麻，到了西湖邊隨手撒下，很快便有魚接連不斷地游來。

芝麻在水色中很難被發覺，魚類仰頭吞噬芝麻的動作，正像是信徒一伏一仰的跪拜。

晚上十點鐘，何安下貼著牆面，聽到牆外有摩擦聲響起，他單手按在牆上，突然用掌根一擊，隨後聽到了一聲女性的尖叫。何安下用手錘了下牆，懊惱地哼了聲「果然如此」，然後開門走了出去。

一個女子倒在地上，二樓的窗口垂著一條白布軟梯。何安下隔著牆體擊飛了爬牆的人，那是「敲山震虎」的太極拳勁道。何安下將女人扶起來，是一張清秀虔誠的臉，何安下：「回家吧。」女人一捣臉，小跑著離開藥鋪。

何安下抬頭向二樓看去，只見曠西達雷站在窗口，面無表情地看著他，手一抖，將軟梯抽了上去，然後關上窗戶。

何安下看著藥鋪後的湖水，和五十米外的公路，想到曠西達雷之所以不住城中豪華公館，偏要住這裡，是為了女人夜訪方便。

天亮時，曠西達雷帶著四個蒙古僧人搬離藥鋪。曠西達雷是在五月十六日離開杭州的，在九月十一日，杭州城中貼出一張省長楊希丁簽發的通緝令。

通緝令上說，一個南方漢人雇傭四個青海牧民，冒充密宗活佛，詐騙錢財，誘姦女信徒。看到通緝令，何安下反而十分失落，因為這說明曠西達雷超度亡靈的夢境只是自己的妄想，那三個死去的人仍沒有著落。

自己或對，或錯？也許永遠沒有答案。何安下行至初到杭州時睡覺的大槐樹下，倒身躺下，閉上雙眼。

他知道，一切已不能重來。

七 惡念

也許是那一日在地上睡覺，受了邪寒，何安下的右腹部生出一個癤子。曠西達雷走後，為抑制自己的胡思亂想，他連日來瘋狂練拳，但越練越對這個身體感到茫然。

發現癤子已經晚了，用拔毒的魚石脂塗抹，沒有效果，只能等著癤子慢慢長大，待長成一個瘤子，再開刀割下。

十天後，癤子部位有了痛感，稍一活動便會噁心嘔吐，他知道，那是自己的一小塊肉在潰爛。這塊腐肉，令他無法練拳，也無法安眠，入夜後便在杭州街道上行走，總是不自覺地走到岳王廟前。

岳王廟在湖水旁，大片的水輕響著，似乎和深邃的夜空有著微妙的應和。何安下上觀天，下觀水，漸漸感受到一股巨力加注在自己的腰際，癤子暖洋洋地癢起來，似乎便要好了。

不知站了多久，巨力猛地撤去，腰部再次痛起，何安下跌倒在地。趴在地上，眼見岳王廟的台階，忽然升起一個邪念。

強忍著腰部疼痛，翻入岳王廟。內殿的門均未上鎖，他推開偏殿，見牛皋像前有個深棕色的捐款箱，搖晃了一下，感到裡面毛票銀元有一大團，便抱了出來。

抱著重物，令腰部更為吃緊，痛得深入骨髓。越痛，心中的邪念越旺盛，竟感到極為過癮。何安下抱著捐款箱，直走到山門，想到自己的偷竊行為冒犯岳王，不由得大笑了兩聲。

山門的門閂為兩層，一根橫貫的長閂，一條兩尺的短閂。何安下抱著捐款箱，左腳一抬，挑去了長閂，但短閂鑲在木架中，不是腳能挑開。

何安下緊抱錢箱，不願放下，單腳抵在短閂上，蹭了兩下，無法打開。引得他心下發狂，明知不可，卻停不下來，腳撥得短閂「哐啷」作響，如籠中困獸一般。

他兩眼血紅，腳跟抬起，便要一腳踏實，將短閂踹斷，破門而出。此刻身後響起了一聲輕輕的嘆息：「唉，年輕人，我有什麼可以幫你的麼？」

回頭，見山門台階下站著一個拿著長把笤帚的老者，他身材魁梧，頭頂頭髮全部掉光，腮部寬大，長滿了短鬚。

老者將笤帚伸上台階，在短閂上一掃，短閂聽話般抽開。然後笤帚抵在門上，向後一撤，竟產生強大吸力，沉重山門「吱嘎嘎」打開來，黑漆漆的湖面展現在何安下眼前。

何安下只覺心慌，抱著捐錢箱跑出岳王廟，奔出二三十米後，方喘上一口氣來，回頭見老者站在廟門口，暗叫了聲：「慚愧！」心中清澈起來，滔天惡念竟然沒了。

他想把捐錢箱抱回廟前，卻感到一股殺氣襲來，本能地周身一緊，腰部癤子部位像被捅了一刀，再次痛起來，痛得跪在地上。

老者拿著笤帚走近，用木柄把何安下扶在捐錢箱上的手挑開，一腳踢起捐錢箱，用笤帚托住，一路托回了岳王廟。捐錢箱重二十餘斤，笤帚則是用柔軟的高粱穗綁紮的，本不具支撐之力。

山門關上後，何安下腰部的疼痛便止住了。

他知道，老者做出追擊氣勢時，自己的癤子是全身最脆弱的部位，首先受了刺激。揭開衣裾，見癤子已破裂。

何安下手搗傷口，跑回藥鋪，縮在床上，擠出了癤子中的膿水，足有一酒杯之多，敷好藥後感到周身輕鬆。

岳王廟守夜的老者究竟是什麼人？

第二日，何安下買了一盒糕點，去了岳王廟，見那位老者正在擦樓梯扶手，他跪在台階上，動作遲緩。

何安下叫了聲：「老先生。」他回轉頭來，兩眼無光地瞥了一眼，然後撐著扶手，費力地站起，昨夜的英雄豪氣不剩半點。

他的下眼袋很重，呈青黑色，這是長期失眠的症狀。何安下說了句：「多謝。」把糕點盒送上，老者面無表情地接過，然後轉身蹲下，繼續擦扶手。

何安下明白他不會和自己交談，於是衝老者背身作揖一下，就此離開岳王廟。

經過二十天休養，腰部傷口癒合，何安下重新開始在竹林裡晨練。但不知是腰部癤子的膿血未盡，還是那夜在岳王廟突然萌生的惡念死灰復燃，每當他將太極拳練至剛健，便感到一陣噁心，難以抑制。

一日，他練拳時瞥見身後竹枝上攀著一隻小貓般大的黑色動物，毛色油亮，登時噁心到極點，於是跺腳發力，在地上印出一個腳印。而那隻動物並不驚走，攀在原處。

他心中一涼：「這是幻象，一定是我心中惡念所顯現的。」他決定不理它，專心致志地練拳。練一會後，還是忍不住又向竹枝瞥了一眼，動物仍在。

何安下轉身，收住了拳勢。他長呼一口氣，感到神志清醒，再次回身，想看看那隻動物究竟是不是真的存在。但他的視線沒轉到動物處，便停住了，因為竹林中蹲著一個穿中山裝的青年，竟然一直沒有發現。

中山裝青年低頭擺弄著一塊石頭，攀在竹枝上的動物三分像老鼠七分像兔子，一雙綠眼癡迷地盯著中山裝青年，猶如老鼠見了貓或者兔子見了鷹。

何安下心頭一懼，青年能夠震懾住自己身旁的動物，自己卻毫無感覺，這該是怎樣的武功？

青年抬頭，對何安下一笑，似乎是抱歉的笑意。何安下也笑了一下，青年手揚起，石頭飛出，正中那隻動物的鼻梁。

動物自竹枝跌下，身形一鬆，伸展開的身體比在樹枝上長了一倍，就此癱倒死去。青年走上去，拎起動物屍體，欣喜地說：「杭州真是好地方，能把鬼東西滋養得這麼大。」

何安下知道遇到了非常之人，沒搭青年的話，向竹林外走去。青年卻追上來，問：「能否借你家的爐灶用用麼？」

青年眉弓稜角犀利，眼窩深陷，面色黝黑，是廣西一帶人的相貌。何安下點點頭，說聲：「可以。」

竹林光色轉暗，頂部竹葉響起瑟瑟之聲。兩人走出竹林，見石板路上有了零星濕痕，天空呈鉛灰色，偶露慘淡黃光，即刻便是一場暴雨。

八　彭家的東西

雨停了一個時辰後，中山裝青年從廚房捧出一鍋燉肉，熱氣騰騰，卻無香氣。香氣已盡數收入肉中，一流的廚藝方能如此。

肉裹著厚厚的一層皮，皮上還有著未刮淨的白色毫毛。青年注意到何安下的表情，笑道：「野味的精華全在皮上，老兄，你知道這是什麼？」

青年打下的是竹林中的老鼠，因長年吃竹筍，而肉帶清香，是廣西名菜。青年夾了一塊吃下去，示意何安下也動筷子。

何安下試著吃了一口，便禁不住一口一口地吃下去。兩人無話，把一鍋肉盡數吃完，青年整肅衣領，坐得腰桿筆挺，說：「你已吃過天下美味，此生足矣。抱歉，你的性命我要取走。」

何安下：「你是彭乾吾的人？」青年：「我是他第七個孩子。父親是太極拳一宗的掌門，

要處理許多俗事，練武時間少，武功難有進境，不退步已是難得了。」

彭乾吾敗給了徒弟趙心川，自己是唯一的目擊者，彭家殺自己，是要維護名譽。想到自己得了趙心川真傳，倒不懼彭家，何安下不由得嘴角泛笑。

青年接著說：「但太極拳的頂尖人物，還在彭家。彭家有一個人超過了彭乾吾，也超過了趙心川。」何安下：「誰？」

青年：「我。」

青年手中的筷子點在桌面中央，桌子立刻單腿立起，桌上盤碗開始滑動。何安下跳開，退到門口。

當盤碗即將滑落時，青年劃動筷子，桌子恢復平正，懸空的三條桌腿逐一落地，盤碗在桌面邊沿停住。

青年一笑：「我父親得了太極拳的柔勁，趙心川得了太極拳的剛勁，而我無剛無柔。老兄，來吧。」

何安下走近，一拳擊出，卻感到青年忽然變得遙遠，自己則像跌入了水中，身體失重，慢慢地沉下去。

其實何安下是飛速跌出了門。

青年走出門來，笑道：「哈，你身上有太極拳的拳勁，想不到趙心川傳給了你一點真東西。我會讓你死前，充分體會到太極拳拳勁的。」

何安下：「我想受你一百拳而死。一拳打死人，誰都可以做到，一百拳打死人，並不容易。」青年冷笑：「我倒想試試。」

何安下掙扎而起，揮掌向青年劈去。青年一抬左手，何安下的掌便凝固在青年手腕上，拉扯不開，似乎是黏住了。

青年右手捋了下鬢角，何安下被打了出去。

跌倒在地時，何安下感到四肢疼痛，但並沒有受內傷。他想，看來青年中計，沒有下殺手，如果能逃到岳王廟，便有救了。

何安下搖晃著站起身，做出再次出擊的姿勢，青年露出愜意的笑容，何安下卻轉身就跑，奔出五十米後，跳上一座石橋，上了熙攘的大街。

今天正是秋季廟會。何安下混入人群後，感到安心，放慢了腳步，卻聽得身後響起驚叫聲，回首，見人群中閃出一道縫，越裂越大，正向自己而來。

這道人海裂縫中，不斷有人被拋起。想不到青年竟然在大街上施展武功，毫不避諱，何安下知道他對自己下了必殺之心。

青年追入岳王廟，穿過大殿，見何安下鑽入了後院的一間小土屋，這是廟裡打雜人員住的房間。

何安下進屋後並不關門，青年穩住腳步，挑開布簾，踱步入門。

室內光線昏暗，只在後牆上有一扇小小的玻璃窗戶。何安下站在牆角，喘著粗氣，屋中坐著一個老人，手中拿著兩米長的粗重木桿。

老者聲音低沉：「關門吧，屋裡進了蒼蠅。」青年反手關上門，冷靜站立。老人單手握著大桿子，在室內揮動起來。室內狹隘，而桿子揮灑自如，像是在極其寬闊的地方舞動，沒有一絲懈怠。

桿子猛地扎在了後牆那扇小玻璃上，然後慢慢撤下。玻璃上有了一星穢跡，是一隻死去的蒼蠅。

玻璃並沒有破碎。

青年凝視著窗戶，緩緩道：「彭家的開山祖師彭孝文，傳過一個外姓徒弟，叫周西宇。彭孝文死後，他拜祭靈堂時，遭到了彭家整族人的圍殺，因為彭家的東西要留在彭家。此人翻牆逃走，你知道他的下落麼？」

老者並不回答，反問：「聽說彭家的第三代，出了個天才，可以和彭孝文媲美，但他是外族女子所生，即便武功再高，也不能繼承彭家的正統。你知道他今後的打算麼？」

青年冷笑一聲，也不答話，向老人作了個揖，退出小屋，卻沒有關門。老人緊盯著門口，如臨大敵，過了半晌，一顆石頭飛了進來。

石頭打到後窗玻璃上，卻突然卸力，滑落在窗台。

玻璃未碎。

門自外面關上了。

老者長呼口氣，嘆道：「彭家的東西還在彭家。」轉頭對何安下說：「你可以回去，他不會再難為你了。」

何安下道聲謝，推門而出，見陽光將後院泥地打得雪亮，中山裝青年已走得不知去向。

九　目擊

第二天，何安下提糕點盒到岳王廟，老者在擦樓梯扶手。何安下遞上糕點盒，老者未理，何安下便將糕點盒放在台階上。

老者低聲說：「上次那盒還未吃完，如果是謝我昨天救你，便不必了。」何安下不走，老者側頭看他，兩眼發出刀鋒般的光芒：「想求我的武功麼？」

何安下搖了搖頭，說：「想求你去了我心中的惡念。」

老者向何安下伸出手，讓何安下將他扶起來。老者站好後，瞇起眼睛，示意何安下說下去。何安下說他腰部長癤子時，心中升起了一個惡念，癤子破裂後惡念消失了，便以為是生理影響了心理，而昨日他死裡逃生，回到家後，卻惡念叢生，想上街殺人、破室強姦、攔路搶劫……

老者的眼睛不知在何時合上了，許久方睜開眼睛，說：「惡念，是麼？」此時自樓梯走下

一個少婦，香氣淡雅，穿著得體，一看便知是規矩人家女子。

何安下側身讓路，少婦卻不再走了，兩腳停在上層台階就此不動。何安下驚異抬頭，見老者正與少婦對視，少婦兩眼呆滯，兩腮紅潤。

老者道了句：「跟我走吧。」少婦點頭，「嗯」了一聲，老者走下樓梯，少婦小步跟隨。

他倆直走到後院，老者站在門口，推開屋門，少婦款款走進去，然後老者關上門，對幾米外的何安下說：「這是惡念吧？」

太極拳的高級打法名為「目擊」，不必動手，以目光震懾住敵人。老者三十七歲遭到彭家圍殺時，已達目擊境界，能令追到近處的人瞬間恍惚，所以能有翻牆逃走的空隙。

他隱姓埋名，三十九歲在岳王廟做雜役，四十六歲，想到一身武功永無施展餘地，患上了失眠症。五十一歲時，他發現了目擊的另一個作用——目擊不但可以震懾住敵人，還能震懾住女人。

他今年六十三歲，已經在岳王廟中玩過兩百個女人。

何安下聽得目瞪口呆，老者沉吟道：「這是惡念吧？」何安下垂頭，老者：「我也曾經少年，是心高氣傲的武術天才，自詡日後是宗師級人物，不料老了卻做了流氓。」

老者揮手打開門，說：「今日心境不對，你叫她走吧。」室內昏暗，女人端坐在床，呆若木雞。何安下走入，女人呼吸加速，兩個圓圓肩頭聳起，這是張開雙臂擁抱的預兆。

何安下快速出手，按住了女人的肩膀，道了聲：「出門。」女人點頭，輕輕「嗯」了一聲，起身向前，行出門去。

何安下隨後出屋，站在老者身旁。那女人徑直向前，直走了二十多步，兩個肩膀一鬆，緩緩轉過身來，左右看看，是疑惑的表情。

她恢復了神志，快步向前院走去。

她的背影肩豐臀滿，脖頸長長。老者瞇眼望著，喃喃道：「好女人。」何安下受老者影響，也感美極，不由得點了點頭。

女人走出兩人視線後，老者正色起來，道：「小兄弟，我如果是受人追捧的一代宗師，便不會有這副色鬼樣。所以惡念不是來自內心，而是不得志的生活。」

老者的結論是，想消除惡念，先要改變生活。

何安下自岳王廟走回藥鋪的途中，一直在揣摩自己的生活。「我豐衣足食，房屋寬大，並無一樣不好。難道……需要生活中添加個女人？」

此念一起，驚出一身冷汗。

十　別後休洗蓮花血

藥鋪的生意較好地維持著，何安下坐在櫃檯裡，平靜地秤藥收錢，但時常會有一念：

「我這輩子，就站在櫃檯裡活下去了？」

不知這一念是善是惡。身前的櫃檯和身後的藥櫃子，構成一條一米寬十米長的空間，狹隘且沒有生機。何安下可以容忍狹隘，但不能容忍沒有生機，但他的生機是什麼？

是那個在岳王廟中的女人麼？她去了哪裡？

一日黃昏，何安下剛裝門板關了店，便響起敲門聲。何安下重新打開門板，看到了那個岳王廟中的女人。

她髮髻規整，脂粉清淡，完全不記得他，開口說：「先生，你這裡有藥麼？」何安下：

「什麼藥？」她支吾半天，一咬嘴唇，終於說出：「懷孕的藥！」

說完，面色不改，耳朵卻紅了起來。

何安下強作平靜，請她入門。中國的藥鋪不單賣藥，還配有診病的坐堂先生，在櫃檯外設有一張小方桌。何安下自任坐堂先生，引她坐於方桌旁。

她乖乖地擼起袖子，露出白藕一般的小臂，枕在桌面。

何安下伸出三個指頭，搭上女子手腕脈搏，卻感到自己的脈搏洶湧澎湃，嘆了聲：「不好！」嚇得女子失色，驚叫：「先生！我的身體，真的不能生小孩麼？」

何安下緩過神來，見她楚楚可憐，也不管有沒有摸清脈象，安慰道：「你脈象溫潤深厚，正該多子多孫。」

女人眼光閃亮，說她出嫁三年，仍未有一男半女，不知遭受婆婆多少白眼，而丈夫對她也日漸冷淡。

何安下聽得一陣心慌，匆忙給她開了一副藥，送出店門。她離去的背影，肩豐臀滿，脖頸長長，正是那日岳王廟後院的景象。

何安下不由得喚了聲：「小心！」音量低微，走出幾步遠的女人卻聽到了，轉身詫異地看著他。對視著她一雙秀麗眸子，何安下喃喃道：「你去過岳王廟吧？」

女人一笑，說她去求子。何安下大驚：「岳王是抗擊金兵的英雄，你怎麼好向他求這事？」女人：「他帥嘛！」

何安下不由得笑了，女人笑得更為燦爛，走回來，說：「他死後做神，神要管大小事的。」何安下：「做神這麼麻煩？」女人鄭重點頭，說：「不但岳王管，佛祖也管。」

她後天要被送入靈隱寺的觀音殿中，在轎子裡坐一夜，以求菩薩保佑懷孕。她的丈夫和傭人則在大殿外守候，從大殿的窗戶可以看到裡面的轎子。她眼角一紅，說：「菩薩要不幫我，我就萬劫不復了。」

何安下不知說什麼好，任由她走了。

彈指三日，天色轉黑後，何安下坐臥不寧，喝茶至夜半，終於起身出門。

靈隱寺廟門關閉已有兩個時辰，何安下自廟後菜園潛入，直至如松和尚房舍。室內熄了燈，何安下輕敲窗櫺，響起如松低沉的聲音：「哪個？」何安下：「抄經書的人。」

如松開門，並不請何安下入屋，道：「今晚何事？」何安下：「只想問佛祖開悟的經過。」如松「咦」了一聲，就此沉默，半晌說：「這是大事，請進。」

入屋落座，如松嘆道：「因為一顆星星。」佛祖坐在一棵菩提樹下，發了不開悟不起身的誓言，在第七天夜晚，身心放鬆時，抬頭望見一顆明星，就此開悟證道。

此明星，有人說是真實夜空中的一個，有人說這是暗示佛祖修鍊的是一個名為「準提法」的古老法門。準提法的第一要點是觀想在自己頭頂一寸處有一星亮光，照透五臟六腑，照透日月星辰。

準提法門是宇宙毀滅再生千百億次之前一個名為準提的菩薩所傳，此菩薩流傳下來的形象只有背面。如松自抽屜中取出一面黃布包裹的銅鏡，見鏡後鑄就菩薩背身，有十八隻胳膊。

如松翻轉銅鏡，鏡面清澈，如水一般。如松：「依法修行，菩薩的面容便會在鏡中顯現。」何安下向鏡中望去，卻見到一位女子臉龐，正是期盼懷孕的她，不由得看癡了自己，再也移不開眼光。

如松不動聲色，緩緩以黃布裹上銅鏡。何安下如掙扎出水的溺水者，大口大口地吸氣，平穩之後，道了聲：「慚愧！」

如松笑道：「你深夜來訪，不只是問一顆星星吧？」何安下知道被窺破了心事，卻不願說明，語鋒一轉：「佛祖開悟證道，不會只因一顆星星吧？」

如松點點頭，說：「對。還因為一個女人。」

何安下心驚，怔怔地看著如松。如松溫言道：「佛祖在菩提樹下打坐前，曾有一個女人，施捨牛奶給他喝。有了營養，身體安舒，方有打坐的精力。七日成佛，難道不是因為一個女人麼？」

何安下放鬆下來，笑道：「是從這上頭說的。」如松深淵般的眼睛看著何安下，道：「你以為怎樣？」

何安下頓時面部僵硬，周身一緊。如松反而笑了，道：「你今天為何來？不能說句實話麼？」

聽了何安下的實話，如松皺起眉頭。何安下惶恐地說：「我知道我大錯特錯了。」如松擺擺手，說：「你那點小邪念，不值一提，我只是可憐那個女人。她入廟一宿，是懷不上孩子的。」

夜宿觀音殿求子的風俗，來自北宋年間的湖北寺廟，不知何時傳到了杭州。這風俗是有流弊的，女子的丈夫在殿外搭床守候，防人進入，殿內的花轎又是能從窗戶裡窺視到的，應該一夜無事，但做賊的是廟中和尚，殿內地板有機關，可引女子入地下室……懷上的是和尚的孩子。

如松：「和尚自毀戒律，風氣就此敗壞。我做此廟主持，已知其中奧妙，嚴禁此事，封住地道，只保留此風俗。」何安下讚道：「善舉。」

如松嘆道：「善惡難分。也許是作惡。」何安下呆住，如松許久後說：「那些與女子偷情的前輩和尚，也許不是淫行，而是慈悲。」

如松做主持後，要接待四方的香客施主，漸漸體味世事，再看佛經便有了不同以往的思路。許多佛經中都說佛法的功德可以轉女成男，為何女人要變成男人？因為女人在現實中要受到種種限制，處境痛苦。

比如女人不育，往往原因在於男人，而世俗卻歸咎於女人。女人入觀音殿一宿後仍不懷孕，她在家族中將永遭輕賤。

如松吹熄油燈，月光透窗而入。如松頭顱輪廓泛起一道銀邊，聲音轉而柔和：「我四十一歲做了主持，關閉地道已有三十三年。你可知地道入口在哪裡麼？」

他踩了踩腳下的地面。

為管束全寺僧眾，三十三年前，如松將自己的禪房建在地道入口處。吹熄油燈，是為避免掀開磚面的身影落在窗上，讓人看到。

地道陰寒狹隘，走了兩百多米後，眼前方始開闊，出現一塊二十米見方的空間，有一張雕花榆木大床，被褥幔帳已爛壞如粉，因空氣重新流通，浮起浪花般的白白一層，隨著何安下的走近，飄移出床，潰散在地。

未爛的是一架木梯，頂著一方鐵蓋。鐵蓋鏽跡斑斑，何安下打開後，便見到花轎的底邊。

掀開的磚面在轎子前，被轎子遮擋，正是窗外窺視的死角。何安下從地下升出半個身子，凝望著繡著綠色蝙蝠和粉色桃子的轎簾。

打開後，會怎樣？她能明白我的用心麼，會不會受驚尖叫？

如松長老冒著寺廟名譽毀於一旦的危險，讓自己入了地道，但出於女性的本能，她不可能不尖叫。

只有掀開布簾後快速出手，先將她打暈……

何安下掀開布簾，止住了出手，只見她斜在裡面，頭歪在肩頭，正甜甜睡著，唇齒微張，引人愛憐。

將她抱出轎子，下了樓梯，關上鐵蓋，放在敗絮如積雪的床榻上，她張開眼睛，團住身子，叫道：「你的膽子太大了！」

何安下：「我只是想幫你。其實，我十六歲上山修道，還未經歷過女人。」她兩眼瞪得溜圓，漸漸有了笑意，輕聲說：「你的膽子太大了！」

臨近她身體的時刻，何安下看的是放在床頭的油燈。那是如松叫他拿下來的，燈架為黑銅，觸手處磨得光滑，呈現出一種無法形容的紅色。燈架雕刻的是一個虎背熊腰的天界力士，兩臂反托著燈檯。

何安下默念一句「我無惡念」，就此進入前所未有的境地……

她很早便離去了，坐回地上的轎子中。何安下獨自躺了許久，起身後凝視著油燈架上的天界力士，道：「如果我有了孩子，希望跟你一樣。」

到達如松室內，驚覺天色已明。地下片晌，地上卻換了日月。何安下將方磚蓋好，掃去土塵後，如松上早課歸來，手中拎著一個小籠屜。

早課為咒語念誦，約半個時辰，可令一天警醒。如松眼神清亮，他注意到地面恢復整潔，並不提昨晚的事情，只是把籠屜遞給何安下。

打開，見是兩層包子，一層六個。咬了，入口清爽，原來是蓮藕做的餡。何安下很想去觀音殿看轎子有沒有離去，但不願違如松的好意，坐下，兩三口吃完了一個包子。

如松沏了杯茶，遞來，說：「慢慢吃。雜念一起，善行就不是善行了。」何安下聽懂了話中暗示，默嘆一聲，左手接過茶杯，右手又拿過一個包子，慢慢咬下一口。

他吃幾口包子，飲一口茶，吃完早餐已過去半個時辰，料想她早出了寺院。不知她是哪家的婦人，出了寺門，便天地永隔了。願她懷上我的孩子，從此安定生活，成為一個福氣的少奶奶……

有什麼掉入茶杯中，茶杯雖小，也泛起漣漪，如廣闊西湖。何安下感到下眼皮微微溫熱，抬眼見如松正望著自己，道了聲：「慚愧。」

如松取毛巾遞來，何安下擦去淚水。如松打開窗戶，晨氣入屋，何安下頓感臉上一片清涼。如松：「崇高必墮落，歡愛必離別。緣聚緣散，不過如此，還是看開了吧。」

何安下喝完餘下的茶水，兩手抱拳，向如松作揖，告辭而去。

十一　零落年深殘此身

觀音殿在第二重院子的左側，何安下故意行在右側，但到第二重院落時，仍不由自主地斜瞟一眼。

觀音殿前空空盪盪。何安下調整呼吸，走過第二重院子。第一重院依舊空空盪盪，時間尚早，無有香客。何安下走入山門，山門中供奉的是四大天王，東方持國天王多羅吒身穿白甲，手持琵琶，五官凶惡卻神態祥和，令何安下看了很久。

何安下遐想，這位天王是要用音樂，來使眾生皈依佛教，音樂比語言更能激發心靈，而比音樂更有力量的，便是經歷世事，例如我昨夜經歷了女人……

他兩手合十，向持國天王行禮，感慨萬千地走出山門。他只想沉浸在自己的心情中，不言不語地走回藥鋪，關門停業，完整地睡上一天。但山門台階上坐著一人，這個魁梧身形令他不得不開口，那是岳王廟的守夜老者。

老者瞇眼坐在晨光裡，如一尊木雕。何安下發覺他的相貌和持國天王有些許相像，道一聲：「老先生。」

老者轉過頭來，眼光混濁，伸出手，何安下將他扶了起來。老者神情異樣，何安下不敢問話，扶著走出三十多米，老者低聲說：「我本來想傳你武功，但你根基不佳，成不了一代高手。」

何安下靜等老者說下去，老者卻不說了。又走出二十多米，老者重新開口：「高手是最細心的人，因為比武時生死只在一線間。我是一代高手，卻每次都要你扶才能起身，你太魯鈍了，從來就不覺得奇怪麼？」

又走出十多米，老者說：「我的下身已經爛了。」

不知是兩百女人中的哪一位，令老者染上了一種古怪疾病，半年前，他的後背結了紅色的膿包，形狀如饅頭餿壞的霉斑，後來這些霉斑在大腿上越聚越多。老者拚盡一生的內功修為，令霉斑在胸口止住了，未發展到臉上。

老者失眠已近二十年，半年來更增霉斑痛楚，夜夜如在地獄中。昨夜他意外地睡著了，夢到持國天王，給他彈了一段琵琶曲。音調怪異，超乎人間音樂，令他渾然忘卻此身。

今早醒來後，他懷著治病有望的期待，趕來靈隱寺，在天王塑像前痛哭流涕。也確有奇緣，一個打掃庭院的小和尚，傳給了他一個天王的手印，說可治世間疾病。

老者停住步，兩手垂在腹前，手心向上，食指中指無名指小指交叉，兩個大拇指遙遙相對，道：「小和尚告訴我，讓我體會交叉的手指間隱隱的鬆緊感，體會兩個大拇指隔空呼應。」

何安下：「一定靈的。」老者搖頭：「的確可令身體強健，結手印之法符合『不動之動』的拳術口訣——我在十八歲時就知道了，因為這是太極功夫。」

一個手印竟含有太極拳密意，佛法出乎意料的廣大。老者：「但這個手印是治不好我的，因為我修不動之動已有四十年了。」何安下忙說：「我認識此廟主持，一定有可治你病的法門。」

老者慢慢泛起笑容，說：「我一生不求人，只在今天早晨求小和尚傳我手印，不想再求第二次了。佛法深湛，可惜我來不及修行。我的修行是太極拳，不想再修別的了。」

何安下：「性命攸關。」

老者：「我已活夠。」

何安下明白了老者心境，老者不想做狼狽乞命的事。老者坐在山門台階上時，迷迷糊糊地打了個盹，這是他二十年來的第二次睡眠，第二次夢到了持國天王，天王向他展示了一座金燦燦的山峰，高三百三十六萬里。

老者認為那是天王在暗示他有著美好的歸宿，他的辭世就在今日。

回到岳王廟後院的小屋，老者已渾身癱軟，各種死亡徵兆逐漸出現。何安下將他扶到床上躺好，老者口齒不清地說今天是好日，因為每年的今天都會有一個朋友來看他。

何安下：「您一生都在躲避彭家，怎會有朋友？」

老者發出慈祥微笑，並不回答。何安下思索今日並非節日，便問：「今日是你生日？」老者搖搖頭，語若遊絲地說：「人的生日，並不單是媽媽生你的那一天，還有很多，能令你心境改觀的，便是你的生日。」

老者說完，一陣咳喘，就此昏迷。

但直至黃昏，老者的朋友也未出現。老者在天黑時，醒轉過來，雖手腳不能動，但滿面紅光，雙眼炯炯有神。何安下知道這是回光返照，最多維持一個時辰，老者便要過世。

何安下詢問老者有何需要，老者語調平緩：「想聽曲子，找一個彈琵琶的姑娘吧。」

十二　無名指

跑到西湖邊最大的酒樓，何安下掏出兩塊大洋，叫道：「我家老人快不行了，只想聽曲，你們這琵琶彈得最好的姑娘是哪個？」

店夥計眼神充滿同情，說：「中央提倡新生活運動，振奮民族精神。省長楊希丁這月頒布命令，禁止酒樓賣唱。我看，你還是到妓院找找看吧。」

何安下：「不許賣藝，只許賣身，這是什麼新生活呀？」

夥計：「莫論國事。」

奔至西湖邊最大的妓院，何安下掏出五塊大洋，說明了來意。妓院夥計深表同情，說：「可惜你晚來一步，我們這彈得最好的姑娘，已跟客人進了房間。」何安下：「……次好的，也行。」

夥計：「會彈能唱的，容易受客人青睞。我這麼跟您說吧，凡是搞音樂的，都沒空。」

何安下猛地擒住夥計的胳膊，將他半個身子支起來。夥計疼得額頭流汗，卻緊咬嘴唇，強忍著不出聲。何安下又加了把力氣，夥計開口，聲音壓得很低：「我知道您厲害，心裡服了，但現在提倡新生活運動，如果我喊了，被人誤會成打架鬥毆，妓院就要被查封。您有什麼要求，我給您辦就是了。」

何安下：「帶我去找彈得最好的姑娘，我會和她的客人商量。」

最好的姑娘在最深的院落，穿過竹林小徑，琵琶聲漸漸清晰，如泉水叮咚，令人心緒一盪，接著琵琶聲猛然密集，何安下頓感虛空中布滿拉開的弓弩，即刻便會有無數利箭射向自己。

緊張到極點，琵琶聲又一緩，殺氣頓消，天地平安，只剩泉水滴答之音，餘響四五下，不知不覺中止住了。

何安下暗讚一聲，見夥計滿臉得意地看著自己，顯然為自家妓院能有如此姑娘感到驕傲。

推開屋門，見一個穿碧綠色旗袍的女人背坐在門口，她轉過頭來，兩眼癡迷，仍沉浸在樂境中。夥計：「沈大小姐的琵琶真是絕了，連我這粗人，都聽得神魂顛倒。」

女人緩過神來，笑笑，站起身，面衝門口。她手中並無琵琶，何安下入門側視，見屋中深處有一個坐在圓瓷凳上的身影。

此人斜抱琵琶，身穿淺灰色中山裝，正是彭家的第三代天才。

何安下感到脖梗一陣發麻，但語氣堅定：「這把琵琶和這位姑娘，我要帶走。」青年冷笑：「放肆。」褪下指頭上為彈弦而裹的膠布，揚手向何安下扔去。

只聽空中「噌」的一聲爆響，軟塌塌的膠布，卻發出強弓勁弩的聲勢，迎面襲來。何安下急忙偏頭躲避，膠布卻打在了他的膝蓋上。原來發出大聲，是為了惑亂敵人對方向的判斷。

何安下單腿跪在地上，青年：「如果我再加點力度，你的膝蓋便碎了。上次留你一條命，這次留你一條腿。彭家已給足了趙心川、周西宇面子，滾吧。」

何安下腿上劇痛，掙扎起來，轉身出門。青年卻又叫住他：「給你天大膽子，也不敢冒犯我，究竟出了什麼事？」

何安下回身，見青年抱著琵琶走近自己，便以最簡潔的話語說明了事情的原委。夥計剛才嚇得尿了褲子，兩腿動彈不得，但在何安下說話時，不住點頭，以證明何安下說的屬實。

穿綠旗袍的妓女臉色發白，兩眼卻閃爍動人的光彩，顯然對青年崇拜之極。青年聽完何安下的話，略一沉吟，把懷中琵琶遞給女人，說：「你跟他去吧。我等你回來。」

霎時間兩朵霞雲升上女人臉頰，她用力點了下頭，緊抱琵琶，先一步邁出門去。何安下：「多謝。」青年：「按照我的性情，應是我去給周老先生彈這最後一曲。但我無法彈，因為今晚我兩個哥哥會到岳王廟。」

青年對門外女人說了句：「稍等。」把門關上了，一雙深陷的眼睛凝視著何安下，涼可徹骨。

青年未能斬殺何安下，就此留滯在杭州。半年前，彭家在杭州秘密開了一家餐館。青年到餐館提了一筆錢，衣食無憂，三天前餐館掌櫃找到他，說彭家長子、次子將要到來，因為彭乾吾調查出，彭家上一代的逆徒周西宇就在杭州。

青年：「周西宇雖雄威仍在，畢竟老朽，我一人就可對付，但兩個哥哥偏要來。他倆不是要對付周西宇，是要對付我。這兩個哥哥，一直嫉妒我的天賦。」

青年長嘆一聲，繼續說：「所以，今晚他倆的計劃是，讓我打頭陣，當我和周西宇兩敗俱傷後，再將我斬殺……也許我不會死，而是被挑斷腳筋，永成廢人。」

何安下：「你應該離開杭州。」

青年：「父親從來不喜歡我，就讓他喜歡的兒子殺了我吧。我只是羨慕周西宇，可以病死。」

何安下怔怔地看著青年，青年一笑：「該逃的是你，家父絕不會放過你。」何安下瞬間覺得胸中升起一股力量，令自己安定下來，說：「我是要去岳王廟的，老先生還要聽曲。」

青年仰頭大笑，讚道：「仗義！很好，我保你能走出岳王廟。你要好好活著，把我的技藝傳承下去。」青年向何安下伸出左手，拇指、食指、中指、小指逐漸癱軟，無名指挺立出來。

青年：「我在武學上的獨到領悟，從此開始。五根指頭中無名指最遲鈍無力，要跟著中指、小指方能活動，好像是根廢指。但這根廢指卻是修鍊的關鍵，打太極拳時全身大鬆大軟，但要有一點用力處，如此方能有鬆有緊，成就武功。」

何安下：「在這根無名指上！」

青年：「別激動，我的話說到這份上，傻瓜也能明白。」何安下：「然後呢？」青年：「不用我教，這根指頭會教給你。」

青年的臉轉向屋內，反揮手：「你先走，我隨後到。」

何安下自知多說無益，向青年背影抱拳作揖，開門，帶著那女子快步而去。

十三 笨招

碧綠旗袍女人在老者床前坐下，懷抱琵琶，儀態溫婉。老者眼光一亮，顯然對何安下能找來這樣的女人倍感滿意，女人：「大爺，您想聽哪首曲子？」

老者：「哪首曲子也不聽，我的好姑娘，隨你的心意彈吧。」女人一愣，道：「大爺，您別為難我。我彈曲子只是討飯吃，實在沒有作曲的本事。」

何安下知道老者不是調戲，而是在想他夢中聽到的天王樂曲，於是勸女人：「人間音樂，我們不感興趣，你隨手彈彈就好了，心裡有什麼就是什麼。」

女人撥弄幾下便住了手，楚楚可憐地說：「我心裡空空的，實在彈不下去。」何安下一籌莫展，老者卻笑了，說：「心裡空空的——妙極了。你聽過竹林的聲音麼？竹子並不能發聲，因風而有聲。我的好姑娘，想像自己是一片竹林，感受著天地間的一切，什麼來了，你便有什麼樣的應對。」

老者嗓音富於磁性，聽得女人眼神癡迷。老人說完，她閉上雙眼，十指慢慢摸上琵琶弦，響起一個晶亮的音，隨後綿綿而起，初如晴天小雨，後如天邊雲陣，境界逐漸開闊，不似人間音樂。

何安下坐在女人身後，也想像自己是一片竹林，隨著琵琶音瑟瑟鼓動，身心愜意。當聽得如癡如醉時，琵琶音色漸發出刀劍磕擊之聲。

何安下猛睜眼，見女人與老者均無異樣，琵琶音色恬淡，並無剛才自己閉眼聽到的殺氣，於是想到一事，靜靜起身，悄無聲息地打開了門。

只見後院中站著兩個身影，體格高大，穿青布長衫。

何安下出屋，反手關上門，向兩人抱拳，輕聲道：「我叫何安下，兩位是彭家的吧？」

兩人互看一眼，並不搭話。何安下走至院中，抱拳說：「屋裡老人，我保定了。請出招。」

兩個長衫男人互看一眼，一個人後退幾步，兩手交叉在胸前，做觀望狀。另一個人把長衫下襬掖在腰際，慢慢向何安下走來。

何安下揮拳出擊，卻發現那人猛地貼在了臉前。何安下慌得連退了數步，那人又慢慢走來……

何安下幾次出擊，但每次剛一揮手，那人就鬼魅般貼上來，令自己動彈不得。觀望的人有些不耐煩，叫道：「二弟，別玩了。」

那人回頭說：「大哥，這是個雛，一下就死了。」何安下急忙跑開。那人見何安下和自己拉開了距離，嘿嘿笑了兩聲，說：「別躲，躲也沒用。」

何安下眼前一花，那人又貼在臉前，嘀咕了一句：「不玩了。」何安下頓時感到一股力量透了過來，好像一盆髒水倒進胸腔，說不出的難受，低喘一聲，斷了呼吸。

那人臉上的笑意更濃，一股更大的力量襲來，何安下眼前一黑，心知死亡來臨。但那股大力擦著自己的肋骨轉了一圈，竟然消失了。

何安下頓覺呼吸通暢，連吸了幾大口，視力恢復後，見中山裝青年緊貼在那人背後，兩手托著那人的兩肘。

那人額頭冒出一層冷汗，語調顫抖地說：「七弟，你這是做什麼？」青年：「你放了他，我叫你聲二哥。」

彭家次子向何安下使了個眼色，何安下撤身，直退出十步，方穩住心神。

青年也慢慢後退，和彭家次子拉開了距離。彭家長子靜立在一旁，此時才說話，語調冰冷：「七弟，你忘了今晚我們是來幹什麼的麼？」

青年：「沒忘，但這個人我保下了。」

彭家長子：「好，隨你。」

彭家次子：「等等，此人身上有太極拳拳勁，莫非是趙心川教過的人？」彭家長子：「七弟！」青年：「我教的！」

彭家長子溫言道：「好，他可以走。現在，你倆跟我進屋，會會周西宇。」

室內的琵琶聲仍在持續，青年和彭家次子站到了彭家長子的左右側，三人行至門前，彭家長子對門行禮，朗聲道：「彭家第三代彭玉霆、彭金霆、彭亦霆，拜見周師叔。」

室內沒有答話，琵琶未停，音調卻轉一遍，如大珠小珠滾落玉盤，密集激昂。

彭家長子冷笑一聲，顯得十分氣憤，卻再次彎腰，向門行禮。當他說到「拜見」二字時，在他右側的青年卻低喝一聲，跌了出去。

只見彭家長子手中持一把黑刃短刀，轉瞬間便收入了袖中。青年手捣肋骨，顯然被刺了一刀。

彭家長子笑道：「七弟，你果然是個天才，太極拳勁已滲進了最細小的肌肉，這把刀能劈開十塊大洋，卻只能刺進你三寸深。」

青年癱在地上，手捣肋骨，一雙深陷的眼睛發出野獸的光芒。

一道血自他的手腕蜿蜒滑出，大顆大顆地滴在地上。

彭家長子：「三寸也夠了。」快步逼近，揮掌向青年頭顱拍去。何安下驚叫一聲，想阻攔，但一邁步便被扳住胳膊按在地上，彭家次子不知何時站在了他身後。

青年閉目待死，彭家長子的手掌卻停住了，他緩緩轉身，流露出一種奇怪的表情，只見從院門處走來一個戴口罩的人。此人身材瘦小，穿灰色馬褂，單手拎著一瓶酒。

何安下心中一亮：他是守夜老者等了一天的朋友。

來人停住腳步，說：「這兩個年輕人我要留下。」彭家長子：「可以。看你的本事。」

來人把酒瓶放在地上，伸手向懷裡一掏，看不清具體動作，手中有了把劍。此劍頗長，令人費解如何能藏在身上。來人笑道：「不是用它。有它在身上，活動不開。」

他退到西側牆邊，向上一躍，離地一尺來高，後背貼在牆面。六七秒後，他滑下來，說：「抱歉，只能做這麼點時間。夠不夠？」

彭家長子眉頭挑起，說聲：「夠了。」向彭家次子一揮手，兩人向院外走去。但此刻東牆的陰影裡響起一個沉悶的聲音：「止步，彭家就這麼敗了麼？」

陰影中走出一個胖大身影，正是彭乾吾。

院中人均變了臉色，彭乾吾走到戴口罩的人跟前，兩手抱拳作揖，道：「陳將軍好。」戴口罩的人抱拳還禮，默認了身分。

彭乾吾：「只知陳將軍劍法神通，不料還指功了得。你是把指頭扣在磚縫裡，撐住身體的吧？」戴口罩的人：「錯，如果用指頭，我可待一個時辰。是用意念，想貼上去就貼上去了。」

彭乾吾：「果然神乎其技。」戴口罩的人：「你耽誤在俗事裡，不好好練功。否則，其中奧妙你早該知道。」

彭乾吾：「是麼？」話音未落，以一種極快的速度抱住了戴口罩的人。兩人抱住後，便不再動，其他人不敢上前，各自待在原處。

約過了一袋煙工夫，兩人的身體響起骨骼崩裂聲，三五響後，兩人分開，相互抱拳行禮。戴口罩的人：「你用最笨的方法，卻贏了我。」彭乾吾：「你我沒有輸贏。」然後兩人便各自倒地。

彭乾吾自知技不如人，於是出乎意料地抱住此人，令此人功夫施展不開。他以天生蠻力抱碎此人的胸骨，也被震壞內臟。

彭家長子、次子跑到彭乾吾跟前，彭乾吾拉住長子的手，道：「看到了吧。彭家沒有敗績。我死後，你繼任掌門，只是不要再用暗器。」

彭長子沉重地哼了一聲，彭乾吾指了下遠處的青年，道：「我從來不認為你會殺這個弟弟，我想得對麼？」彭家長子遲緩地答了聲：「對！」

彭家次子跑到青年跟前，從懷裡掏出個小藥瓶，扔在他身上，嘆一聲：「父親從沒給過你好臉色，但他最喜歡你，我們都知道。」說完跑回彭乾吾處。

彭乾吾寬慰地笑了，說：「死在這，讓周師兄笑話。回家！」彭家長子和次子對視一眼，抬起他，快步走出院門。

當彭乾吾的胖大身軀消失後，何安下如噩夢乍醒，從地上爬起，奔到戴口罩的人跟前，一探鼻息，發覺已死去。

院中發生了凶險變故，屋內琵琶聲竟仍在持續。音調絢麗，生出無盡的轉折，似是天界之樂。

青年以彭家次子留下的藥敷好傷口，在何安下的攙扶下站起。兩人面向小屋，均露出詫異表情，青年一笑：「扶我進屋，去看看這是個怎樣的姑娘。」

碧綠旗袍的女人閉目彈琵琶，如癡如醉，入了化境。守夜老者躺在床上，神態安詳，眼珠固定，不知在何時已過世。

何安下兩手合十，向老者深鞠一躬。青年握住女人彈弦的手，上下一抖，將她喚醒。

女人吃驚地看著青年，轉頭要向床上望去。青年摟住她，避免她看到老者的死狀。青年眼神空洞，對何安下說：「這是個有靈性的女子，我要帶走。妓院的麻煩，你能處理吧？」

何安下點頭，問：「你準備去哪？」

青年：「找個遠點的地方，開宗立派。」

女子攙扶著青年，走出後院門。看著他倆的背影，何安下倍感欣慰，這是兩個有才情的年輕人，雖然青年孤傲，但這位彈出天界之音的女人一定可以調和他的性格。

只要能自立門戶，哪怕在海角天涯。

十四　劍仙

守夜老者被判定為正常死亡，院中戴口罩的人被判定為暴力致死，何安下因不願吐露那晚詳情，被作為凶殺嫌疑犯關入了杭州監牢。

入獄十五日後，何安下仍閉口不言。有獄卒知道他曾在岳王廟前入定十天，說法官是個貪官，貪官都很迷信，只要他在獄中入定十天，法官覺得是神人，自然不敢冒犯。

何安下覺得以奇行異能應付過去也好，於是試著打坐，但往往坐兩個小時便累得身心疲憊，始終無法入定，方悟到那次奇蹟是一種特殊心境促成，奇蹟無法重複。

監獄中整日做廣播體操，說是應和中央提倡的新生活運動。新生活運動的宗旨是振奮民族精神，何安下問：「為什麼要振奮民族精神？」獄卒回答：「再不振奮，日本人隨時就打過來了。」

何安下做操時運用彭家七子教的無名指功法，漸漸有了奇妙的感悟，整日自得其樂，甚至不再想出獄。

兩個月後，他被帶上法庭，被宣判故意殺人罪名成立，月底槍斃。何安下思索以自己的武功，越獄不是難事，便接受了。他良好的態度，給法官留下了良好的印象，認為是新生活運動的效果。

何安下不急著越獄，留滯在監獄，是習慣了監獄平靜規律的生活。越獄後去哪呢，回龍頸山道觀麼？還是像彭家七子一般遠走天涯？

在臨刑的前一天，何安下提醒自己：「越獄吧，再晚就來不及了！」但仍懶洋洋的，實在提不起翻牆、鑽下水道的興致。得過且過地挨到晚上，剛要動身，忽然想好好睡一覺，於是躺下呼呼大睡到天亮。

驚覺時間緊張，卻又對死亡產生了好奇，猜測一顆子彈打入心臟，該很愜意。直到被戴上了手銬、腳鐐，才明白死亡真的來臨，罵自己一句：「你活膩了？」

何安下陷入古怪心態，耗光了所有逃走的機會，被押上刑場。槍斃一次兩人，何安下等候在旁側，看著前面的人成雙成對的死去，只感到他們中槍倒地的姿勢都很漂亮，乾脆利索，絕不猶豫。

對於自己的觀感，何安下無可奈何，又罵了自己一句：「你怎麼在死前成了個怪人！」

當輪到他跪在槍擊處，望著三米外黑漆漆的槍口，想的卻是：「才離這麼近。要是在一百米外開槍，死得該多麼過癮。」何安下知道自己不可救藥，無奈地搖搖頭，看向身邊的同刑者。

那是一個絡腮鬍鬚的大漢，垂著腦袋，哭哭啼啼。何安下：「老哥，你犯了什麼罪？」大漢：「……通姦。」何安下：「通姦就判死刑！怎麼會？」大漢：「……強姦。」

何安下不知該如何安慰他，胡亂說了句：「也好也好。」大漢驚愕地抬頭：「什麼意思？」此時執刑的法警怒吼：「快死了，你倆怎麼聊上天了？正經點！」

「砰」的一聲槍響，大漢中彈倒地，凝固的五官仍是困惑的表情。

何安下低頭看自己胸口並無血跡，抬頭見衝自己開槍的法警正「哐啷哐啷」地反覆拉著槍栓，顯得十分焦躁。擊斃大漢的法警走過去，安慰他：「又碰上一顆臭彈？你做了回好人。」開啞槍的法警惱火地說：「總打不死人，對不起我這職業。」

因為按照新生活運動的宗旨，執行死刑時，如果發生現場事故，未能將死囚斃命，便不再執行第二次。因為死囚連受兩次驚嚇，違反人道精神。

何安下免除了死刑，被押回牢房，等待兩種可能——「無期徒刑」或「無條件釋放」。兩日後，何安下被無條件釋放。

藥鋪未遭查封，他回到原有的生活，衷心感謝新生活運動。

平靜地過了五天，五天後何安下覺得自己越來越怪——對任何事都感興趣，沉迷於各種雞毛蒜皮的小事中，看蜘蛛結網可看一天。也可以說對任何事都沒有興趣，不願意吃飯，也不願意睡覺，更不願去想他經歷的人與事，至於太極拳……他甚至想把兩手的無名指剁掉。

何安下知道自己心理異常，不願見如松長老，到靈隱寺善書堂買了一套佛經，強打精神翻看，終於知道自己的狀態，佛法上名為「無記」：不善不惡，窮耽誤時間，死後變低等動物。

這個定義，令他產生無盡聯想，出門看樹上飛燕、水中游魚，發出「我不如它」的感慨，覺得死後變成小魚、小蟲倒也不錯——此念一起，何安下嚴厲批評自己：「不能這樣！」

但振奮了三五分鐘，便委靡依舊，於是不再掙扎，隨著這股惰性活下去了。

回來第十天的清晨，藥鋪跑進一個黑壯大漢，掃視一眼，又跑了出去，接著進來了一個戴墨鏡的人。他周身整潔，穿一身棕黃色西裝，衣料高檔。何安下見門外立著一匹高頭大馬，黑壯的大漢正把馬拴到樹上。

來人手持一把短摺扇，走到診病的小方桌前，徑自坐下。何安下走過去，問：「先生看病？」來人打開扇子搖了幾下，聲音低沉：「不看病，看你。」

何安下：「我？」

來人：「聽說你因一顆臭彈，逃脫了死刑，天底下竟有如此幸運的人。」

何安下：「哪裡哪裡，賤命一條。活了又怎樣？不過無聊度日罷了。」來人大笑：「自輕自賤——想不到你是這麼個人。唉！我拿兩百大洋買你的命，有點不值。」

何安下一驚：「你買通了向我開槍的人？」

來人：「世上沒有無緣無故的臭彈。」

何安下連忙起身作揖，表示感謝，那人合上扇子，說：「世上沒有無緣無故的好人。在岳王廟死去的陳將軍，是我的長官，我想知道那晚的情況。」

聽到彭乾吾殺死的人有軍方背景，何安下沉默了。雖然他對彭家的殘酷內鬥十分反感，但彭乾吾捨命維護彭家的不敗名譽，卻令他產生一種不忍之情，況且自己的武功畢竟源於彭家。

見何安下低頭不語，來人清笑兩聲，說：「我先跟你說說陳將軍，然後你再決定跟不跟我說實話。」

陳將軍年輕時，跟隨東三省一代豪傑張作霖。張作霖身材瘦小，五官單薄，卻煞氣極重，一雙狐眼，機警無比，隨便一瞟，便令天生氣壯的彪形大漢們不寒而慄。

陳將軍也是瘦小單薄之人，對張大帥崇拜至極，一舉一動都在學他。張大帥有奪天下之志，為具備雄征四海的體力，年過三十便戒掉了鴉片。而陳將軍反而越抽越凶，張大帥對這個小一號的「自己」，感情超過一般下屬，痛罵過他多次。

但陳將軍仍改不掉，在一次突發戰役中，隨身鴉片吸光，由於戰事緊張，陳將軍忘記了鴉片，連續指揮作戰三天。在戰況好轉時，給陳將軍送飯的廚子多了一句嘴：「將軍，您看您不抽鴉片不是也過來了麼？」

這句話令陳將軍想起了鴉片，登時難受得滿地打滾，無法指揮，大敗而歸。此戰役爭奪之地，是統一東北的關鍵點，陳將軍覺得愧對大帥，有了輕生之念。

他自殺前，跑到伙房，準備一槍斃了那個廚子。廚子卻說：「我是想一句話消了你的惡習，翻身做好漢，雖然知道關係一場大戰的成敗，但還要冒險一試，因為我覺得你是可造之材！」

陳將軍被說愣了，廚子更加嚴厲：「不料你如此不成器！」陳將軍登時痛哭流涕。

第二天，廚子和陳將軍都消失了。

來人搖著扇子，說：「廚子是遭同門追殺的太極拳高手，那兩年隱身在部隊裡，後隱在岳王廟。陳將軍學了太極拳後，更向上求索，入武當山修習道家劍法，但他每年都要下山一天，到岳王廟飲酒。這一天，便是他犯煙癮大敗的日子。」

何安下想起守夜老者說過的話「人的生日，並不單是媽媽生你的那一天，還有很多，能令你心境改觀的，便是你的生日」，忽然覺得自己心境改觀，連日來的委靡惰性，竟消失了。

何安下兩眼生出神采，來人似乎看到，揮扇說：「陳將軍的事跡對你有啟發？我原是他的勤務兵，就是伺候他吸鴉片的。他的變化，令我一下看淡了世事，他和周師父夜離軍營時，我苦苦相求，才終於帶上了我。唉，一晃二十年了。」

何安下倒茶，把陳將軍身死的真相說出。來人沉默半晌，合上紙扇，嘆息一聲。何安下：「你要找彭家報復麼？」來人搖搖頭：「彭乾吾拚死一搏，笨到極點也妙到極點，陳將軍死得其所。」

此時響起馬嘶之聲，何安下起身向外望去，見門外的黑壯大漢倒在地上，四肢緊縮，已昏厥過去。一個頭戴巴拿馬草帽身穿白色長衫的人站在馬前，姿態瀟脫，正望向門內。

由於診病方桌在室內偏側，門內的人可望見門外的人，門外的人卻望不見門內的人。室內來客摘掉墨鏡，他的雙眼瘺成一線，竟是盲人。他以最直接的方式尋求何安下幫助，小聲說：「外面發生何事？」

何安下說了，盲人聽後表情複雜，重新戴上墨鏡，雙手開始搓摺扇的紙面。何安下霎時明白剛才黑壯大漢先進屋是看清方位告訴他，但他自己走到診病方桌前，不露絲毫盲人跡象，也是奇能。

門外的青年無聲走入，草帽壓得很低，遮擋五官。他走到離盲人五步遠處，伸手向懷中一掏，看不清動作，一把長劍已在手中。

長劍出鞘，劍形十分薄窄，無風而微顫。

盲人道：「拿杯水來。」何安下急忙倒一杯茶。盲人已將扇子紙面全部搓下，只剩竹條骨架，他掰下一片竹條，插入茶杯中，停了三五秒，把竹條抽出，遞給何安下，說：「拿給他。」

何安下見竹條的水跡裡凝結著數不清的細小氣泡，行走了幾步後，發現氣泡並不破裂，如固體珍珠一般。

竹條被送到戴草帽人的面前，他看了一眼，將劍插回鞘中，道：「兩年不見，你已達凝氣於劍的程度，我無話說了。」

戴草帽者抱拳告辭，轉身出門，當腳邁過門檻時，卻突然後竄，反手一刺。劍入盲人肩膀。

戴草帽的人揚起臉，何安下見到一張英氣逼人的年輕面孔，一臉興奮。

盲人坐姿直挺，不因中劍而改變絲毫。他緩緩摘下墨鏡，年輕人驚叫：「你的眼睛怎麼了？」

盲人：「日煉的結果。」

年輕人目光癡呆，像是精神上受了極大刺激，轉身慢慢走出門去。

年輕人的劍留在盲人肩膀，猶自輕輕震顫。盲人臉色慘白，伸出兩指夾住劍身，對何安下說：「止血藥。」

拔劍、敷藥，盲人的臉色漸漸恢復。何安下問：「傷你的是什麼人？」盲人：「我徒弟。」

武當劍法分月煉、日煉兩種，他卻始終不教年輕人日煉法，令青年懷恨在心，兩年前負氣而走。不是他心存保守，而是他也沒有驗證到，這雙眼睛便是兩年裡修日煉法出的偏差。

何安下要扶他去內室休息，他卻執意離去。黑壯漢子仍癱在地上，他輕踢一腳，黑壯漢子大叫一聲醒來，活動開筋骨後，將他扶上了馬背。

盲人坐在馬上，與何安下抱拳告辭。此時，出劍傷人的年輕人自一棵樹後跑出，奪過黑壯漢子手中的韁繩，黑壯漢子掄拳要打，盲人低喝一聲，制止黑壯漢子。

年輕人不說話，抬頭望盲人，目光如電。盲人在馬鞍上，坐姿穩如山嶽。年輕人的眼光暗淡下來，垂頭，牽馬而行。

黑壯漢子在馬後跟隨。

他們走上大道，遠望，只是三個平凡身影。

回到藥鋪，何安下見地上的薄劍猶自閃著寒光，感到一切皆如夢幻。

十五　暗柳生

杭州入了梅雨季節，一日一日皆天色陰慘。何安下很少出門，整天抄寫醫方。不是在醫學上用功，而是修養自己的無名指。

幹做飯、洗衣等家務時，無名指用不上，的確是生活中的廢指。何安下卻發現，獨在寫毛筆字時，可用上它。

毛筆的執筆法，是食指、中指自外，拇指自內，夾住筆桿。食指、中指用力，可以寫出豎線，拇指用力，可以寫出橫線。而無名指自下抵在筆桿上，無名指用力，寫出的是斜線。前三指決定了縱橫格局，是正，而無名指產生了斜線，是奇。不料書法和太極拳一樣，均要依賴無名指生出變化。

何安下整日寫字，體會的是彭家七子的武學。

一日，何安下縮在櫃檯後寫字，無名指自發抖了一下。他仰頭向櫃檯外望去，見兩個穿黑色西裝的人站在了店裡。

何安下站起身，客氣地說：「二位診病，還是抓藥？」兩人並不回答，何安下觀察兩人手的指節部位皆有繭子，呈暗灰色，這是打沙袋、木樁的痕跡。

兩人目光直愣愣的，像是沒有個人意志的犬類，只要聽到號令，便會撲出撕咬。何安下心知還有第三個人，他踱步出了櫃檯，眼光急速掃視店內，卻並沒有發現什麼。

忽然，何安下聽到一絲極其細微的聲音，音質似乎是蟬叫又似乎是笛聲。他側耳辨別聲音來的方向，無名指又自發地一動，兩個大漢的拳頭已打在了自己的胸口小腹。

何安下暗叫「糟糕」，以為自己必被打壞，不料自己的身體卻像團泥，毫不受力，打在胸腹的拳頭，各自滑開了。

兩個大漢愣住。何安下寫字時，練的是彭家七子「全身皆鬆，只有無名指緊」的口訣，現在無名指一緊，全身登時放鬆，卸掉了拳力。

梅雨季節到來後，他寫了數十萬字，成就了太極中乘功夫。

那似蟬似笛的聲音再次響起，兩個大漢身形一錯，拳頭打向何安下的肋骨。何安下的無名指一軟，全身頓時團緊，拳頭如打在鼓面上，反彈出去。

兩個大漢的胳膊甩到了腦後，仍餘力不消，帶動得整個身體退了三四步，方穩住身形。

何安下低吼一聲：「出來吧！」他已聽出那似蟬似笛的聲音來自東窗外。

東壁窗戶外露出兩張人臉，因逆光關係，看不清五官，其中一人離開了窗口。幾秒鐘後，門口走進來一個人，他把手中的傘收起，抖了抖水，立在門旁。他披一件黑色斗篷，頭戴黃色軍帽。

隨著走動，披風散開，露出整身軍服。一般軍服為適應各種體型的人，總是略微肥大，而他的軍服肩部和腿部攏緊，似乎不是統一尺碼，而是專為他一個人剪裁的。這種從未見過的瘦身軍服，不知是什麼兵種。

這個人臉色蠟黃，眼皮鬆懈，顯得十分疲勞。他向何安下抬起雙手，只見他的指頭上繞著一根絲線。他把絲線緩緩抻開，以毫無起伏的語調說：「我是益縣人，益縣的絲綢古來聞名，這是我家鄉的絲線，了不起呀。」

他兩手猛地一拉，細細的絲線彈出一聲，似人打了個響指，音質如蟬如笛。何安下變了臉色，絲線的韌性再大，也禁不住如此大力的一拉，並發出強勁的音質……只有上乘太極拳拳勁，方能做到。

軍官踱步到櫃檯，拎起了一個本子，上面墨跡斑斑，正是何安下抄寫的醫方。軍官讚了句：「漂亮！每個鉤挑，你都寫得特別好。」

他一眼看穿了何安下的秘密，把本子在檯面上擺好，手中絲線垂落在本子上，蠟黃的臉泛起古怪笑容。

線絲如蛇，盤在本子中一個鉤挑的筆畫上，何安下凝視著線絲，嘆道：「我不如你。」

軍官笑出聲來，音色竟十分悅耳，說：「既然無心打了，就聽我說個事吧。」他走到診病桌子前，坐下，兩個黑衣打手迅速站到他身後。

他向何安下招招手，一臉和藹可親的笑容，何安下只好走過去，坐在桌旁的另一把椅子上。何安下坐下時，扭頭向東壁瞥了一眼，窗外的另一人仍在。

何安下：「讓你的人進屋吧。」軍官：「他不是我的人。他皈依了一個古老的信仰，遵循著許多現代人難以理解的規矩。比如，一間房子裡有三個以上的人，就不能進入。」

何安下：「三個人？果然是很奇怪的規矩。」軍官：「三人成眾，三個人在一起，必然會出現兩人聯合、孤立一人的情況，和政黨之間的相互仇殺性質一樣。拒絕三個人，就是拒絕人類社會。」

何安下：「這是什麼信仰？」

軍官笑笑，轉換了話題：「國民黨執掌天下已經十餘年了。國民黨的前身叫同盟會，那是一個暗殺組織，企圖以刺殺滿清大員來顛覆政局。」

何安下聚精會神地聽著，不料軍官又轉了話題：「元朝初年，三位在蘇州旅遊的人留下了一部劍譜。畫上使劍的不是人，而是一隻猿猴，所以這部劍譜被稱為《猿擊術》。招法簡單狠毒，善於把敵人逼入死角，有人說這是日本武功，是中國人對日本劍術的第一次研究。」

何安下點點頭，軍官淡然一笑：「其實不是日本武功。中國戰國時代的刺客，便開始以猿猴自比，猿猴圖畫，是三位刺客在表明身分。」

何安下：「他們留書，是怕暗殺術失傳？」軍官長嘆一聲：「中國的東西不會失傳，老前輩們都把東西留下了。同盟會早期的暗殺技巧，便是依據的這本書。」

兩個獨立的話題，突然聯繫在一起，何安下驚愕地看著軍官，軍官蠟黃的臉色似又重了一層：「從同盟會到國民黨，許多事都不同了，許多人離去了，但現今國民黨中統特務機構中，還留有幾個同盟會的老刺客。」

何安下：「比如……你？」軍官：「我叫沈西坡，上校。」何安下：「沈上校。」

沈西坡點點頭，飛速地向窗外一瞥：「當年，浙江省的一位藏書大家向我們奉獻了這本書，那也是他祖輩偶然買到的。十七年了，我總在想，我們是照書學的，但應該還有跟人學的，古代刺客一代代的傳承，不會斷絕吧？結果，真讓我遇到了一位。」

何安下向窗外望去，窗外的人影始終不曾移動分毫，如同木雕石像。沈西坡莫測地笑了：「但他也有著困惑，就是在猜想，除了他之外，是否還有別的傳承？」

何安下：「他沒有找到？」

沈西坡：「他沒有條件找，因為他是個日本人。後代人之所以誤會《猿擊術》是日本武功，因為和日本武功真的極其相似。元代初年，蒙古人入主中原，大肆屠殺，一批中國人逃去日本，那三位刺客留下這本書，因為他們也走了。」

何安下凝視著東窗外的人影，忽然感到一股莫名的悲哀。沈西坡繼續說：「日本德川幕府時代有兩百年太平，其特務機構發展得非常成熟，操控民眾的各個階層，建立這一體制的是一位劍客，世稱柳生旦馬守。他開始只是幕府的一名劍術教官。」

此時天色昏黃，窗外的人影模糊了。

沈西坡：「柳生家族雖然佔據政治要職，但一直不捨劍客身分，廣開武館，柳生一流武學代表了日本風格。」何安下：「……你剛才說，猿擊術和日本武學極為相似，難道柳生一流和元代三位寫書人有著淵源？」

沈西坡的手指敲了下桌面：「歷史不可測度。何先生，還有更具淵源的事，不知道你想不想聽？」

何安下點頭，沈西坡說：「同盟會是在日本建立的，得到了日本政客的資助，還接受了日本的特務體系。這一體系中，大部分的內容來自德國，是日本明治維新後派留學生在德國軍校學到的，小部分仍是日本傳統的特務手段，畢竟柳生家族成功了兩百年，其經驗不容小視。」

沈西坡年輕時在日本，便接受了日本傳統的暗殺訓練，如化裝成婦女，如用一切生活用品殺人，只要使用得法，甚至一張紙都可以割破人的咽喉。

何安下：「很奇妙的武功。」沈西坡：「不是武功，而是技巧。是對物質特性的把握。真正的柳生一流武功，我們學不到，柳生家族中也少有人學到，這極少的一群人被稱為暗柳生，他們遵循著古代規矩，過著苦修生活，不與世人交往。」

沈西坡望了一眼東窗，目光極為複雜，輕聲說：「從政、開武館的柳生族人，叫作明柳生，雖然時代改變，舊日要人卻是今日新貴。日本當今的特務機構，有明柳生的人佔據著要職，他們託中統協助一位到中國的暗柳生辦事，我們不能拒絕。」

何安下嘆道：「想不到中統特務和日本劍客會有如此深的淵源。」沈西坡垂下頭，聲音變得低沉：「此事無關國家利害，往日的情分是要講的……這位暗柳生，渡海而來，想考察中國的猿擊術傳承。」

何安下：「考察？」沈西坡的鼻翼泛起兩道皺紋，竟有了尷尬之色，但很快又扳平整張臉，語調和緩地說：「我收到線報，岳王廟命案中有一位死者是棄官學劍的陳將軍，兩月前，你的藥鋪曾有神秘劍客到來。請你代為聯繫他們。」

何安下：「你怎知他們是猿擊術系統？」

沈西坡：「柳生武學中最神秘的是日煉月煉。陳將軍以前是軍界人物，偶爾會下山和老部下們相聚。他提起過日煉月煉。」

何安下：「到藥鋪的劍客來了便走，和我並無關聯。」

沈西坡：「何先生，我說了這麼長時間的話，把所有事跟你講清楚，是尊重你的武功，希望你合作。」

何安下：「你的忙，我幫不上。」

沈西坡忽然大笑，直至笑出了眼淚。許久後，他止住笑聲，掏出一條手絹，從手絹上抽出一根絲線，用力一扯，聲音似蟬似笛。

沈西坡溫和地說：「剛才我用一根絲線威懾住了你。其實這不是武功，而是技巧，你的功夫遠高過我。」

何安下變了臉色。

沈西坡的笑容近乎甜蜜：「但我一樣可以殺死你，這就是劍客和刺客的區別。想試試麼？」

何安下的兩隻手縮在袖子中，緩緩閉上眼睛。五秒後，何安下的手向沈西坡的額頭伸去……手碰到沈西坡軍官帽沿，即將發力時，他聽到了一聲清脆的樂音，隨後腦子裡升起一種極為舒服的感覺，似乎喝了一杯上佳的龍井茶。

何安下的眼球乾澀，努力調整視線，見兩個黑西裝大漢已跳到牆邊，沈西坡一隻手拿手帕捂著口鼻，另一隻手拿著個銀亮的打火機，剛才的清脆一響，應是打火機翻蓋的聲音。打火機飄著藍色的火苗，冒著白色煙氣。

「噹」的一聲，沈西坡關上了打火機，站起來，走到牆邊，將手帕從臉上移開，遠遠地說：「這是古老的迷魂香，改為燃氣後，揮發速度增加三倍。何先生，受用麼？」

何安下心中空落落，沒有憤怒沒有悲哀，臉上不自覺地笑了一下，肩膀一塌，整個人癱在椅子中。

十六　凶宅

黃昏，杭州民眾看到一個極其古怪的場面。一個黑西裝大漢撐著雨傘走在前，一個渾身淋得濕透的人跟在後。

如果仔細看，可以看到黑西裝大漢的雨傘中延伸出一根絲線，絲線繫在身後那人的脖子上，他像牛一樣被牽著，走遍了杭州最繁華的街道。

此人兩眼癡呆，竟是曾展現過入定十天奇蹟，後在西湖邊開藥鋪的何大夫。

何大夫是杭州民眾口中的傳奇人物。當黑西裝大漢牽著何大夫第二次經過影壁街時，後面看熱鬧的人跟上了一百多個。

大家看到何大夫最終被牽進一所黑脊白牆的院落中，院門關閉後，就再沒有打開。

到第二天中午，大部分杭州人都知道了這所宅院的來歷。這所宅院最早的主人是一個上海銀行家，到這裡躲債時，被仇人所殺；第二個主人是廣東報館老闆，他在這裡養了一房小老婆，小老婆後來患上了精神病，她被接走後，宅院就一直空著。

聽說在兩年前，宅院換了新主人，但始終沒有人搬過來。有人說那是四川一家藥廠的老闆，買下這所宅院後，家裡就遭了火災，全家早已死光。

這是一所凶宅。

何安下的事情，傳到了警備廳。小隊長周付源正要派人去調查時，辦公桌上的電話響了。接完這個電話，周付源取消了行動，有人不解地問：「不管何大夫死活了？」周付源沒好氣地說：「我的死活，誰管？」

陰雨不斷，何安下神志不清地過了十天。十天中，他沒有再見過沈西坡，每日有一個老媽子給他送兩次粥喝，喝完他便昏昏睡去。他在二樓的一間房中，從窗口可望見樓下的花草。房門每次都被老媽子輕輕帶上，從聲音上判斷，並沒有鎖。

但何安下完全沒有出門逃生的意志，他甚至沒有了起床的想法。這是一張雕花大床，床欄上鑲著四面扇形的白色瓷片，上有古色古香的山水畫。床下有一個馬桶，它是何安下下床的唯一理由。

十天裡，有好事之徒敲過宅院院門，沒有回應。後來有人爬上院牆向裡窺視，院中無人，忽然白光一閃，他跌落在地，被刮掉了半條眉毛。

於是，這座凶宅又成了鬼宅。

第十一天中午，何安下喝下了白米粥，脖頸一陣發麻，軟在床上。門輕響了一聲，老媽子離去了。當何安下即將睡去時，門又輕響了一聲，他睜開一隻眼，門已關上，一雙黏滿泥濘的土布鞋到了床邊。

何安下還沒有看到那人全身時，眼皮已難過地垂下，再無力睜開，只覺得自己的右手被抬起，接著一絲冰涼插入中指裡。

這絲冰涼滲入肺腑，何安下眼皮充電一樣有了精神，登時張開，見到一張消瘦的臉。此人六十多歲，鬍鬚十分骯髒，不知多久未洗過臉，但他的一雙眼睛卻泉水般清澈，似乎可洗去你所有的煩惱。

何安下看到自己的右手中指上插著一根銀針，知是給扎了針灸。那人悄聲說：「你一直被人餵迷藥。彭亦霆是我家少爺。」

何安下：「彭亦霆？」那人一笑：「彭乾吾的第七個兒子。彭家在杭州有一家飯館，我提供蔬菜，我知道你和七爺是朋友。」

何安下腦海中泛起彭家七子孤傲的身影，挺身要坐起，四肢卻依然麻木。彭家菜農背起何安下，開門，行出了走廊。

彭家菜農腳步穩定，大模大樣地下樓，何安下說：「小心。」他說：「不必。」他提高音量，語調中竟有彭家七子的冷峻。

兩人下了樓梯，眼前是一樓的長廊，大約有七八間房。一間屋的門緩慢地敞開了，沈西坡探出頭來，以疲勞至極的眼神掃視兩人，有氣無力地說：「何人？」他說：「種菜的。」

沈西坡嘆了口氣，縮頭，關上了房門。

菜農的呼吸聲停止，背著何安下慢慢地走過沈西坡房門。房門靜悄悄的，沒有任何動靜。

菜農恢復了呼吸聲，繼續前行。

當走到最前一間房時，菜農停住腳步。

房門緩慢地推開，沈西坡一臉歉意地走出了門。

沈西坡：「我不願裝神弄鬼，只是這房屋的結構十分複雜。」菜農：「非要我留一手功夫，才能走麼？」

沈西坡疲憊的眼皮上泛起了湖水微瀾般的波動。

菜農伸出左手，扶在敞開的屋門上。門是上好梨花木所做，沒有塗漆，天然的木紋好似飛天的鳳凰。

卻見那隻鳳凰似乎跳動了一下，長尾的羽毛豐富了許多。

沈西坡眼中流星般閃過一道精光，也如流星，一閃即滅。他依舊一副疲勞模樣，輕聲說：「不拍裂門，卻改變了木頭原有的肌理，把力量控制得很好，不但武功高超，對梨花木特殊質地的把握也十分精準。」

菜農：「種菜前，我做過鐵匠、石匠，還有木匠。」

沈西坡：「佩服，請走。」

菜農背著何安下走到院門，手拉門閂時，門縫裡卻射出了一道白光，一閃便縮了回去。

菜農愣愣地站著，抓門閂的手越握越緊。

沈西坡從背後走來，溫和地說：「你的腹部中了一劍，這把劍很薄，抽出的速度比刺入還快，傷口來不及張開就合上了，血沒有機會噴出來。」

菜農鬆開門閂，轉過身，沈西坡從上衣口袋中掏出一張紙，遞給菜農，不緊不慢地說：「如果你像常人一樣走路，走回家，腸子也不會破裂，用這張藥方吃藥，十天內腸子會合好如初。如果你動武，你的腸子就會破裂。」

菜農原本清澈的眼睛變得污濁，喃喃道：「你的做法很奇怪呀。」沈西坡笑了：「沒什麼可奇怪的，跟你的做法一樣，我們不想殺人，只想顯示一下武功。」

菜農接過藥方，沈西坡把何安下從他背上扶下來，然後打開了院門。菜農兩眼圓睜，盯著門外，想看清楚使劍的人。

門外無人，只是青灰色的街道。

菜農嘆了口氣，與何安下對視一眼，慢慢走出門去。

沈西坡關上院門，上前扶住何安下胳膊，友好地說：「想不到彭家的人會救你，武林中的恩怨真令人費解。」何安下：「不要難為他們。」沈西坡：「放心，彭家不是我們等的人。」

何安下任由他攙著，上樓、入屋。

十七　劍氣

白米粥越來越好喝了，老媽子說換了新米。這種米色澤白潤，兩頭有著長長的尖蕊。

到黃昏時，沈西坡會到何安下屋中待一會兒，他將一把紅木椅子移到窗口，坐著，任血紅的夕陽灑在身上，然後拿一管簫，自顧自地吹了起來。

簫聲惆悵，何安下躺在床上，有時清醒，有時糊塗，不論清醒糊塗，隨著簫音，都會想起許多往事。一日，何安下拚著三分清醒，終於開口說話：「多謝了。」

沈西坡長簫離唇，怔怔地望著何安下，何安下說：「你的簫聲讓我想了很多，以前我在山上做道士，整日煩惱，現在方明白，那其實是我最快樂的時光。」

沈西坡將簫置於膝蓋上，垂頭說：「不必謝，我吹簫不是為你，是為我自己。你以為特務生涯驚險刺激，其實，這一職業最大的特點，卻是寂寞。我在這裡無聊地待了二十多天，為不相干的人，消耗掉自己的時間。我這種人，對人無益，對己有損。」

看著他疲憊的眼皮，何安下竟有了同情之心，嘆道：「並非如此，起碼跟著你，我可以吃上從沒見過的大米。」

沈西坡狠狠地盯了何安下一眼，隨即眼中泛起笑意，說：「我真的一無是處，那大米不是我給的，是暗柳生給的，從日本帶來的。他只吃自己種的糧食，去外地旅行都要自帶口糧——這是他遵守的規矩。」

何安下：「萬一旅程耽擱，糧食吃完了呢？」沈西坡：「他會選擇餓死。」何安下以為沈西坡在開玩笑，笑了一聲。不料沈西坡一臉正色，道：「真的。日本五十年來，處處壓中國一頭，因為他們立了規矩，就嚴格執行。」

何安下覺得這話有很深的含義，卻因身受迷藥，腦力不足以思考，只想出了一個最簡單的問題：「你也吃他的米麼？」

沈西坡笑了：「他把自己的口糧分給你，因為他尊重你。我是一個不值得尊重的人，所以我吃不到這種大米。」

何安下流露出詫異的表情，沈西坡笑了一下，道：「米是最普遍的糧食，但真正可稱為米的米，自古卻只產在一塊方圓不過五畝的地裡，是給皇族獻供的。唐代皇帝曾將此米種賞給日本使節，暗柳生種的便是這種米。」

何安下：「……他為何尊重我？」

沈西坡：「我是騙人把戲，你有真實武功。」

何安下：「我並沒有機會顯露出來。」

沈西坡：「他能看出來。」

沈西坡說完，重新吹起長簫。

談過一番話，何安下的頭腦又清醒了三分，從簫聲中聽出沈西坡的氣息深遠悠長。

夕陽褪盡時，簫聲停頓，沈西坡長簫離唇，轉頭望著窗外黑色的屋脊，眼皮忽然翻起，全無疲憊之色，輕嘆一聲：「終於來了。」迅速站起，閃身出門。

何安下想起盲眼的劍客和叛逆的青年，從床上掙扎而起，但兩臂乏力，撐一下便倒了。此時，院中響起了如蟬如笛的聲音。

沈西坡站在光色昏暗的院中，手中持著絲線，一聲響盡，再拉一下。忽然，房脊上響起另一種聲音，低沉如雷。

沈西坡仰頭向上望，只見屋頂上坐著一個穿長衫、戴草帽的人，此人右手持一柄長劍，左手壓劍尖，將劍彎成弓形，忽然輕放，劍身彈直，發出如雷的重音。

雷音似遠實近，似圓渾卻犀利。沈西坡感到夜色中有什麼東西襲來，兩手不由得一緊，手中的絲線綳斷。

屋脊上傳來淡淡的笑聲，沈西坡張開兩手，任殘線飄落，高聲道：「聽聞劍法練到極處，可發劍氣傷人，我總算見識了。」屋頂上的人開口說話，聲音竟十分年輕：「不，你還沒見識。斬斷絲線的不是我，而是你自己的驚慌。」

沈西坡皺起眉頭：「你不是陳將軍的勤務兵？」青年：「我不是他，也是他。我繼承了他的武學，還有他的名字。」

沈西坡涼了臉色，他知道在一代只有一個傳人的門派中，代代沿用同一個名字的門派多半行事詭秘，甚至參與歷史上的宮廷密變，是中國文化中最黑暗的部分。

於是，他放緩口氣，道：「我們的資料裡，只知陳將軍的傳人是他的勤務兵，沒有姓名紀錄，可以告訴我麼？」

屋脊上的人沉默了，沈西坡叫道：「怎麼？不敢示人麼？」

何安下在此時，艱難地爬出屋門，見對面屋脊上坐著的人影，確是在藥鋪劍傷師父的叛逆青年。他同時看到，屋脊上還有一個穿著和屋脊一樣顏色衣服的人，如貓捕鼠般，高抬腿輕放步，無聲而緩慢地從後面向青年靠近。

沈西坡追問名字，是在吸引青年的注意力。何安下剛要高喊，那個屋脊色衣著的人突然加快速度，右臂下閃出一道狹細的白光，矮著身形向青年滑去。

屋脊嶙峋，他竟可滑行，簡直形同鬼魅。何安下不及高喊，那人已滑到青年身後，斬下白光。

青年側頭向那人看去，此刻天色昏暗，兩人之間似乎有一星微光閃了一下。

那人一聲低吼，跌到了屋脊背面。

青年慢慢站起，放直了手中長劍，指向院中的沈西坡。沈西坡一動不動地站著，在何安下的眼中穩如泰山。

二十秒過去，何安下隱隱覺得有什麼異常情況發生了，仔細分辨，原來多出一種細小的聲音。雖然細小，卻是狼嚎狗吠的強度，只是極低極低。

又過了十秒，何安下聽出那竟是沈西坡的呼吸聲。五秒後，沈西坡突然「嗯」地哼了一下，之後呼吸沉重得如同蓋房的打夯聲。

再過了五秒，沈西坡爆發出一聲怒吼，如獅王震懾自己統治區域內的百獸，雄強威猛。但這一聲過後，沈西坡的脊背頹軟下來，嘆道：「我輸了。」

只是交手前的對峙，已耗盡沈西坡所有的力量。認輸後，他再無顧忌，大口大口地喘氣，如風穿過殘破的窗紙。

屋頂上的青年將劍慢慢收入劍鞘，他專注地看著自己的動作，似乎這是世上最隆重的事情。劍完全入鞘後，青年說：「想不到中統特務裡，還有你這樣的高手。」

沈西坡道了聲：「慚愧。」何安下注意到沈西坡語調平緩，原來青年以那樣的頻率收劍，是為了等沈西坡呼吸恢復正常。

沈西坡慘然道：「我平時騙人的把戲太多，到真實較量時，反而不會了。」

青年：「沒什麼，我剛才贏那偷襲者，用的也是騙人把戲。」

沈西坡周身一顫，仰頭怔怔地望著青年。

青年：「他的傷勢不重。」

沈西坡：「多謝。」

青年一指何安下：「這個人，我要帶走。」

沈西坡沒有作聲，緩緩退入屋廊的陰影中。

十八　日煉月煉

「此日自知身不死，奔走江南數十城。」

這是何安下早年讀過的一首詩，詩應四句，記了兩句忘了兩句。或者，記的兩句，原本不屬於一首詩，只是在記憶的深海中猛然浮現，湊在一起。

離開杭州凶宅，不覺已三日，何安下一直坐在一輛西式雙排座的馬車中。他對著前進的方向，青年面對著他。這樣的位置，是青年對他的照顧，在急速前進中，背對前進方向，容易暈車。

車上備有乾糧，每日只停一次。停在路邊飯館門口，不是買飯而是買開水。開水用以沏茶，茶是西湖龍井。龍井色澤如古代碧玉般含蓄，沉入水中，根根挺立。

青年說草木並非無情，各有品格，龍井可比君子，華美中有著倔強，正可解何安下身中的迷藥。

品著龍井，何安下大腦逐漸清晰，一日問青年：「我該如何稱呼你？」青年回答：「柳白猿。」

這個名字來自遙遠歷史，不知已沿用了一千年還是兩千年，也許人間有仇殺時，便有了這個名字。古代刺客以猿猴自比，難道他們知道人是由猿變來的，嚮往著最初人類的質樸單純？

柳白猿捧起手中茶杯，喃喃道：「你知道猿和猴的區別麼？」看著何安下疑惑的表情，柳白猿繼續說：「古人對生物的劃分方法超乎今人的想像，比如講『蛇無雌，龜無雄』，蛇沒有雌性，龜沒有雄性，蛇和龜相互交合。武當山正陽宮供奉的玄武大帝，便是一尊龜蛇交合的銅像。」

何安下：「竟是如此說龜、蛇，那麼猿、猴呢？」柳白猿：「雜食為猴，食露為猿。」吃果子樹葉、昆蟲老鼠、鳥蛋雛鳥的是猴，猴子一天嘴不停，會吃十五個小時。而猿長在高山，只在早晨吃東西，它們的食物只有一種——露水。

一個人的貴賤，在於他吃什麼，吃燕窩的人和吃窩頭的人，幾乎是兩個物種。動物的貴賤，也在於它吃什麼，食露便是近乎神仙了。

何安下：「只吃露水，怕不夠生存。」柳白猿：「露水在早晨才有，早晨的陽光啟發萬物生機，猿食露水，其實是吃陽光。」

看著何安下疑惑的表情，柳白猿淡淡一笑，說：「這個世界很奇怪，動物不如植物。一切植物都在暗中模仿太陽，樹裡面的年輪，描畫的便是太陽的形狀，一朵花開放，則是太陽的動態。而一切動物，則在模仿月亮。夜晚活動的動物遠遠超出白天，月圓時，所有動物都會變得亢奮，包括土裡的蟲子、深海的魚——它們還沒有進化出眼睛。

「人類是動物，女人有月經。其實男人也有月經，只是不明顯罷了。動物一身都是月亮，唯一的太陽痕跡便是眼睛，眼睛同時具備了太陽的形狀與動態。可惜大多數動物都不會善用這個器官，將眼睛用於彼此仇視了，動物之間相互捕殺，人類之間相互陷害。

「和太陽最為接近的是鳥類，但它們飛上高空，只是為了俯視地面。它們飛翔時背對太陽，所以鳥類是最令人惋惜的動物，它們浪費了自己的天才。

「猿是動物中的異類，它們的眼睛會望向太陽。晨霧中的太陽美妙非凡，猿能領受太陽的巨大靈感。古代刺客以猿自比，表明武功的本質是生物進化。劍法先以月煉，開啟生理上的月亮系統，以達到動物的最敏捷程度，之後便要進入日煉，像猿一般，開啟自身的太陽系統。」

何安下怔怔地聽著，問道：「這是劍法秘密，為何要告訴我？」柳白猿：「告訴你的只是原理，沒有口訣，你依然不知如何修鍊。況且，在這車上，知道這原理的，不只我一人。」

他沉靜地抿了口茶，反手敲敲車壁，朗聲道：「辛苦你為我們趕車了。」

馬車驟然停下。

柳白猿穩坐，任憑茶杯中的水濺出，落在地上，形成一個橢圓。他指著水跡，對何安下說：「地球上一切東西的影子，總是近似橢圓形，等於在描畫太陽，一切東西的運動軌跡也如此。重力，是無形的太陽。」

何安下忽然想到太極拳勁力，忙道：「太極拳是圓中求圓，難道……」柳白猿將食指立於唇前，示意他不要再說。

此時，車門開了道縫，射入一面陽光，鍘刀般立在何安下身前。

門外響起嘶啞聲音，是生澀的漢語，每個字的尾音都很重，令整句話有一種崩裂感：「我的動作還是太重了，以致制服車夫時，被你察覺。」

柳白猿：「不，你很成功。你何時對車夫下的手，我並不知道。」門外聲音：「那你？」

柳白猿：「駕馭動物是一門很深的學問。我坐此車已經三十天了，熟悉馬車夫的頻率，你趕的車比他穩。」

車門拉開，何安下看到一個穿著中國的粗布衣服、相貌俊美的青年。這張俊美的臉，卻越看越怪異，感覺不到皮膚下有血液流動，似乎是一張死人臉。

那人手持一塊抹布，擦去水跡，上車，跪坐在地板上，沉聲道：「我沒有名字，可稱我為暗柳生。」柳白猿：「我也沒有名字，可稱我為柳白猿。」

柳白猿垂下頭，「呲」的一聲，一根針射在地板上。暗柳生：「在杭州屋頂上，你傷我用的是這個方法？」

柳白猿：「我在一年零三個月的時候，嘴裡的針可以吐出兩米遠，三年時可以做到十五米，至今仍停留在此程度上。我有時想，現在科技發達，如果在嘴裡裝一個彈簧機器射針，豈不快捷便利？」

暗柳生：「怎麼說出這種話來？世上沒有比人體更奇妙的機器了，以氣息發針，是武學正道。劍譜上記載，達到一百米後，針便可以不用了，吐氣便可傷人。最高境界，是殺人於千里之外。」

柳白猿：「你達到多少？」

暗柳生：「和你一樣。」

兩人默然，許久後，暗柳生嘆道：「超出一釐一毫都是艱難的，我停留在這程度上，已經三十年了。我多次想過，我恐怕難以練到劍譜中的境界了。學一樣東西，卻不能練到極處，總是遺憾吧。」

何安下看著暗柳生的一張青年臉，暗自感慨：他竟是個老人。

柳白猿：「為了練出發針的氣息，須借助月亮的引力，但每月只有一次月圓，一年不過練十二次。人生有限呀。」

暗柳生再嘆一聲，道：「我已老了，你畢竟還有時間。」柳白猿：「這是個急功近利的時代，我有時間，恐怕沒有潛心修鍊的心境。」

暗柳生：「我的下一代人，已走入邪道。為追求吐氣傷人的效果，他們改變古法，每日喝一種特殊草藥，張嘴可發出毒氣。急功近利，必會傷人傷己。我的兩個兒子死於這種練法，明知他們在做蠢事，我卻攔不住。」

暗柳生一臉死皮，看不出任何表情，但他的胸腹卻發出一種水桶落入深井的響動。何安下知道，那是他的哭泣。

暗柳生止住聲後，向柳白猿躬身行禮，道：「月煉法是艱難之路，劍譜中記載還有日煉法，這是我唯一的希望。我的前輩中尚有兩人掌握此法，他倆脫離家族，歸隱為普通市民，結果在中日甲午海戰時被徵兵，失蹤在海上……你可以告訴我麼？」

柳白猿搖頭，目若寒潭。

暗柳生坐姿挺直端正，面無表情。何安下注意到這種雙腿跪地的坐姿，臀部放在腳跟上，卻不是落實，而是空懸，臀部和腳跟有一張紙的間隔。

這種跪坐，看似笨重呆板，其實膝蓋鬆弛，大腿肌肉始終處於蓄力狀態，身體如在水中微微地浮著，隨時可向四方跳起。

何安下忽然感到後背麻癢，彷彿有一隻毒蠍鑽進了衣服，在皮膚上爬行。他不由得抬手，要向後脖頸衣領裡掏去。

此時，暗柳生一條腿彈出，點著地板，即將站起，但他的動勢突然凝固，以單膝跪地的姿勢一動不動了。

何安下注意到柳白猿斜靠在座位上，正專注地將劍插入劍鞘。他臉側的車壁上插著一把狹細的刀，刀柄鑲有一片菊花圖案，閃閃發光，竟是黃金鑄就。

柳白猿的劍完全收入劍鞘，暗扣發出「咔嗒」的輕響，暗柳生的身體癱軟，慢慢倒下，身體觸到地板時，迅速縮成一團。

這團肉體，緩緩淌出一塊橢圓形的血，彷彿車停時柳白猿茶杯灑出的水跡。

車門在此時打開了，露出了沈西坡疲憊的雙眼。

沈西坡向車內鞠躬，道：「日本男孩從小睡覺的姿勢要求仰面平躺，四肢展開呈大字型，長大後可前途無量。而刺客睡覺則要縮成一團，由於自小的訓練，他們倒地死亡時出於條件反射，一定也會縮成一團。這名暗柳生曾囑咐過我，如果他不幸身亡，請把他的屍體以大字型展開。」

柳白猿點點頭，沈西坡爬上車廂。暗柳生的身體翻過來後，經過一番艱難的擺弄，終成「大」字。何安下注意到他一臉的死皮，似乎煥發了生機，有了常人的氣色。中醫講，人死亡的時刻和出生的時刻有著相似的生理反應，正是「其生如死，其死如生」。

柳白猿拔下車壁上的刀，遞給沈西坡。沈西坡從暗柳生的腰際掏出一把黑銅刀鞘，插入，舉在眉前向柳白猿行禮，道：「刀柄上的黃金菊花是暗柳生的族徽，我將此刀送往上海，上海日本租界中自會來人料理後事。你們可以走了。」

柳白猿皺起眉頭：「無事了？」沈西坡：「中統和日本方面有協議，此事只是一次正常的民間武術交流，不論結果如何，都不會再追究。」他轉向何安下，說：「何大夫可以回杭州繼續經營藥鋪，沒有任何麻煩。」

柳白猿凝視著屍體，臉色沉下來，對何安下說：「我們走。」身形一晃，已到車外。

何安下出了馬車，見此處是一座寂靜山村，土路為深紅色，離車十米有一片池塘，水色青綠，隱隱有著游魚。三十米外，停著一輛墨綠色的軍用吉普車，車外立著兩個外罩黑色披風的軍官。

柳白猿站在池塘邊，閉著眼睛，鼻翼微微翕動，似乎在盡情享受新鮮空氣。何安下站在他身側，問：「一言不合，暗柳生便要動刀，結果送掉自己性命，何苦呢？」

柳白猿的眼睛仍舊閉著，道：「多說無益，他知我不會講出日煉法，想把日煉法的痕跡留在他的屍體上，供他的族人研究。」

何安下轉頭，此時兩名軍官已將暗柳生的屍體搬出馬車，抬向吉普車。何安下心中一急，想要跑去阻止，未抬腳，柳白猿卻抓住了他的胳膊。

柳白猿睜開眼，眼白上有一道長長的血絲，輕輕說：「不必。我修鍊時間尚短，日煉法還未煉成，甚至月煉法我也未煉成。杭州屋頂上，我傷暗柳生是個騙人把戲……我嘴裡沒有一顆牙是自己的。」

他不耐煩練武的枯燥，疑心師父對他藏私，在憤然離去的那段歲月裡，一日突發奇想，覺得牙齒排列的弧線，正是弓弩的形狀，於是將滿嘴牙拔掉，研製出一副假牙，可如弓弩般射出鋼針。

他一笑，露出白淨的牙齒，並不像假的。何安下：「什麼材質？」他：「柳樹的嫩枝剝皮後，便是牙的白色。得七天換一副，否則稍一蔫枯，你就看出是木質了。」

何安下不知該如何回答，四下望了一眼，見山青水綠，吉普車已開走。柳白猿向池塘中吐了口唾沫，水面立刻露出四五個魚頭，爭食唾沫。

柳白猿長笑一聲，嘆道：「這個世上滿是假象，我行的也是邪道。」何安下悵然道：「畢竟，你贏了。」

柳白猿：「那只是手快。我和暗柳生性命相搏，用的都是最凡俗的刀法。劍譜上記載的高妙境界，可惜我倆誰也未曾做到。」

池塘後的農舍升起炊煙，已是午飯時分。普通民眾的勃勃生機，令人感慨萬千。

柳白猿望著乳白色的炊煙，眼神迷離，道：「我本打算帶你去武當山避禍，現在無事了，你怎麼打算？」

何安下：「既然能回杭州，為何不回杭州呢？」

十九　歸來如夢復如癡

家，總是好的，雖然家中只有他一人。

何安下回到杭州，立即打掃藥鋪，四壁均用水洗了一遍，磚頭煥發出一種特殊的味道。建藥鋪時，何安下做的是終老此處的打算，購買的是最好的磚頭。燒製磚頭的黏土，採自浙江金華縣的深山中，黏土如煤炭般，是億萬年昇華而成，被金華人稱為「土魂」。

磚頭如年糕，散發著土壤的香氣。沉浸其中，何安下不由得生出練拳的興致。受柳白猿「重力是無形的太陽」一句話啟發，他領悟到「太極」二字形容的是太陽的潛在功能，柳白猿和暗柳生傳承的上古劍法似乎隱藏在太極拳中。

何安下一日練拳三十遍，每練一次均感覺不同，一分一毫地接近那神秘的礦藏。

歸來三月後的一個清晨，何安下練拳時，猛地感到空氣像一隻巨大的章魚般包裹住自己。他動作頓止，如被勒死，斷了呼吸。

不知過去多久，纏繞周身的空氣忽然一鬆，何安下緩過氣來，鼻腔發出一音，近乎鐘鳴。他睜開眼睛，已不是以往的世界，一切事物都有了一層青紫的底色。

如果專注看一物，這青紫色便會消失，物體恢復堅實的體積感。如不專注，青紫色又會浮現，令物體如水中倒影，沒了真實。

眼睛出異樣，何安下心中卻沒有驚慌，反而生出一種從未有過的安定感。他長吸一口氣，金華黏土磚的氣味沁入肺腑，令人彷彿置身於大地的深層，回歸於母腹。

在黏土磚的氣味中，攙雜著另一種氣味，這種氣味不屬於大自然，這種氣味似曾經歷……何安下轉過身，見藥鋪門口站著一個人影。

她身處逆光，腰腹隆起，已有八九個月身孕。

靈隱寺封閉的地下密室，敗絮如雪的木床……何安下只覺滿眼皆是青色。

她向前一步，在晨光中顯現臉龐，雖因懷孕而略胖，仍不減五官的清麗。她是彭家七子帶走的彈琵琶女子。

何安下鬆了口氣，心底卻有一絲痛感。他露出笑容，迎上去。

她已是彭夫人了，今日剛回杭州。廣西土著與越南、老撾人同宗，古稱越族，彭家七子的母親是一位廣西的越南移民。他帶琵琶姑娘出國去了越南，買下一家餐館，但房產買賣合同被人做了手腳，餐館兩月就關張了，投資的錢也未能收回。

越南華僑眾多，彭家七子找到當地華人商會，以求解決餐館糾紛，談話時露了一手功夫，結果餐館的事懸而未決，卻有人願出錢給他建武館。太極拳之前從未進入過越南，為引起民眾興趣，報紙連載對彭家七子的訪談，卻招來了一位當地華人武師的挑戰。

越南是法國殖民地，法國人在當地推廣拳擊。此武師傳承南少林硬派武功，並獲得過兩屆當地拳擊比賽冠軍。練武人自古與黑社會有著牽扯不清的關聯，此武師在當地洪幫中輩分頗高，平時雖不參與洪幫活動，但有數個堂口的洪幫在節日舞獅前，常請他給新紮的獅頭用紅筆點眼睛——這是尊貴地位的象徵。

此番比武，洪幫請了一位風水先生掐算，因武師命中缺水，所以洪幫租下一座法國人建的游泳池，用木板封頂，作為比武擂台。懸在水上比武，將大利武師。

琵琶姑娘說到此處，掩面垂淚。彭家七子心高氣傲之人，卻要她以懷孕之身，千里奔波回杭州，恐怕預測到此次比武將十分凶險。

含淚的眼睛，令她多了一分美麗。何安下凝視著她，輕聲道：「請放心，七爺肯定能贏。」她睜大眼睛，童稚地看著何安下。何安下沉吟一聲，道：「君子坦蕩蕩，小人長戚戚。小人必定心態不穩，所以花招繁多。那武師在游泳池上比武，似乎頗具氣勢，其實心裡是怕了七爺。」

她「嗯」了一聲，眼神定定的，似乎有了信心。何安下：「你在杭州如沒有住處，可住在我這裡。」她回過神來，臉上微紅，道：「七爺就是讓我住在你這裡。他說你是朋友。」說完，她從袖口中掏出一張銀票，輕輕放在桌面。

何安下：「這是做什麼？」琵琶姑娘：「我的飯費和生活雜費。」何安下急忙將銀票推到她手邊，說：「這是不拿我當朋友了。」琵琶姑娘：「你能為我提供住處，已很感激，不能再白吃白喝。這是七爺的意思。」

想到彭家七子的性格，何安下知不好拒絕，收銀票時，卻看到銀票數額頗大，不由得心驚。留下如此大的數額，已夠女人活上幾年，這是彭家七子做出命喪越南的打算了。

何安下將銀票再次推到琵琶姑娘手前，道：「用不了這麼多，我看還是你拿著，生活費用我給你記帳。最後一併算給我就好了。」

琵琶姑娘：「記帳太麻煩，我和七爺都信任你。」何安下知道多說無益，將銀票收起，瞬間已做出了重大的計劃。如果七爺遇到不測，自己將照顧他的妻子和孩子，琵琶姑娘可以在藥鋪幫忙，我會教她看病配藥，她生下孩子，不管是男是女，我都會供他（她）上最好的學校，當他（她）心智成熟時，要把自己對太極拳的領悟統統講給他（她）……

何安下忽然怔住，兩年前初到杭州，收留自己的醫館老闆死後，自己也曾發下一輩子照顧他妻兒的誓言。事過境遷，一陣悵然。

琵琶姑娘：「如果可以住下，我想早點安歇。」何安下將她引上樓，樓上的房間曾住過假活佛曠西達雷，他當初匆忙而走，留下的床榻桌椅均極為高檔。

琵琶姑娘囑咐何安下將被褥撤走，拿出一張單子，要他照此去購買新被褥和生活用品，還要他去石橋街，雇一個老媽子，以照顧她起居。

上街後，東西越買越多，何安下要了輛人力車，以供裝貨。回藥鋪的路上，何安下跟車行走，看著車上堆積的各式東西，一個念頭在心中升起：「如果靈隱寺中的那一夜，那個女人真的懷孕，我也是個有孩子的人了吧？」

此念一起，腳步頓時慢下來，不知不覺便落後了人力車二三十米。車夫停下車，回首嚷道：「先生，要走得累，我把車上東西規整一下，你也坐上去吧？」

何安下忙道：「不用，不用。」一陣小跑，趕了上去。

將東西送回藥鋪，再去石橋街雇來了老媽子。到中午時，老媽子做出一桌香噴噴飯菜，和琵琶姑娘對坐而食，何安下第一次感受到家庭氛圍。

飯後，琵琶姑娘上樓睡覺。何安下坐在診病桌前，為自己沏了一壺茶，慢慢地品著，直喝得周身鬆軟，起了睡意。

老媽子被安排在二樓的二房中住，一樓後堂是何安下的臥室，一張寬大木床，因是孤獨一人，床上只是一條被子，餘處擺滿書籍。多是醫書，還有一套《紅樓夢》，是線裝書，每一章節前都有畫工精細的插圖。

去後堂，靠在枕頭上，看著書中的插圖，不知不覺便睡著了——這該是很愜意的事吧？何安下如此想著，卻怎麼也不願起身，這是茶的作用還是心境使然？或許，和彭家七子一樣，我也是一個有孩子的人了。

實在不願起身，索性兩臂一搭，就此臥在桌面，睡去了。

藥鋪的門大敞，風穿堂而過。何安下醒來時，脊背痠痛，額頭陰冷，這是感冒發燒的徵候。他想去給自己抓副藥，但與睡著前一樣，依舊未能從椅子上站起，稍一體會，發現雙腿已無知覺。

他惶恐地望著四周，光線轉弱，自東窗口射入的光柱已消失，屋外是淋漓的雨聲。如果就此癱瘓，豈不是失去了照顧彭家七子妻兒的能力？難道要她再次流落青樓麼？

何安下胸口憋悶，不由得想大喊一聲。

這一聲未喊出來，因為他看到琵琶姑娘下了樓梯，正款款向自己走來。何安下強作無事狀，待她在診病桌旁坐下，道：「夫人住著習慣麼？還需要什麼，我去買。」

她嫣然一笑，唇紅齒白。

何安下不由得看癡了。懷孕的女人有一種神聖的美感，因為生命的奇蹟正在她身上發生。

室外雨天雨地，她卻以手帕扇著風，是腹內的孩子給了她這份熱力。她道：「七爺讓我給你捎幾句口信。」

何安下端正了坐姿。她道：「七爺說，如果你是個用功的人，按時日掐算，你現在正到了一個練武的關口。此刻上下身的氣血相互攻擊，處理不好，會有癱瘓的惡果。」

何安下臉上掠過一絲惶恐，聽她繼續說道：「此時需要明白太極圖的道理。」她從袖口取出一張紙，展於桌面，上有墨筆畫就的太極圖。

太極圖是一個圓形中以一條「S」型曲線分界成黑白兩部分，像兩條魚一般，所以太極圖又稱陰陽魚。黑魚白眼，白魚黑眼，以表象陰陽相互轉化。

她道：「自宋朝開始，文人墨客便拿太極圖來談玄理了。但對於拳術，這圖上的每一根線都有明確的所指。」

她的神態嚴肅認真，像教小孩識字一般。雖然還未生育，卻有了母性的威嚴。何安下不由得「嗯」了一聲，恭敬傾聽。

她道：「太極圖中間的這根曲線，令陰陽分界。這根曲線不是書本上的，在現實中也存在，一切物體最關鍵部位，一定是這樣一根曲線。」

何安下聽得一臉茫然，她的手指在太極圖中曲線上滑動，聲音放輕：「你的脊椎骨，便是這根曲線。」

何安下曾在西醫醫院中見過骨骼掛圖，回憶起脊椎並非筆直，而有「S」型弧度。何安下恍惚明白了些許道理，輕喘一聲，嘴便合不攏了。

看著何安下呆傻的樣子，她以手帕掩住半邊臉，宛然一笑，繼續說：「七爺還講，瓜果沒有脊椎，但瓜果最甜的地方，一定是中軸的『S』線區域。這最甜的地方，就是瓜果的脊椎。」

何安下感到脊椎有了暖意，像一條有著獨立生命的蠶，自己蠕動了一下。她說：「脊椎是天地感應，生出來的密線。你再看這兩隻魚，在人體上對應的是什麼？」手指太極圖的黑白兩隻陰陽魚。

何安下茫然，她一笑：「這兩隻魚不正像是人的兩腎麼？」何安下「哎呀」一聲，她又追補一句：「還像什麼，像不像你的兩隻腳？腎臟和腳是一個形狀，打太極拳時，兩腳在地面上起伏，其實是在按摩兩個腎臟。」

何安下感到腰眼和腳心同時一熱，癱瘓的下肢竟有了知覺，雙腳在桌下移動了兩寸。

何安下抑制激動，扶著桌面站起，向她作揖，道：「多謝七爺。」她淡淡一笑，轉向東窗望去，神情轉而哀傷。

窗外水線閃亮，雨仍未停。何安下知道她顧念彭家七子的安危，想引開她心思，便說：「你的琵琶彈得很好。」她說：「琵琶留在越南了。」

何安下怔怔看著她，不知再說什麼。兩人各自出神，不知過了多久，她輕聲道：「你要真想聽，雁足街上有樂器行。」何安下：「……我去買。」

她說：「卻不是要你買琵琶。琵琶來自西域，原是戰場上演奏用的，傳到漢地生出許多婉轉，畢竟不能掩蓋所有的殺氣。懷抱琵琶，總感到是抱著件凶器。彈琵琶，我怕傷了胎氣。」

何安下：「那你……？」

她說：「如有古琴，買一把吧。」

何安下：「古琴？」

她說：「琴的配件是山池鳥獸的形態，琴體則模擬人的額、頸、肩、腰。所以琴，是人與天地的一份親近。」

二十　琴少知音不願彈

雁足街共有三家樂器店，多為笛子、二胡，甚至有西洋的小提琴、銅管，只是沒有古琴。何安下詢問再三，得知前面小弄堂有一個倒閉的樂器店，曾賣過古琴，現在改為家具修補行了。

何安下尋去，是一家小門臉，木門腐朽得滿是蟲蛀。店內無人，走到後院，見立著一個大櫃子，櫃子敞開著門，一個消瘦的人正在修門軸。

那人聽見動靜，轉過身來。他大約六十多歲，眼角、嘴角皆成下垂狀，竟是天然的一副哭相。何安下表明來意，他嘿嘿笑道：「那是我年輕時的興致了，還剩下一兩張，這玩藝用料都是陳年朽木，當柴燒，燒不開一壺水的。」

何安下：「我是有特殊緣故，今日定要一張琴，我不計好壞。」店主放下手中工具，正視何安下，一臉哭相更加嚴重，直似要噴出傾盆的淚水。

琴殘留了一把，表面的漆面黯紅，有著細密裂紋，如冰面的凍痕。翻看，見古琴內腔是深灰色的木質。

店主撫摸著琴面，道：「少於五百年，漆面生不出這種裂紋。」何安下視琴的目光頓時恭敬，店主一笑：「也有人用大火蒸，用冰塊鎮，令漆面開裂。但假的總有紕漏。」

他指在一條裂紋的端口，道：「經過數百年時間，自然裂開的，鋒芒如劍。而作假的，則端口畸形，有的如葉片，有的如魚頭。真東西總是簡潔，假東西必然雜亂。」

店主低頭撫摸琴面裂紋，神情珍重，抬頭卻說：「但我這把琴也是假的，只是作偽的方法，不是火燒冰鎮，而是用大功夫換來的。」何安下靜聽，他卻不說明是何法，轉而言道：「我作偽不是為了賣高價，是因為漆裂後，琴的音色更為鬆透。琴有靈性，如一個生命，我只收你成本價，只要它有個好歸宿就好了。」

何安下：「多少錢？」店主沉吟一聲，卻不說價錢，道：「求聲音的鬆透，關鍵在於木材，一把五百年木料製成的新琴，有時會比一把三百年的琴還要好。製古琴的人會盜墓，因為古代的棺木都是好木料。也會去訪一些荒宅，因為房屋大梁一定也是好木料。但棺木受潮氣，梁木受壓迫，都會損傷紋理，音色雖鬆透，卻不能清純。」

店主將琴舉起，定在眉前，如捧著情人的臉龐。他的聲音迷離低沉：「我得到這塊木料，是千載難逢的機緣。它原本是一座古寺中的大木魚，僧人們敲著它唱誦佛經，不知有幾百年了。我當時愛琴幾近瘋狂，一聽它音色，就長跪不起，終於感動寺院長老，把這大木魚捨給了我。小朋友，你說它值多少錢呢？」

何安下茫然，尋思自己帶的錢肯定不夠，垂下了頭。店主伸出手掌，道：「我要五百銀元，不算高吧？但有一個要求，你要天天彈它，琴是活物，越彈音色便越好，否則即便是千古名琴，久不彈奏，音質也會變得像小販叫賣般俗不可耐。」

何安下臉頰通紅，店主詫異問：「你怎麼了？……難道，你嫌價錢貴了？」

何安下慌忙擺手，連說不是。店主溫然地問：「你有何難處？」何安下臊得無地自容，兩手抱拳，卻不知該說什麼。

兩人是在一間耳房中，琴放在一個刮去油漆的舊櫃子上，室內還有一個斷腿的梳妝檯、三五個花面木箱。此時，一個錢袋「哐啷」一聲落在梳妝檯上，門開了道縫，露出一角青色衣料。

店主哭相的臉上沒有任何波動，他拿起錢袋掂量掂量，冷笑道：「不夠。」門外響起一個尖利的聲音：「我不買琴，用這一百大洋，買你面前這個人。」

何安下變了臉色，店主哭相依舊，沒有別的表情，道：「這個人與我無關。」

門外的尖利聲：「那錢也給你。」

店主：「多謝。」伸手示意何安下不要作聲。一會兒，門外聲音又起：「人怎麼不出來？」店主：「你怎麼不進來？」

門外啞了，半晌，門緩緩推開，走入一個穿青布長衫的人。他頭髮濕漉漉的，緊貼腦頂，戴著一個白色口罩。

他入屋，卻不理何安下，徑直走到店主身前，撫摸舊櫃子上的古琴，嘆道：「以太極拳拳勁，將漆面震出劍紋。一秒鐘達到五百年光陰的效果，巧奪了天工。但巧奪天工，必會被天所忌，弄巧者不祥啊。」

店主的哭相多了一層淒慘，嘆道：「所言極是，所以我半生潦倒，抱病多年，活著只是待死而已。」來人語氣一熱：「你得的是什麼病？」

店主：「風濕。要知道，風濕是治不好的。」

來人：「是呀，令骨頭畸形，痛起來晚上也難有睡眠。唉。」

店主：「唉。所以，我武功還在，身手卻衰了。我沒有把握贏你。」

來人冷笑一聲：「你是我爺爺的管家，得過他老人家指點，我總要敬你三分。只要將此人交給我，你還算是彭家的老輩人。」

聽到彭家，何安下一陣慌亂，想到藥鋪中的琵琶姑娘。她會不會遭了毒手？

店主依舊一臉哭相，沒有任何表示。來人凝視著店主，原本尖利的聲音變得寬厚，道了聲：「汪管家。」說完退後一步，斜身靜立，姿態舒展大方。

這是比武的表示。店主長嘆一聲，道：「太極拳的第一要領是虛靈頂勁，要求頭部像花草一樣為追求陽光，向天空伸展。你周身輕鬆，唯獨頭部多汗，說明你已得了虛靈頂勁。我當年求出這一頭的汗，用了十年。以你現在的程度，兩年後會消去這頭汗。那時，你便是大材了。」

來人周身一顫，但迅速鎮定下來，道了聲：「請出手。」

店主卻把琴抱在懷中，向門外走去。來人讓過店主，哼了聲：「多謝。」身子轉向何安下，即刻便要發難。

店主卻沉聲道：「想什麼呢！我是讓你倆跟我走。」來人一愣，但還是跟著店主出了屋，何安下也跟了出去。

店主穿過院子，入了西廂房。房中迎門有一個大書架，擺的不是書，而是衣服，有乾淨的也有髒的。書架後是一張大床，被褥凌亂，床前有一個狹長小桌，桌面上擺著剩飯剩菜。

何安下聞著室內的異味，皺起眉頭。店主道：「我一個人住，活得不講究，見笑了。」來人：「汪管家，您上了歲數，身邊應該多一個女人。」

店主慘笑，揮手將小桌上的碗筷掃落在地，坐在床上，把琴置於桌面。店主：「這是一張明代的琴桌，卻被我做了飯桌。呵呵。」

來人：「汪管家，你我之間或戰或和，都請快點決定。」店主：「不著急，請先聽我彈一曲。」來人不耐煩地哼了一聲。

店主：「你爺爺是多麼風雅的人，難道他後代子孫成了俗物？」來人冷笑，長衫波動，便要出手。店主語氣忽然嚴厲：「太極拳很少握拳，甚至基本意念，是把雙手虛掉，你知道這是為什麼嗎？」

來人鼓脹的長衫一軟，整個人安靜下來。店主輕聲道：「因為我們發現了人體的奧妙，兩手與兩肺同型。同型的東西必然功能貫通，肺部管氣，虛掉兩手，是為了發揮氣的作用。」

來人的臉雖遮在口罩中，但微欠腰身，態度明顯恭敬了。店主繼續說：「兩肺管的氣，不單是呼吸的氣息，更重要的是氣候。人體順應季節變化，是肺調節的。太極拳的最高境界是天人合一，天、人以什麼合一？以肺合一。」

何安下聽得如癡如醉，喃喃道：「天地與人的交會點，竟是在兩肺！兩手緊張，便等於斷絕了肺裡的生機。」店主和來人同時瞥向何安下，目光中竟都有贊許之色。

店主將手指按在琴弦上，輕輕一劃，響起朗朗清音。店主：「琴弦雖只一線，製作的工藝卻極其繁難。要用上好的蠶絲，一根弦以數百絲合成，其中還要分股纏繞，再以特別的中藥浸泡——彈這樣的弦，手感中有著天地的微妙。」

來人摘下口罩，露出一張未長開的臉，年齡比彭家七子尚輕，原來他說話的尖利調子竟是發育未成熟，嗓子正處於變聲期的緣故。只是他以特殊的發音法做偽飾，令人聽不出他的年齡。

來人：「汪管家，彈琴總要指頭使勁，豈不是與太極拳要領違背？」店主：「虛化兩手，以養肺，而變化兩手，則可啟發肺的神秘功能。彈琴有三百六十五種手法，正是氣候的一年變化。」

來人驚得「嗯」了一聲，店主：「你爺爺天縱奇才，對我最大的教誨，便是要我在琴中求太極拳。如果懂琴也就懂拳了。」他的手指在琴弦上輕輕一挑，發出風雨之聲。

何安下頓覺心曠神怡，來人也一臉迷醉。店主一指何安下，向來人說道：「在你們一干兄弟裡，我最看重老七。此人是他朋友，所以我保定了。你我或戰或和，都請容我彈完一曲。」

店主端正坐姿，視琴的神態，如大臣面對君王。音韻起後，打開了一片廣闊天宇，大氣蒸騰，陰晴不定，其中隱隱有著大雁的鳴叫。

何安下生起沉沉睡意，眼皮不自覺地閉上。他強睜開眼，卻被眼前所視震驚，頓時睏倦全無。只見店主一臉的哭相悄然變化，隨著琴聲的延續，下垂的眼角嘴角在逐漸上升，生出一張新的面孔。

這張臉有著清澈的雙眸，似乎能洗去你所有的煩惱。這張臉曾經見過的，那是自己被沈西坡囚禁時，企圖營救自己的菜農的臉。

一曲終了，店主閉目，眼角嘴角慢慢下垂，恢復成了舊容貌。來人向店主鞠了一躬，道：「小時候聽父親講，太極拳可以改頭換面，今日才知竟是真的。受教了。」也不看何安下，徑自退出。

來人走了許久，店主張開眼，對何安下慘然一笑，道：「其實，我怕他動手。前些日子我受暗算，腹部中劍，傷仍未好。」

店主敗於暗柳生，暗柳生敗於柳白猿，竟都不是憑的武功，而是暗算。何安下將暗柳生敗亡的結局說出，店主長嘆一聲：「比武七分實力三分運氣，其中千機變幻，總是人算不如天算。」

開派祖師彭孝文逝世後，這位汪姓管家離開了彭家。他選擇杭州作為歸宿，開了家琴店，想以製琴賣琴為業，但當世習琴者稀少，於是將製琴的漆藝、木活轉而維修古家具，維生至今。

兩年前，隨著彭乾吾在上海教拳，彭家勢力南下，在杭州開辦了一家餐館，作為彭姓子弟在江浙的一個隱秘中轉站。家具店盈利平淡，汪管家在杭州鄉下置有一片田地，做地主收租，算是一大生活來源。彭家餐館建立後，蔬菜便由店主供應，菜園有了穩定收入，算是彭家在補貼老家人——他營救何安下時，自稱菜農，便是此緣故。

店主反感彭家內鬥，是彭家七子在杭州唯一信任的人，此次琵琶姑娘歸來，也與他通過消息。

何安下：「琵琶姑娘要我找你，究竟何事？」店主：「她要我指點一下你的武功，這應該也是七爺的意思。」何安下：「請賜教。」店主慘然一笑：「我的武功，剛才一曲已彈盡了。」

何安下嘆了口氣，臉上生出感激之情，因惦記琵琶姑娘的安危，便向店主鞠躬告辭。店主淡淡地說：「你走，便把琴也帶走吧。」

何安下怔住，店主：「要價五百，是開個玩笑。我胡亂度日，整得一身俗氣，此琴我久已不彈，怕傷了它的清雅，便送與你了，望能參悟琴中滋味。」

何安下抱起琴身，弦上顫出一音，愴然清冷，似向舊主告別。

二十一　拜師帖

此街巷深口闊，如大雁足掌，所以名為雁足街。出了家具行，行出五十米後，何安下眼前一寬，熙攘街面便橫在面前。

街邊有一個賣粽子的小販，支著獨輪小車，車上盛了兩臉盆粽子，用棉被蓋著保溫。一個穿長衫的人站在車旁吃粽子，正是那位彭家子弟，他的頭髮已乾。

何安下抱琴走過，他便跟了上來，邊嚼粽子邊說：「北方的粽子裡放棗，南方粽子裡放肉，沒吃過，真好吃！」何安下瞥了一眼，見他一臉天真，簡直就是個鄰家大男孩，令人難以想像他剛才片言不合便要殺人的煞氣。

何安下：「請你放過七爺的夫人。」他道：「嘿，七哥畢竟是彭家人，只要他老實待在海外，我們便相安無事。不能放過的，只是你。你平白得了彭家的東西，真的不能留著你。」

粽子的肉油流至手腕，他抬手舔吸著。何安下停住腳步，他擦了擦嘴，友好地說：「不要你的命，只要傷了你屁股向上第四根脊椎骨，你身上再出不了太極功夫，就好了。放心，損了這骨頭，無礙生活，依舊可以走路蹦跳。」

說著說著，他右手在長衫上擦擦，便向何安下身後摸來。

不料他出手如此之快，何安下一不留神，被他摸到腰上，感到他的手指如蛇一般冰冷噁心。何安下腰部逆轉，滑開他的手指，一步跳出。

何安下：「你小小年紀，怎麼如此狠毒？」

他將左手上剩的粽子塞入口中，轉了轉下巴，盡數吞下，道：「汪管家露了功夫，我本是要給他個面子的。但我放了你，彭家還會再派人的。好歹咱倆相識一場，傷在我手總比傷在別人手裡要好吧？」

街面人流熙攘，無人感到異樣，他與何安下說話的神態，就像是跟自己的哥哥說話，親近無比。何安下嘆了口氣，道：「你的名字？」他：「我排行十三。叫我彭十三就好了。」

何安下：「彭十三，今天我第一次聽到古琴玄理，聽到汪管家的高調，本應滿足，就算命喪你手也無憾了。但我對這個世界還有一點好奇，我曾聽你七嫂彈過琵琶，竟是天國之音，就想聽聽她會把古琴彈成什麼樣子。」

彭十三用手背抹去嘴角的油漬，露出孩童般的笑容：「是麼？我也很想聽。走！」

到達藥鋪是在下午五點，黃昏濃重，藥鋪磚面如灑上了一層紅糖水。琵琶姑娘下樓而來，小腹圓圓，步態款款。腹內的孩子令女人煥發勇氣，她以沉著鎮定的目光，直視著彭十三。

彭十三左眼皮上生出一道皺紋，道了聲：「七嫂。」

汪管家的古琴放在診病的方桌上，她坐下，略一撫按，琴弦龍吟，她緊繃的臉頓時輕鬆，美了三分。

一聲琴音攝住全部的心神，忘了身邊還有危險，她端正腰身，兩手在七根琴弦上滑行，並不用力，只是虛彈。

手指輕靈，如在弦上低飛，幻化出大雁落水、燕子離簷的姿態。偶爾碰觸琴弦，響一聲若有若無的清音。

一曲彈盡，她合攏手指，在胸前團成拳型，如對琴祈禱，久久不抬頭。彭十三皺眉道：「七嫂，你能不能彈出聲來，好好奏一曲？」她仍不抬頭，雙手伸展，鉤在弦上，猛地發出一聲。

彭十三脖子一震，已是清音滿室。此曲音韻先急後緩，如先打了你兩個耳光後，再好言相勸。一曲彈完，令人頗不輕鬆，彭十三頭頂冒著一片汗珠，喃喃道：「這是什麼曲子？」

此曲名為《普庵咒》，是南宋普庵禪師所傳，他是梵語專家。一日他連貫地念自己整理出的梵語拼音表時，竟念出了千鳥來襲的聲勢，其中有童稚的雛雀，更有凶猛的大鵬……

他無意中得的這道咒語，成為中國寺院的鎮寺之咒，可誅殺邪魔。後來在明朝時，一位隱居的古琴高手，因感懷咒語總是傳自印度，此咒是漢人本土產生的唯一咒語，於是久久念誦，一日生出靈感，將此咒語轉化為琴音。

琵琶姑娘：「這首曲子，隱含著六百八十二個字的咒語，可以降魔。」彭十三：「你剛才虛彈琴時，便是在念咒吧？」

琵琶姑娘不置可否，彭十三哼了聲：「將我當魔了！」他額頭的汗珠大顆大顆滴下，這是殺人的前兆。何安下搶到琵琶姑娘身前，他已下了誓死保護她的決心。

彭十三卻說：「七嫂，不管你怎麼看我，我都不會對你下手。但這個人身上有彭家的東西，我不能放過。何安下，跟我到外面去。」

琵琶姑娘叫一聲：「哪裡也不要去。」自袖子中掏出一張紅帖，摔在了桌子上。何安下見上面寫著「拜師」兩字。琵琶姑娘冷冷地說：「你七哥已收何安下做了徒弟，他是彭家的正式門人。如果你要對他不利，便是違反了門規，你七哥回來，可以向你問罪。」

彭十三看著桌面上的紅帖，目光暗淡，一點沒有要翻看的欲望。他頭上的汗漸漸乾了，向琵琶姑娘拱手作揖：「有這張帖，我回家能交差，就行了。」

彭十三對她語調恭敬，轉頭看何安下時，幼稚的臉龐上卻浮現出成年人的威嚴：「今日開始，你算是彭家正式門人，以後，任何人得罪你，就是得罪彭家。我們會為你擺平一切麻煩，但如果你為非作歹，我就會把彭家的東西從你身上要回來，即便你躲到百萬兵丁的軍營裡，我也有法子斷了你的手筋腳筋。」

這個小男孩說出的大話，不但沒有滑稽之感，反而令何安下心悸。彭十三以食指用力地指了指何安下，以示警告，然後快步走了。

他邁下台階時，一個穿白色西裝的人正要進藥鋪。此人四十多歲，面白無鬚，手中拿著一把一尺來長的摺扇。兩人都沒有在意，自然地擦肩而過。

但當兩人經過彼此後，卻都停下腳步，回身對視了一眼。

對視這一眼後，彭十三轉身走了，那人進了藥鋪，兩人雖相背而行，但邁步的頻率卻保持著一致，好像兩人的腿中間繫著一條無形的繩子。

彭十三走出十步，腿上的壓力方才減去。他大步前行，眼中閃出兵刃的寒光。

何安下與琵琶姑娘坐在藥鋪大堂，兩人對視著。琵琶姑娘企圖以普庵咒琴曲降服彭十三，差點激起彭十三的殺心，但她的大膽卻令人感動。女人畢竟不如男人瞭解人世，人世對她們來說，總是半生不熟，也正因此，她們也少了男人的雜念，決定了什麼便果敢地做出來，反而可以成事。

剛才的她沉著決絕，眼神內斂，現在的她眼光閃亮，那是剛度過生死的興奮和對自己行為的自豪。

何安下要對她說些什麼時，店中走入了一位客人。來客相貌文質彬彬、衣著講究，卻有一種說不出的古怪。

何安下察覺他的古怪在於走路，這是一個走路走得十分專心的人，他的注意力不在身前卻在身後，似乎他身後有一頭老虎，隨時會追上來。

他走了幾步，身上一鬆，恢復了正常，臉上泛起溫和的笑容，持扇抱拳，道：「請問你是何大夫吧？」何安下：「正是。」他道：「想問您一味藥。」何安下：「哪一味？」他道：「柳白猿。」

何安下心驚，腦海中閃現出一個詞——明柳生。

柳白猿刀斃暗柳生後，沈西坡說過暗柳生的屍體將送往上海的日本租界，柳生家族在日本特務機構中位居要職。此人衣著時髦，風度翩翩，應常參加西式酒會……

何安下：「你來自上海？」

來人微笑：「我叫柳生冬景。」不比暗柳生的千人一名，每一位明柳生都有自己的名字。

何安下：「你所要找的柳白猿，我不知他的去向。」

柳生冬景並不搭話，走到診病桌前，客氣地向琵琶姑娘說：「請讓一讓。」

她起身閃開了，柳生冬景搬開她坐的椅子，看著桌面上古琴，慢慢打開摺扇，一片薄薄的刀片翻了出來。

原來這不是摺扇，而是一把摺刀。扇子並不是橫向打開的，而是從中央分開的，扇子的紙頁只有表面薄薄的一層作為偽裝，裡面是堅實的木頭，內有凹槽以藏刀。分開的兩片扇骨反向一合，拼成刀把，挺直了刀刃，於是一尺長的摺扇，變成了兩尺長的刀。

柳生冬景退後一步，將刀刃貼在琴弦上，然後水平地收到胸前，略一停頓，刀水平揮出。

第四根琴弦斷了。

柳生冬景平揮出一刀，卻豎切開一根弦。

他緩緩將刀收回胸前，頭轉向何安下：「只要殺了你，柳白猿就會找我。我刀法如何？你不必反抗了吧？」何安下心知其人腕部如蛇，運刀角度刁鑽，實戰時會十分可怕。

此時，琵琶姑娘喊了聲：「十三叔。」何安下回頭，見彭十三無聲無息地走了進來。何安下急看柳生冬景，發現文雅的他，眼神中有了野獸吞食的狂熱。

彭十三：「你要殺他，不用等什麼柳白猿，我就會先來找你。因為他是彭家的人。」

柳生冬景：「你的兵器？我不殺空手人。」

彭十三看看左右，走到診病桌前，抱起了柳生冬景搬開的椅子。

柳生冬景：「這……算什麼兵器？」

彭十三：「能殺你的，就是兵器。」

柳生冬景身形一拐，白光閃動，切向彭十三。彭十三將椅子舉起，完全不是招法，像一個沒練過武功的人驚慌之下的反應。

「哐啷」聲響，一個椅子腿落在地上。

在柳生冬景的刀切掉一條椅子腿時，椅子借勢轉動，另一條腿點在了他的胸骨上。

彭十三慢慢把椅子放下，柳生冬景將刀把分開一翻，收攏了刀刃，重新成為一把摺扇。兩人對視，都臉掛笑意。

柳生冬景後退兩步，單手扶住了診病桌面，眼中露出奇異光彩。彭十三瞬間成熟了許多，嘆道：「我取巧了。」柳生冬景擺擺手：「你構思巧妙，我沒想到，真是輸了。」

彭十三：「你有什麼事要辦，我會盡力。」柳生冬景苦笑，嘴角流出一道血。見此情景，何安下便知，椅子腿剛才貌似輕輕的一點，實則沉重，已力透他的胸骨，震壞內臟。

彭十三：「沒有看到柳白猿的絕技，可惜麼？」柳生冬景：「我是明柳生。明柳生的武功在兩百六十年前，便脫離了猿擊術體系，我尋找柳白猿純粹是家族任務，我本人對他並不好奇。以我個人而言，希望死前能見個禪宗和尚。」

杭州靈隱寺，有如松長老。

二十二　水瓢秘訣

兩百六十年前，柳生旦馬守將禪法引入劍法，脫離了柳生一族原有的武功體系。那些恪守古法的人便成為暗柳生，而接受新法的人成為明柳生。

柳生旦馬守留下新法的文本，名為《兵法家傳書》，寫明劍法的最高境界是「平常心」。平常心是唐代禪宗大師馬祖道一的禪學詞彙，柳生冬景臨死前想探究的便是這個。

他被平放在一輛馬車上，送到靈隱寺。到達時，正是晚飯時刻。齋堂裡坐了兩百個和尚，何安下與彭十三以擔架抬著柳生冬景，直走到最深處的如松桌前。

如松喝著一碗南瓜粥，面前小碟裡放著一塊餅。擔架臨近，如松卻只是低頭喝粥。何安下：「師父。」如松：「何事？」何安下：「他想知道平常心的含義。」

柳生冬景的臉全無血色，怎麼看都是即將命絕之人。如松放下碗筷，冷冷瞟著柳生冬景，沒有一絲慈悲。一會兒後，他從小碟裡拿起餅，晃晃，道：「這是什麼？」

柳生冬景：「……餅。」

如松長嘆一聲：「唉！你認錯了。」

柳生冬景：「師父，我是將死之人，還望您明白開示。」

如松：「你要死到哪裡去？」

柳生冬景低頭思索，嘴角湧出一股血，他急忙用手擦抹。如松露出厭惡之色，說：「別妨礙別人吃飯！去後面水房洗洗。」

何安下沒料到一貫慈祥的如松會變得如此不近人情，但又不便表態，在如松嚴厲目光的逼視下，只好向彭十三使了個眼色，抬柳生冬景去了水房。

水房中有五六口大缸。何安下掀開一口缸，取瓢盛了水，伸到柳生冬景口邊，要他漱口。柳生冬景唇觸水瓢時，如松快步走來，一巴掌打飛了水瓢。

這簡直過分到極點，何安下低吼了聲：「師父！」卻發現柳生冬景一臉欣喜，如松則顯出了慈祥之色。

水瓢是半個葫蘆，天然的圓形，在地上打旋。

柳生冬景掙扎著向如松作揖，道：「我已知道死後的去處。」如松溫然道：「哪裡？」柳生冬景：「心隨萬物轉，轉處實能幽。」

如松兩手合十：「施主，好走。」

何安下與彭十三將柳生冬景抬出齋堂，沿著一條青石板路走了二十多步，柳生冬景斷了呼吸。

彭十三叫住何安下，兩人把擔架放在地上，坐在路旁石台上。彭十三：「你看到平常心了麼？」何安下：「我只看到水瓢在地上打轉。」彭十三：「這就是平常心！」

何安下怔住，彭十三：「觸著即轉！」何安下驚叫一聲，心中似明白又非明白。彭十三：「扔水瓢的教育，我十三歲受過一次，那是父親教我如何化掉敵人拳勁。水瓢是圓底，落地時不是一個面而是一個點，一碰觸地面就會旋轉，薄薄的葫蘆，用多大的力量摔都摔不壞！」

何安下覺得身上的太極拳勁一改，有了另一番生動。彭十三嘆道：「觸著即轉是太極拳的力學，不料被和尚做了禪學。我們能化掉敵人的拳勁，和尚卻能化掉整個世界。」

平常心即是觸著即轉之心，猶如弄潮而不濕衣、玩火而不傷手。擔架上的柳生冬景面部安詳，不像死態而像睡態。何安下：「拳法化為禪法的道理，我已明瞭。而明柳生又是如何將禪法化為劍法的呢？」

彭十三喃喃道：「只有看了他祖先寫下的《兵法家傳書》，才能知道。」何安下想起柳生冬景為將摺刀偽裝成摺扇，在刀柄上鑲有一層疊紙。疊紙上隱約有墨跡，會不會寫的便是此書？

摺刀插在柳生冬景的腰際，彭十三正看著那裡。

何安下與彭十三對視一眼，兩人未言語，卻明白了彼此心意：即便誘惑再大，也不去動它，因為活人要尊重死者。

兩人起身，分別走到擔架的前後，抬起柳生冬景的遺體，穩步向寺外走去。

走了二十分鐘後，一個穿深棕色披風的人出現在何安下身邊，跟隨擔架緩緩前行。

他以披風遮口，再打開披風時，嘆一聲：「我來晚了。」

他是沈西坡。

沈西坡因處理一件特別任務，未能與柳生冬景同行。柳生冬景在上海化名「余肅」，自稱是中國江西袁州宜春人，寫有多篇遊記散文，是小有名氣的作家。他在上海文藝界秘密發展親日分子，本是一位前途無量的間諜，卻因為武功情結，意外隕落。

沈西坡：「他的死，日本情報機構必會追究。我給你找一個中統高官做靠山，彭家就無憂了。」

彭十三尚顯稚嫩的面孔蒙上了一層霜色，沈西坡加重語氣：「彭家是武林望族，但現代特務的手段，你們是對付不了的。」彭十三：「我只想看看柳生家族的《兵法家傳書》。」

沈西坡一笑：「我看過。」

《兵法家傳書》不是柳生家族的秘傳，兩百年前便公開出版。中文在日本長久佔據正統地位，日本高雅文學都是中文寫就的，柳生旦馬守用日文寫作了這本書，文筆簡潔，頗受民眾歡迎，是日文典範之一。沈西坡在日本接受特務訓練時，便在街頭買過此書。

對於禪法如何融入劍法，沈西坡回答：「柳生原傳劍法有一句口訣——出劍的時刻，便是忘記這一劍的時刻。如果心靈停歇在自己剛發出的招法上，不能即時即興地面對敵人的變化，便會被斬殺。禪法也是要心無罣礙，即時即興地面對世界，柳生旦馬守便是在這句生死的要點上，找到了與禪法的契合點，進而將整個禪法放入刀劍生死中驗證，竟然處處皆是，無一不爽。」

彭十三停下腳步，目光示意沈西坡接過他手中的擔架。沈西坡接過，彭十三向另一條路走去，卻是要不辭而別。沈西坡喊道：「如果沒有中統護著，彭家過不了這道關！」

彭十三應一句：「彭家的人殺不完。」越走越遠了。

二十三　活佛灌頂

抬著柳生冬景的屍首，行走了十五分鐘後，一輛黑色馬車迎面駛來。沈西坡嘆道：「就這樣吧。」

車上下來了兩個西裝青年，鞠躬，接去擔架，運上車。馬車駛遠，沈西坡：「日本特務這麼快便得到了消息，說明他們在杭州設有站點。唉，我竟沒有察覺。」

何安下：「彭家的站點，你卻調查得清清楚楚。」

沈西坡：「中國人善於對付中國人。」

兩人向市區行去，一路無語，至曾囚禁何安下的凶宅，沈西坡道：「想不想故地重遊？」

何安下：「這裡現在又關了什麼人？」沈西坡：「不是關，是供。」

沈西坡的特別任務，是招待一位來自於青海的活佛。此活佛名叫罕拿，是一方的精神領袖和政治首腦，在內部鬥爭中，被篡權者關入三十米深的地牢中。

說是地牢，不如說是口深井，因為地牢面積僅為三平方米，沒有被褥座椅，每日懸下一個筐，送來飲食，接走馬桶。地牢無光，黑冷如地獄，罕拿被關七個月後，忽然消失了，只留下了一團衣服。

這團衣服作為他的遺骸被封入塔中，民眾認為他的身體已虹化。虹化就是引發身體內部熱量，將自己焚燒乾淨，這是瞬間產生瞬間熄滅的強溫，只焚燒肉體而來不及燒衣物，據說如彩虹的光暈一閃，人便由實化虛了。

但罕拿並未化氣，而是兩個月後出現在蒙古草原，為實實在在的肉體。何安下聽得目瞪口呆，道：「漢人的古代傳說管這叫——身外身，難道他已是神仙？」

沈西坡一笑：「我親口問過他，他說他用七個月時間挖了一條地道。他的敵人在神化他。」

青海人有著深重的信仰，罕拿在百姓中的威信令他的政敵不敢處死他，他失蹤後，容易傳成被秘密處死，那樣將引發民亂。宣傳他虹化成佛，是最佳的解釋。

何安下：「那他留下衣服……」

罕拿所挖地道，大小僅夠容一身，他要像蟲子一般蠕行六百米，所以只穿內衣，留下了長袍馬靴。

在伸手不見五指的地下，能保持鎮定，以巨大的毅力實施逃生計劃，非常人可比。何安下心生敬佩，臉上卻有失望之色。雖然不可思議，卻畢竟是人力所及的事，不比虹化重生，更令人嚮往。

沈西坡的眼皮鬆懈，顯得格外疲勞，道：「罕拿活佛就是中國的基度山伯爵，法國作家大仲馬寫的《基度山恩仇記》，最精彩的章節便是在監獄中挖地道。」

何安下點頭稱是，並無一絲興奮。沈西坡凝視著何安下：「挖地道的說法，也許是活佛不想驚擾世人。」

何安下一愣，古來成道者多和光同塵，不露神跡。沈西坡笑道：「唉，活佛要在下午給中統高官灌頂，你要不要參加？」

武術的傳承除了拳譜，還有不落文字的口傳秘訣，佛教密宗的傳承與武術一樣，有法本還有口訣，更神秘的是灌頂。灌頂是以一種奇異方式，將歷代祖師的信息灌注到修鍊者的腦海，讓千萬年的法脈延續。

何安下：「他是一個落魄的政治人物，中統高官怎麼會捧他的場？」

沈西坡：「你對政治不瞭解，中央政府已經正式任命了青海的那位篡權者，支持他的政權。篡權者要我們在漢地處死罕拿，但我們卻要養好他。他是我們留下的一步活棋，如果青海政壇再有變局，就可派罕拿回去。」

所有的中統特務都只將罕拿作為一個政治籌碼，但從蒙古將他接來漢地的途中，發生了一件事，改變了一切。

接他的馬隊穿越泊尼嘎啦草場時，遇上一場冰雹。冰雹密集，並時有飯桌大的巨冰落下。草原上無處藏身，馬隊就像案板上的一條魚，頃刻便要被切碎剁爛。

罕拿活佛端坐在馬上，取出一瓶香水和一支孔雀翎毛，他對著孔雀翎毛低念幾聲，然後叫隨從以這根翎毛沾著香水，給馬隊每人身上都灑一滴。

香水灑下，和身上的雨水混在一起。馬隊穿過冰雹區域，沒有一人傷亡。

何安下：「活佛真有法力？」

沈西坡眼皮跳動：「馬隊三十四人，我是一個。」

何安下：「……有中統高官在，我一介平民百姓，怎麼好出現？」

沈西坡：「你現在的身分是彭家弟子，如果你和中統高官做了修法同志，彭家就有保障了。不要辜負我的好意。」

何安下：「但我……」

沈西坡一笑：「何先生，你不是平民百姓。入定十天，引來武當劍仙——憑這兩件事，你在杭州早就是奇人了。佛祖說法，也要天魔精怪來捧場的。」

我已是天魔精怪？

罕拿是將來控制青海的一步棋，所以不能讓他在漢地枯萎消沉，而要建立聲勢。活佛傳法，要奇人捧場，如此便可以迅速贏得大眾。

這批受灌頂的人中，有一位中統高官，但他是隱瞞身分的，其餘人是京劇武生泰斗黃天魁、山水畫大師段寶盈、著名學者牛多沉、《太平洋》報主編郭海民、銀行家劉路仁……共有二十三人，杭州的名流近乎聚齊。

凶宅二樓的中央大屋被布置成佛堂，供桌上點了十五盞油燈，燈架黃燦，竟是金子鑄就。供桌後的牆上掛著一幅高三米、寬兩米的巨大絹畫，是一個圓形圖案，花開一般，自中心向外繁衍，變出三角方塊半圓諸形，變出赤、橙、黃、綠諸色。

絹畫下是一個雕花木床，床上擺著一個木質椅背，鋪設著黃色座墊，那是活佛說法的法座。兩個青海小喇嘛坐於床下地面，搖著銅鈴，念誦著長長祈禱文，語調怪音，不像發自喉嚨，而像發自肚腹。

銅鈴驟響，喇嘛的念誦停止。大屋裡站著的人彼此對視，有人小聲說：「時辰已到，我們該請佛爺了。」

隊伍中站出兩人，向裡屋走去。過一會兩人出來，小聲道：「佛爺只是搖頭。」隊伍中有人答：「唉，請兩位喇嘛再念一遍，我們等等。」

祈禱文念完，兩人又進了後屋。一會兒出來，小聲道：「佛爺吼了句『多事』，趕我倆出來了。」隊伍中有人答：「啊，我們還須等，請喇嘛再念經。」

半個時辰後，兩人第三次進去，終於請出了活佛。

何安下抬眼看去，見罕拿身量足有兩米，紫銅色一張大臉，瞪著一雙牛眼。他在青海政變時被打傷，腿部落下殘疾，為撐住自身，兩位小喇嘛走在他身前，他左右手如老鷹抓小雞般抓著兩個小喇嘛的後脖頸，更顯得身量高大，威猛得天神一般。

他行走幾步後，候場的人們便紛紛跪倒。

罕拿坐上床後，以手猛拍椅背，響起「啪」的一聲脆響，眾人均感心驚。

他以生硬的漢語道：「我即是佛！一切不管！」

說完，他招呼兩小喇嘛攙他起身，竟是說法完畢，要離去了。

一個人忙跑過去，跪在床下，道：「佛爺說法高超，只是我等魯鈍，實在無法領悟，請您還是宣說一點較低的法。」說完，連磕了三個響頭。

罕拿輕嘆一聲，眾人聽來，卻響如滾雷。他重新坐好，向左右小喇嘛揮手。

一喇嘛從懷裡掏出把草梗，放於供桌上，宣布：「依次跪到床下。」

有人輕聲道：「這是要給咱們灌頂了。」語氣十分喜悅。眾人排站整齊，一人出隊，恭敬跪到床下。罕拿揀出一根草梗，揮手，插於那人頭頂。

草梗細弱，有小臂的長度，在人頭頂卻立得挺直。何安下思量，難道活佛竟是以法力，將草梗插入人的頭骨裡？

等何安下跪在床前時，觀察到草梗的一頭有天然生就的凹陷，如一個通下水道的拔子，按於頭皮上，壓去空氣，便產生了吸力。

眾人一一頭上安草後，重新站好，小喇嘛囑咐要兩手合十，閉目聽咒。罕拿一聲長吟，開始誦咒，足念了一個時辰。這一時辰中，何安下感到有種牛乳般黏稠、冰雪般清涼的液體自草梗中灌下，滲入頭骨腦髓，引得周身癢癢。

這份舒服逐漸加重，溫癢難耐時，罕拿活佛猛然大喝了一聲：「呸！」眾人驚得皆睜了眼，霎時斷了生理反應，神志前所未有的明朗。

小喇嘛將各人頭頂上的草梗取下，罕拿開示：「此草名為吉祥草，你們以後走路入門，都要按照頭頂上實有這根草的高度，低頭彎腰。」

一人請益：「請活佛傳授大法。」罕拿瞪眼，呈怒相：「漢人真是囉唆，這就是大法！」眾人嚇得不敢再說，等一會兒，罕拿消了火，溫然道：「取法衣。」

年輕喇嘛到裡屋搬出個鑲金牛皮箱，取出一個十三稜的暗紅色高帽和一件魚鱗銀甲，伺候罕拿穿上。

帽子頂端和鎧甲的肩部均挺出一個箭頭，罕拿如洪荒時代的武士，威風凜凜。他的下巴上繫著一根牛筋，以固定高帽，牛筋接口處懸著一個小小的白色骷髏頭，核桃大小。

罕拿撫摸著垂在胸口的骷髏，道：「這是印度眼鏡王蛇的頭骨，竟是比人類的頭骨要漂亮！」眾人應聲稱是，皆有顫音。

從箱子裡最後拿出來的是一個兩尺長的頭顱，帶著一串頸骨，展放於桌上，其形好似龍頭。罕拿沉聲道：「你們漢人自稱是龍的傳人，龍是無形的，卻會附著在一些有形的動物身上。」

他拱起指節，敲了一下桌面上的頭骨，發出鏽銅腐鐵之音，聽著十分難受，他沉聲道：「這是駱駝的頭骨，草原上沒有大型猛獸，駱駝平時溫良，可一旦發起狂來，便是草原上最大的猛獸，會攻擊人類，常搞得幾百里沒有人煙。還會千里追殺逃走的牧民，其耐力和追蹤能力連狼都望塵莫及。」

他又敲了一下駱駝頭骨，道：「五十年前，蒙古赫圖穆旗出現一頭狂駱駝。它殺了赫圖穆旗整族人，令這個部落就此滅亡。它在草原上造成了長達十年的恐怖，所以它老死後，牧民們出於畏懼，把它的骨頭供奉起來。」

罕拿低聲念誦了一番咒語，將懸在胸口處的眼鏡王蛇的頭骨含在掌心，雙手合十，道：「眼鏡王蛇是天下最毒的蛇，並能噴射毒液達六米遠，人的皮膚黏上一點便死了。大多數的蛇類極為愚昧，受制於本能反應，沒有腦子，即便你養它多年，它也會照樣咬你。」

他摩挲著掌心蛇骨，如摩挲珠寶愛物，繼續說：「而最毒的眼鏡王蛇卻有著人性，只要你善待它，它也會善待你，在印度常會看到眼鏡王蛇在人家中出沒，卻與這家人相安無事。

甚至被不懂事的小孩捏在手裡，也不會咬小孩，而是軟下身子，等小孩玩夠了，再爬走。」

罕拿以蛇骨作笛，吹了一聲，竟然調子清爽。他說：「善裡生惡，惡裡生善，眾生的生死流傳，成佛作魔，是如此的不可思議。下面我傳給你們一句咒語——啊啊嚇灑瑪哈。啊啊，是駱駝嘶叫之音。嚇灑，是毒蛇吐信之音。瑪哈，是佛音。你們在這三種音中，體悟自己的善惡，決定自己的生死去向。此咒名為『決定咒』，這便是大法了！」

小喇嘛們登時念起祈禱文，讚嘆活佛說法功德。

念誦止住時，一人跪倒，說：「佛教密宗不是還有觀想、手印、檀城、供奉等諸多步驟麼？據說一次修法便要五個小時，怎麼會一句咒語如此簡單？」

罕拿一巴掌拍在供桌上，目冷如冰，要殺人般。眾人皆不敢言語，半晌，罕拿道：「連這句咒語都是多餘，還有一種趕盡殺絕的大密法，你們知不知道？」

無人答話，罕拿又道：「就是你們漢人的禪宗。自家有寶貝，卻可憐巴巴地向別人借錢。把你們挖眼、剝皮，才能解我心頭之恨。」

在座皆是名流，有人不忿起來，嘀咕：「這叫什麼話！」作勢站起，要拂袖離去。沈西坡忙打圓場：「佛爺，我們都是小聰小慧之人，承受不了您的金剛說法，還是告訴我們點切實可行的方法，消災避難，得財得勢就好了。」

罕拿大笑，眾人跟著笑了，氣氛緩解。罕拿笑道：「你這個小子，哪輪得到你胡言亂語！」抬手在供桌上的駱駝頭骨上輕輕一拍，沈西坡如遭重擊，在眾人中一下癱倒。

有人怒吼：「妖法！」罕拿冷笑：「還不算！」扯斷胸前的牛筋，將蛇骨揚手拋向空中。眼鏡王蛇的頭骨竟就此停在了空中，以扇面軌跡來回轉動，似在尋找攻擊目標，隨時會咬下。眾人均感到室內揚起一條隱形的巨大蛇身，上支著蛇頭骨。

一人「啊」地大叫一聲，撲倒在罕拿床前，搗蒜般磕起頭來。眾人隨即盡數跪倒，連連懺悔，責罵自己的不恭敬。

罕拿嘆道：「我在草原戈壁，為教授那些文明程度不高的牧民，用鬼神法方能令其信服。不想到了文明高妙的漢地，卻也要用鬼神法！好了，自明日始，我會將觀想、手印、檀城、供奉盡數傳給你們。今日到此為止。」

罕拿自床上起身，空中懸著的蛇骨頓時失力，「啪」的一聲落地摔碎。罕拿不管不顧，手擒著兩個小喇嘛的後脖頸，走入了裡屋。

地上蛇骨渣子，色如白粉。

眾人面面相覷，盡皆憮然。

二十四　千里傳音

何安下問沈西坡倒地時的感受，沈西坡回答：「好像突然沒了身體。」凶宅中有十四位僕人，沈西坡不須照顧活佛起居。經歷了不可思議之事，心中自有壓力，沈西坡隨何安下去了藥鋪，權作散心。

晚宴是琵琶姑娘指導老媽子做的，沈西坡吃得滿意，問琵琶姑娘有無需要幫忙之處？一桌魚蝦，她只吃南瓜粥一碗，道：「很想看七爺打擂台。」

沈西坡應道：「就是，只知個勝負結果，豈不是過於乏味。」隨即想到她是彭家七子的夫人，與自己看熱鬧的心態不同，於是歉意笑笑。

等煲的蘑菇野雞湯端上後，沈西坡道：「七夫人，我有一法，可讓你在杭州就知道七爺打擂台的分秒進程。」琵琶姑娘瞪起清澈的雙眸，沈西坡：「中統在越南有站點，讓他們把現場情況打密電碼滙報過來，就行了。」

琵琶姑娘：「啊，你們的技術真先進。」沈西坡一笑：「唉，一部電台的傳播範圍有限，杭州和越南畢竟離得太遠。我在整個中統系統中都有朋友，可讓消息先從越南傳到廣西，再傳到香港，然後由香港傳到泉州，從泉州傳到杭州。」

輾轉四站，杭州得到的密電會晚十一分鐘。

琵琶姑娘向沈西坡道謝，沈西坡還禮：「不是為你，是我好奇七爺會打成什麼樣？他是心高氣傲之人，出手便是殺機，恐怕這場擂台幾秒鐘就結束了。」

五日後，正是越南的打擂台時間。沈西坡帶了位女諜報員，拎著個皮箱子到了藥鋪。打開皮箱，是部電台。

琵琶姑娘卻不巧要臨產，已經疼了一早晨。沈西坡在產房外的過道中布置下電台，在門外給她朗誦情況。

下午兩點十分，彭家七子入場，身穿藍色長衫，手持摺扇，引起現場數千觀眾歡呼。彭家七子持扇行禮，然後安靜坐於擂台一角。

五分鐘後，當地武師入場，他完全是一副拳擊手打扮，穿條黑短褲，赤著上身，外裹一件綢子紅袍，小跑著登上擂台。上台後，他向台下舉雙手致意，並頻頻飛吻……

念到這裡，何安下向產房內喊道：「七爺必勝無疑！」

兩點三十分，比賽開始，七爺先出手……密電到這就停了，十一分鐘後有新密碼傳來，沈西坡朗誦道：「彭亦霆先生一拳，將對手打出了鼻血。」

何安下坐在電台旁，沈西坡和他對視一眼，兩人目光均很詫異。何安下：「鼻血？不對吧，七爺是一拳斃命的勁道。」

又等了十一分鐘，沈西坡讀著新情況：「兩人你來我往，打得好不熱鬧，直至裁判強行將兩人分開……難道這個舞獅子的，真有那麼厲害？」

何安下：「太極拳與拳擊不同。拳擊是兩人功夫相差很大，打起來卻顯得差別不大，水平再懸殊也能勉強打滿十二回合。太極拳則是兩人功夫只差一點，比武時卻是天壤之別。太極拳比武都是一拳斃命，不可能糾纏。」

沈西坡：「唉，七爺怎麼會打成這樣？難道他病了，或者上擂台前被人下了毒？」何安下：「病和毒藥並不能阻礙太極拳勁力，就算七爺癱瘓了，能活動的只是一隻手，這隻手打在人身上，也是一擊斃命的效果。」

沈西坡連連搖頭，兩人盯住電台，等著下一條密電。

十一分鐘後，沈西坡念道：「比武……結束了！」

比武按照拳擊比賽規格，在擂台四邊各設有一名裁判。裁判皆為武林名宿，在打鬥正酣時，他們集體制止了比武，裁判結果為「不勝不負不和」。彭家七子與那武師相互行禮，場面在一片祥和的氛圍中結束。

何安下：「不勝不負不和？這算什麼！」沈西坡也說莫名其妙，此時產房內響起嬰兒啼哭之聲，音色嘹亮。沈西坡讚道：「小孩的氣好足呀！不愧是七爺的種。」

她生的是個女孩，接生婆出來吩咐何安下，要他把一塊完整的薑自中央切出一半，掛在大門的門框上。只聽說彭家七子因母親是異族，所以不能繼承彭家正統，生男整薑生女半薑的做法，卻不知屬於何種風俗。

沈西坡陪何安下到大門前，在門框上釘掛薑的釘子時，沈西坡道：「我明白了。」

何安下：「什麼？」沈西坡：「他要在越南立下事業，所以此戰的目的不是戰勝，而是要打中求和。不與當地武林撕破臉皮，因為他是有孩子的人了。」

半塊薑掛好，何安下仰頭望著，神色悵然。彭家七子巧妙地處理了難解之局，預示著他將來可做一方的豪強，但當年心高於天的人，現在卻要委曲求全，作為他的朋友，雖慶幸他的成熟，卻又有一絲遺憾。

何安下：「你有沒有孩子？」

沈西坡苦笑，搖頭。

何安下：「也許，我有。」

那位夜宿靈隱的姑娘，不知有無懷孕？如果懷上，現在該出生了，那也會是個氣足的小孩吧？

何安下眼中現出痛苦之色，沈西坡的眼皮更加疲憊，他的視線轉向東南。藥鋪的東南方是片竹林，竹林前有條煤灰鋪成的小道，一輛黑色馬車正徐徐地自竹林後轉出來，正是運走柳生冬景屍首的那輛。

馬車車廂是歐洲樣式，車前掛有兩個精緻的玻璃燈罩。車門打開，下來一位穿著深灰色和服的人，他四十歲年齡，留著規整的仁丹鬍，平靜地向沈西坡鞠躬。

沈西坡：「半田幸稻，你在杭州。」

半田幸稻：「暗柳生方外散民，他的死我可以不管。柳生冬景則有政府身分，我不得不現身。」沈西坡：「你打算怎樣？」半田幸稻：「彭家會有事。我現在跟你打過招呼，算是禮數到了。」

沈西坡：「中統高官趙笠人與彭家有淵源，你們對彭家下手，會牽連很廣，何必把事情搞得不可收拾？」

半田幸稻默然，許久，道：「你提供一個彭家之外的人，我提供一個柳生家族之外的人，再比一次武。不論誰生誰死，恩怨就此了結，永不糾纏。」

沈西坡：「很好。」

半田幸稻：「條件是，一、人選必須是現在杭州的人；二、以長兵器比武。」

沈西坡默然。

半田幸稻：「你不想聽聽我提供的人是誰麼？」

沈西坡：「……你？」

半田幸稻長笑，轉身入車。

馬車駛遠，沈西坡眼皮緊縮。何安下：「他是什麼人？」沈西坡：「日本老牌間諜，傳說在五年前死於廣東。日本戰國時代，他家祖上是武田信玄軍中的長柄刀教習，日本管長柄刀叫剃刀，他的家族被稱為剃刀半田。」

何安下：「杭州有長兵器高手麼？」

沈西坡：「……沒有。半田幸稻行事謹慎，他一定把杭州武林人物調查清楚，得出了在長兵器上無人能勝他的結論，才決定親下鬥場的。」

何安下：「怎麼辦？」

沈西坡：「不知道……先帶你去見趙笠人。」

二十五　白盡梨園弟子頭

沈西坡帶何安下走入一條小巷，巷口有兩個雜貨鋪，巷內十餘戶人家。沈西坡悄聲說：「每次到杭州，趙笠人都住在這裡。巷口店鋪、巷內人家全是中統特務，只要巷內進了生人，立刻會被察覺。」

趙笠人年輕出道時，是以更新街頭捕捉技術確立名聲的。在上海租界，因是外國勢力範圍，中統特務不便公然捕人，必須街頭秘捕，需要在不驚動路人的情況下，將目標抓進轎車中。但轎車門較低，目標往往會用手撐住車門，便推搡不進了，如引來租界警察，特務們只好無功而返——趙笠人完美地解決了這一問題，他的發明至今是中統的經典技巧。

何安下：「什麼？」

沈西坡：「給那人肚子一拳，他必疼痛彎腰，就勢便將他推入轎車。」

何安下：「這麼簡單！」

沈西坡：「……」

在一戶人家的閣樓上，何安下見到了趙笠人。罕拿活佛將蛇骨定在空中後，他是第一個磕頭如搗蒜的人。

閣樓狹小，只有一張藤床，他橫臥於上，抽著鴉片。聽完沈西坡對彭家情況的滙報，趙笠人緩緩道：「日本勢力滲入東三省，派出四十萬人到吉林省開闢農莊，並讓那裡的中國孩子受日文教育，他們不但亡我們的國，還要亡我們的種……這位兄弟與我同受活佛灌頂，是百千萬世的緣分，彭家的事，我管了。」

何安下向他行禮，他笑笑，十分溫和。沈西坡繼續滙報，聽到半田幸稻的比武條件，趙笠人皺緊眉毛，自床上坐起。他眼睛定定地看著西牆小窗，手指慢慢捏著鴉片膏，將其揉成一個滾圓的球體後，視線轉向了沈西坡。

趙笠人：「杭州有一個用長兵器的高手，但他已瘋了多年。如果你能控制他，興許可派上用場。」

拿著趙笠人的手諭，沈西坡帶何安下去了西湖邊的一座德國式別墅。這是趙笠人的房產，但他一天也沒有住過，到了杭州便躲入那間狹小昏暗的閣樓中。何安下的藥鋪與這座別墅隔湖相望，它佔據著觀西湖的最好地段，傳聞它的主人是一位上海大銀行家。

別墅的地下室中，鎖著一隻德國狼犬，還鎖著一個人。此人骨瘦如柴，毛髮遮面，近乎全白。沈西坡向他抱拳行禮，道：「查老闆。」那人哼了一聲：「客氣。」竟然嗓音清亮，語調高昂。

駐在別墅的特務共兩人，也跟入了地下室。沈西坡吩咐他倆：「給查老闆洗漱理髮，換身乾淨衣服吧。」一特務：「他是瘋子。一動他，就會咬人。」

沈西坡兩眼一翻，嘴角浮現出怪異笑容，向瘋子作揖：「查老闆，你多久沒上台了？」何安下心中一驚，戲劇界管名角叫老闆，難道這位長兵器高手，竟是個戲子。

查老闆：「很久。」沈西坡：「現在我要請你上台演戲。要知道，當年查老闆的扮相是上海第一。」響起了一片鎖鏈顫抖之聲。

沈西坡：「他們要給你刮鬚理髮，好不好？」半晌，查老闆吐出一音：「要的。」沈西坡一揮手，兩個特務走到查老闆身邊，試探著抓住他胳膊，見他並不抗拒，便將他從地上扶起。何安下看到，他兩腳間套著一塊八寸見方的鐵鉈。

等待查老闆理髮整裝時，沈西坡與何安下到後院花房喝茶。花房盡是歐洲植物，一個玻璃罩中還養了三隻綠色蜥蜴，形狀噁心，但那身綠色十分純淨，又令人心曠神怡。

沈西坡：「那種玩意叫猸龍，只在北太平洋幾個小島上有。趙笠人最愛的兩本書，一是《福爾摩斯偵探集》，一是《達爾文文選》。達爾文進化論的形成，源於年輕時一次對北太平洋二十三個海島的生態考察，關於猸龍，他寫了很多。」

何安下：「所以趙笠人便要搞來幾隻，他真是個達爾文迷。」沈西坡一笑：「人生在世，總要有一迷。」他垂下了眼皮，許久，說：「他是達爾文迷，要說我有何迷，就是迷過查老闆的戲。」

查老闆早年學崑曲，崑曲是古代士大夫的雅興，文辭如詩，難入世俗，自古曲高和寡。崑曲少大鳴大放的鑼鼓，一支笛子，一管簫，便可伴奏整齣戲，而其身法極為講究，與其他劇種相比，強調「以腰動身」，婉轉多姿。其他劇種有詞譜、曲譜，而崑曲獨有身法譜，一齣戲未學得身法，便等於是未學這齣戲。

漢人的宮廷舞蹈皆盡失傳，民間亦少歌少舞，如說漢人的舞蹈，便是崑曲。查老闆以崑曲的童子功，轉而唱世俗化的京劇，京劇講究「唱、念、做、打」，他將崑曲的身法引入京劇，在「做」的方面獨超同行，以身姿動作表達人物情緒，被稱為「旁人的戲是聽戲，查老闆的戲是看戲」。

他以小生成名，卻又改作了武生，他獨喜《挑滑車》一折戲。在《岳飛傳》中岳飛使槍，為維護岳飛的藝術形象，本不該再有使槍超過岳飛的人，偏偏書中就有一位。

此人名為張寵，單槍匹馬殺上金兵山寨，金兵自山上滑下尖頭鐵車。車重四百斤，乘勢而下，有千斤衝力。山路一條窄道，退無可退，而張寵竟以長槍將鐵滑車一挑掀於身後。

他連挑了五輛鐵滑車，力脫而死。這份神力，狂傲古今。在京劇舞台上，多為虛化處理，由演員拿兩面旗子，便意指是鐵滑車了，大槍掄過來，這位演員做兩個前空翻，便等於是鐵滑車被挑飛。

查老闆演《鐵滑車》，則是挑桌子。一個八仙桌有八十斤，依次擺於台上，他持一桿木槍，一一挑去，桌子飛過頭頂，由身後兩位小兵接住。他本生得清朗俊秀，其武生扮相比以前的小生扮相更勝一籌，被評為扮相上海第一。

他的妻子名韓閨珠，是著名女旦，生得身高腿長，有著歐洲女人般豐滿的胸臀，真是英雄美女，令人好不艷羨。但天嫉英才，他在霞飛路的家遭土匪打劫，一把火燒光，妻子活不見人死不見屍。

某日演出完，他在劇場後巷遭上海青幫圍打，青幫人數達七十餘人，他以巷中一戶人家的晾衣竹竿應敵，竟然致殘四十七人，打死十一人。竹竿頂端在激戰中破裂，成了鋒利竹針，從小巷中逃脫的青幫分子臉均被破了相。

他下手之狠，武功之高，出乎民眾意料，第二天便有了「活張寵」的稱號。但他也在第二天失蹤，七年來再無音訊。

何安下：「趙笠人霸佔了他的夫人？」沈西坡低頭看茶杯，茶杯是白色釉瓷，上畫一朵小小墨菊。何安下：「女人老得很快，七年了，趙笠人也該……」

他的話說不下去。

沈西坡挑起眼皮，沉重得如挑起一輛鐵滑車：「……也該玩膩了。趙笠人本是色鬼，遍嘗各省美女，連特務訓練班的女學員、下屬的老婆都不放過，可誰知他對韓閩珠卻動了真情，七年來，他沒糟蹋過別的女人。我們都暗稱韓閩珠是菩薩。」

何安下：「如是烈性女子，恐怕早就……」他的話再次說不下去。

沈西坡：「她開始誓死不從，後來趙笠人與她達成協議，只要她陪他一天，他就留查老闆的命一天。」

何安下：「如果查老闆命喪日本人之手，他豈不是名正言順地除去了查老闆？」沈西坡：「趙笠人雖是惡人，卻很愛國，要不是事逼無奈，他絕不會放查老闆出來。事情的關鍵是，查老闆的確是長槍高手。」

查老闆由小生轉成武生，因為他曾經拜師一名真正的武術家。此人名為方二先生，早年是一名貨船保鏢，押船在煙台和上海間往返，所用的武器，是一根長槍。長槍本是古戰場的馬戰兵器，持長槍的他站在甲板上，就像個笑話。

一次夜遇海盜，方二先生的長槍詭異地從帆杆等遮擋物後鑽出，扎死了十七名持火槍的海盜。槍扎一個點——槍法沒有大搖大擺的技巧，槍的運動幅度很小，縱看只是一個點，神龍見首不見尾，令人難以格擋。

長槍是古代戰場上的「龍技」，學得長槍之術，可以裂土封侯，與君王分天下。持長槍闖敵陣，能以一敵萬，因為長槍用的不是臂力，而是腰力，所以有可怕的持久力，並越戰越強。查老闆雖是戲子，但他的童子功是「以腰動身」的崑曲，練上長槍，竟然得天獨厚。

方二先生的武學傳自魏晉時代書聖王羲之的侄子王泯之，王羲之家族執掌東晉朝政，王泯之是一名武官。清朝初年，得此槍術的人叫戚機可，他是反清復明的白蓮教軍隊的槍術教習。

清軍剿滅白蓮教後，其餘黨不再練槍，以練槍的方法練拳，創立了一門拳術，就此隱伏下來。清朝滅亡後，此派終於可重新持槍，但冷兵器的時代已經過去。

何安下：「這是什麼拳？」

沈西坡：「形意拳。外形為拳，內含槍意。」

此時響起鎖鏈之聲，查老闆被兩名特務押到了花房，腳上仍套著八寸見方的鐵鉈。

他刮去鬍鬚，剪短頭髮，整個人煥然一新。其五官清秀，面部皮膚依舊年輕，但有兩個地方破壞了他的英俊，一是癲狂的眼神，二是滿頭的白髮。

沈西坡眼眶紅了，喃喃道：「查老闆的頭髮，何時白的？」

他死死盯著沈西坡，像吐出一口卡在咽喉很久的濃痰，吐出一句話：「很久沒上台，我需要練功。」

二十六　神槍

別墅前院種有一池荷花，一條花面棉被慢慢沉入水中。查老闆站在池邊，手持一桿德國的合金釣魚竿。

查老闆將釣竿探入棉被之下，久久不動。半個時辰後，棉被飽吸池水，他腰部一擰，棉被大鵬展翅般自泥水中飛出，輕落在他身後的草坪上。

池中央空了，池邊際的水急速補充，形成一個大漩渦。何安下變了臉色，查老闆竟將半池淤泥挑出了池外，那輕輕一挑，至少有三百斤力量。

沈西坡迎上去，孩子般欣喜：「神力尚在！神力尚在！」查老闆漠然地看著他，手中的合金釣竿「咔」地一聲裂開。

兩個小特務急忙跑過來，慌得嗓音都啞了：「這釣竿是趙座特意從德國購的，值一根金條。你非要拿它當槍使，裂了，我倆的命就沒了！」

沈西坡掄圓胳膊，給兩個小特務一人一記耳光，吼道：「你倆真是沒有當特務的資質，跟趙座多少年了，怎麼連他的稟性都沒搞清楚？他買奢侈品，從來是圖買時的痛快，你什麼時候見他用過一樣？」

兩特務面面相覷，不由得點頭：「對，趙座是個樸素的人，他總是住在最低檔的房子裡，甚至洗臉都不用香皂，而是洗衣服的肥皂。」

沈西坡：「你倆看守別墅，這別墅就等於是你倆的了。好好享受吧，別把自己活得這麼辛苦。」兩特務茅塞頓開，臉上浮現出對新生活的嚮往。

查老闆將釣竿扔在地上，挺直腰桿，有了名角的氣派，像囑咐自己雜役般囑咐沈西坡：「金屬桿太脆了，不能轉力。你去找一根木製槍桿，不是木料削成的，而是一根完整的小樹，內在的機理是天然的，猶如活物，可以變化我的力量。這種樹長成需六年，時時要小心調整，種五百棵可出一根上品，比皇上選妃子還嚴格。長好後，用艾草薰烤，令艾草香氣滲入最內層。」

沈西坡問一旁的何安下：「艾草，就是針灸時用的藥材吧？」何安下：「能打通人的經絡。」

查老闆哼一聲：「萬物皆有經絡。」

沈西坡忙說他去尋這樣的槍桿，查老闆又言：「第二件事，我困於地窖多年，雖還剩一把幹勁，但內裡卻虛了。我要到高山上，接天雷。」

杭州魚鱗巷有一家電器商店，是間僅二十平米的房子。但這間小門臉後面卻有巨大的延伸，深入兩百四十米，有三重院落。這是中統在杭州的秘密武器庫。

武器庫中有兩位六十歲的技師，他倆擅長將不同的歐洲槍枝拆散，用其最佳部件拼裝成一把新槍，細微性能上會優於原槍。而這細微改良，將在真實的槍戰中發揮意想不到的作用。

下午三點，兩位技師接到了一份槍的訂單，並註明是特別加急件，是今年最重要的任務。他倆有了一展才華的興奮，打開訂單，卻發現那不是打子彈的手槍，而是古代戰場上用的木桿長槍。

兩人愣了足有二十分鐘，一人嘆道：「樹苗成長要六年，而只給了我們十六個小時，怎麼辦？」一人回答：「昨晚，我完成了一把組裝手槍，可稱得意之作，十六個小時後，你我用它自殺。」

當魚鱗巷武器庫陷入前所未有的困境時，一輛軍用吉普車駛向離杭州最近的山——天目峰。兩個特務不敢打開查老闆腳上的鐵鉈，就雇了六位轎夫，輪換著抬滑竿，登山共用去六個小時，至山頂天已大黑。

霧氣濃重，遮住日月星辰，令天空像一匹陳舊大布，無絲毫深度。天目峰多雨，兩日內必有驚雷。滑竿擺在一處空場，查老闆腳套鐵鉈坐於其上，無人攙扶便無法站起。其餘人縮在山崖下，聽著午夜狼嚎，感到周身越來越冷。

凌晨三點，何安下驚醒，見天空驟然深廣，遙遠天際劃出一道閃電。接著雷音滾滾，自遠而近，猛然巨響，山下莽莽樹林中竄起一簇火，一棵千年古樹遭了雷劈。

閃電光中，可見查老闆閉著兩眼，起伏胸膛，做著深呼吸。再睜眼，癲狂的眼神已變得恬靜，他低喝一聲：「好了！」

沈西坡慌忙跑去，問：「啊，好了？這就是接天雷了麼？」查老闆：「你以為我怎麼接雷，用手？」沈西坡不好意思地笑了。

查老闆：「雷是陰陽相交的現象，陰陽相交，化育萬物。感受打雷後的空氣，可補充人的元氣——這就是接天雷。」

查老闆神態溫和，語言清晰，完全是個正常人了。抬他下山時，何安下問走在後面的特務：「他是怎麼瘋的？」

特務：「你也看到了，七年來他跟狗關在一起。狗要在晚上進食，所以室內有極亮的燈泡。他心懷奪妻之恨，本就抑鬱，晚上又不得睡眠，關了兩個月後，一夜我去餵食，聽到他狂喊『燈泡』，就……」

何安下：「他是被你倆逼瘋的。」特務聲音顫抖：「千萬別這麼說，七年來，我倆伺候一條狗和一個瘋子，才真是痛苦不堪。」

前方，沈西坡跟在滑竿旁，抓著查老闆搭在滑竿扶手上的胳膊，不停囑咐轎夫注意地面，要慢些穩些。他在扮演京劇名角的跟班，全情投入。

回到西湖別墅，已是上午十一點，兩特務做出一大鍋雞蛋炒米飯。沈西坡道：「七年來，你們就吃這個？」特務一咬牙，小跑而去，一會兒拿出了兩個鐵皮罐頭，擺在桌上：「這是俄羅斯黑魚子醬，值一根金條。」

他的豪情激發了另一個特務，那特務也小跑而去，一會拿來一瓶葡萄酒，擺在桌上：「這是六十年陳釀，產自法國圖貝莊園，三根金條。」

沈西坡讚道：「對了，人就該活出個人樣！」兩特務經不起鼓勵，又拿出一堆瓶瓶罐罐，桌上不知有多少根金條了。

一頓美餐。

十一點，兩個戴老花鏡、穿灰布中山裝的人，送來了一根槍桿。槍桿長兩米九，後粗前細，通體油亮，泛著淺淺紅色，絕非十六個小時可以製作完成。

沈西坡輕聲問查老闆合不合用，查老闆摩挲槍桿，一臉珍愛之色。沈西坡笑道：「從哪搞的？」

原來兩個技師在絕望中，想到靈隱寺的側殿供奉著一尊巨大的穢跡金剛塑像。一千八百餘年前，佛祖在印度莎羅雙樹下逝世，其心臟化為一個凶相的金剛力士，等於佛祖死去，但他的心臟仍在世間跳動。

穢跡金剛有八臂，第三隻右臂拿著一桿月牙戟。在記憶中，戟是按照真兵器標準製作，戟桿是從三千根樹苗種挑選出來的。

查老闆手中的槍桿頂端，有兩道白色的印痕，那是原來戟頭的位置。戟配有月牙形倒鉤的槍頭，是中國獨有的兵器，佛祖的死後化身用漢族的兵器，預示著佛法將在印度滅亡，在中國興起。

兩技師中的一位拿出一個黑木盒，道：「這是原本的戟頭，要不要安上？」

查老闆撫摸著槍桿頂端的白色印痕，道：「兵器貴在簡潔，戟可扎可鉤，功能多了，必不能精深。我只要一個槍頭。」

另一個技師拿出第二個黑木盒，打開，裡面是只鐵槍頭，寒光閃閃。技師：「岳王廟裡岳飛雕像所持的槍，也是按照真兵器規格製作的，這是我們卸下的槍頭。」

沈西坡含笑道：「你們竟可從寺裡廟裡隨便拿東西！怎麼做到的？」一技師謙虛答道：「不值一提。在武器庫供職前，我倆是行動組的一線特務。為了不擾民，請盡快用完，我倆好還回去。」

兩技師出了別墅後，沿著西湖邊慢慢行走了半個時辰，方減去了心頭的壓力。以下是他倆的對話：

「我倆沒被難倒！」

「想不到，古代的兵器也需要組裝！」

二十七　賊刀

半田幸稻所用的刀為中空銅桿，長一米六，刀頭薄窄，僅三十釐米，更像一把匕首，與中國寬大的刀型迥異。

當他持著這樣的刀，到達比武地點時，查老闆的眼神再次癲狂。他盯著查老闆的長槍，慢慢擰動手中銅桿的底部。擰了六下後，銅桿被卸下一截，於是他的長刀縮短成一米。

半田幸稻：「刀法的原則是避實擊虛，專破狼牙棒、錘子、斧頭等重兵器，讓過這些重頭，直接砍人身，所以刀賊。」

查老闆：「槍可以破刀，因為槍虛，槍桿越長越可以生出變幻。」

半田幸稻：「遇到你，我很榮幸，世上懂古兵器的人已經不多了。但日本的剃刀正是破槍的，剃刀之法與一般刀法避實擊虛的原則正好相反，叫作打實不打虛，不理睬你槍法的變幻，只要你要槍的力量稍一用實，讓我有了著力處，我就進身砍斷你的槍桿。」

一寸長一寸強，一寸短一寸險。半田幸稻縮短刀桿是為了近距離砍殺，只要他鑽進了長槍裡，槍頭不能回護，長槍的強處就成了弱點。他宣稱以長兵器較量，等真比武時，卻要以短擊長。

半田幸稻故意將自己的刀法說出，擺出穩操勝券的姿態，是為了擾亂對手心神。這是日本傳統做法，比武前先鬥口才。

查老闆眼神躁亂，看左看右，再也不能專注一處。他腳上還鎖著八寸立方的鐵塊，連躲避也不能。

半田幸稻意識到已是最佳時機，持刀衝了過來。查老闆的槍慌忙扎出，他靈敏地滑步閃開。槍頭扎進地裡，他大喝一聲，掄刀向槍桿砍下。

刀砍在槍桿上，卻並不把槍桿砍斷，而是刀頭一側，順著槍桿滑向了查老闆。刀如擦水而飛的燕子，當它揚起的時候，便會劈開查老闆的胸膛。

半田幸稻幾乎聞到了血腥味，這一刀勢在必得。但槍桿卻突起變化，如弓背般隆起，半田幸稻的刀頭失控，擦水低飛的燕子被一個浪頭打到水裡。

半田幸稻急抽刀，但比刀頭回縮之力更急的，是槍桿的追擊之力。槍桿壓住刀頭，打在他的脖子上。

半田幸稻跌出，躺在地上以手摀頸，鮮血順指縫噴濺而出。他的刀切開了自己的血管。

半田幸稻：「沒有道理呀！在刀法上講，無論如何都該是我贏你。」

查老闆：「中國有一句老話——功大欺理。功夫大了，可以超出常理。我比你功夫大。」

半田幸稻長嘆一聲，鬆開搗脖子的手，登時血如利箭，射起兩尺來高。血箭散落，半田幸稻死去。

他倆比武的地點是在一片草坪上，草坪由松樹林包裹。中統封鎖了一座公園，以供比武。松樹林下，停著一輛黑馬車和一輛黑轎車。兩個日本特務將半田幸稻的屍體抬上馬車後，馬車便駛走了。

轎車開著車窗，趙笠人坐在裡面。他嘆口氣，對站在車窗外監管查老闆的兩個特務說：「以後，不要把他再和狗關在一起，鎖在後院花房吧。還有，今晚開一罐俄羅斯黑魚子醬給他吃。」

車外還站著沈西坡與何安下，沈西坡向轎車行了個軍禮，趙笠人點點頭，搖上車窗。轎車開走。兩特務向查老闆走去，何安下也要趕過去，沈西坡卻拉住他。沈西坡眼神異樣，何安下遠望過去，發現查老闆更為異樣。

查老闆端槍靜立，暗運腰力，槍桿起了劇烈顫動，頻率快如馬達。跑過去的兩特務停下腳步，不敢再往前走。查老闆猛然大喝一聲，掄起槍桿，砸向兩腳間的鐵鉈。

「咔嗒」一聲，鐵鉈上的鎖被砸裂，鐵鉈花開般翻開。查老闆兩腳一縱，跳出鐵鉈。他走出一步，便摔倒在地。七年腳套鐵鉈，乍一脫開，任何人都會不適應行走。他爬起，以槍撐地，緩慢而行。

走出十步，他加快速度，漸漸狂跑起來，一眨眼便出了草坪，鑽入松林。

草坪中站著的兩特務回頭，無助地望向沈西坡，喊道：「這！怎麼辦？」

沈西坡沒搭理他倆，低聲對何安下說：「趙笠人的惡報到了。」一拉何安下，帶著他跑入松林。

出了松林，見查老闆衝下山坡，持槍站在路中央。趙笠人的轎車從盤山道拐出，略一停頓，便加速，向查老闆撞去。

查老闆將槍頭放低，脊背如貓撲食般高弓而起。沈西坡驚叫：「他竟要挑趙笠人的汽車！」

車與人瞬間貼在一起……何安下與沈西坡都看不清那一瞬間發生了什麼，只看到結果：轎車側面貼地，滑出二十來米，撞倒一棵杉樹；查老闆渾身血跡，躺在路中央。

何安下與沈西坡跑下山坡，見查老闆的雙腿已斷，斷骨刺破褲子，挺出一截。他滿臉是血，不辨五官，也不知死活，但他的手仍緊握長槍。二十米外，趙笠人正艱難地要從轎車裡爬出。

長槍的鐵槍頭被震斷，不知飛到何處，木桿斷裂處，銳如槍尖。何安下急抄長槍，但拉扯不開。何安下吼道：「我幫你報仇！」

查老闆手指鬆動，何安下一把將槍抽出，向轎車跑去。此時趙笠人已將小半個身子探出了車窗，何安下一槍扎下，木頭尖穿破車窗玻璃，將趙笠人釘在車中。

沈西坡跑來，見槍桿貫胸而入，趙笠人絕無活命可能。沈西坡：「查老闆的事，與你無關。」何安下：「我看到了，就與我有關。」

沈西坡：「快逃。三年內不要回杭州。」

何安下：「彭家七子的夫人，不能出事。」

沈西坡：「你的藥鋪會被查封，我安排她離開。」

何安下抱拳作揖，轉身跳下山坡。

十五天後，中統總部下令，秘密槍決了一個叫沈西坡的內部人員。

二十四天後，河北省易縣的彭家老宅，遭到不明武裝襲擊，槍聲響了一夜，老宅兩百六十五人無一生還。

三個月後，西湖邊出現了一個失去雙腿的乞丐。他時而清醒時而瘋癲，在清醒時會扒著湖邊圍欄唱幾句京劇。常有頑童用石子、泥巴打他，引得他兩手撐地追趕。他又老又醜，卻對孩子們說，他是上海第一扮相。

十一個月後，乞丐在春節的前兩日凍死在街頭。有人說他真的是上海扮相第一的查老闆，有人說他從沒有瘋過。

以上，是三年後，何安下重回杭州聽到的事情。

二十八　直至身毀始甘心

不料又入山了。逃亡中的何安下想起十六歲入山做小道士時，看到的一副對聯：為蛾不點燈，為鼠留碗飯。

不點燈，為防飛蛾撲火，剩飯是留給屋中老鼠的。入山修鍊的人，必會生出這樣的慈悲，因為山中寂寞，作伴的只有飛蟲、老鼠。

他那時覺得，瞪著透亮眼睛的新生老鼠，便是天下最美的動物。而今天，他卻殺了個人。

那是惡人，死有餘辜——槍刺趙笠人的一刻，何安下如此想著，極其堅定。現在，對自己的想法卻漸失信心，他是惡人，但他畢竟是人類，和自己一樣的人類。

動物忌諱同類相殘，動物中最毒的藥，便是同類的血肉。狼吃狼肉，爛腸爛胃。在豬飼料中混入豬血，豬吃了會生瘟疫。為何人類相殘，卻只有「獨處時心慌」這一點點懲罰？

何安下穿林越嶺，隨著疲勞程度加深，身上的動物本能也被激活。他感到三十米外有一個人始終不即不離地跟隨著自己。沒有任何聲音，也不見蹤影，但他知道那個人一定存在。

何安下入的是天目峰，越過查老闆接天雷的地點，向更深處行去。他多次猛回頭，身後卻並無人影，也沒有草木晃動。地心引力在山中變得巨大，萬物沉甸甸垂著，罕有向上的動勢。

道經記載中，天目峰是道家第六十七福地。天下福地共七十二處，福地是利於修鍊的地方，自古隱藏著陸仙。陸仙不能像天仙般升空，卻可擦地飛行，存活千萬年。

入夜前，何安下找到了一個小巖洞。巖洞頂部有煙燻痕跡，也許是獵人的窩點。洞內潮氣不重，尚可過夜。洞內有一大片脫落的山巖，狀如門形，可遮住半個洞口。何安下搬巖片時，看到三十米外的草叢晃動了一下。

並未有風，四下林木其靜如畫。何安下隱在山巖後，目光不再離開那片草叢。

天黑後，草叢中亮起了兩星螢光。應是野獸潛伏在那裡，是狼還是豹子？何安下拾起腳邊的石塊。

兩星螢光升起，竟有一米七八的高度，向洞口走來。它巨大得超乎意料，不知是什麼怪獸。兩星螢光在距洞口五米的地方停下，半晌後說出人言：「何安下，是我！」

那是趙笠人的聲音，何安下毛骨悚然。「啪」的一聲，打火機亮起，顯現出趙笠人消瘦的面孔，他的中山裝很整潔，胸口並無被扎穿的恐怖景象。

趙笠人手持打火機，道：「別害怕，我不是鬼。看呀，地上有我的影子。」何安下看到地上確有影子。趙笠人：「如果還不信，就拿石頭扔我，看看能不能打到實處。」

何安下奮力扔出一顆石子。石子打到趙笠人身上，滾落在地。趙笠人露出疼痛的表情，何安下：「我明明把你扎死了，不是鬼又是什麼？」趙笠人悶住了，半晌後，嘆道：「我也不知道自己是什麼。」

當何安下的長槍刺來，他嚇壞了，不知怎麼就生出一股巨大力量，從轎車內跳了出去。他一路狂跑上山，直奔到山頂才敢回頭看，卻看到山下轎車中明明有一個自己，胸口扎著長槍。

他嚎啕大哭，以為自己成了鬼魂，等看到地上有自己的影子，又一陣大笑，高喊：「我沒死！」可很難解釋山下為什麼會還有個自己，他完全懵了，俯瞰到何安下逃走，想也不想地就一路跟來了。

他蹲在洞口前，猛拽頭髮。何安下：「你別煩惱，罕拿活佛不也是身外生身，逃出地牢的麼？」趙笠人：「哎呀，我怎麼能跟活佛比。我是作惡多端的人，根本不可能有這等造化。」

何安下笑了：「你知道自己作惡多端呀？」趙笠人：「當然，我又不是傻子。」何安下實在忍不住，一串大笑。趙笠人：「喂！我遭遇人間慘事，你怎麼能笑得出口，太沒人性了吧？」

何安下勉強止住笑，道：「你有什麼慘的？剛被殺死，立刻有了新的身體，你能照樣活著，做你的中統高官。」趙笠人連連擺手：「我是死過一次的人，總得做點反思吧，否則就白死了。」

何安下：「你有什麼反思？」趙笠人悶住了，半晌後說：「我沒以前的我腦子好使，你容我想想。」

何安下再次大笑，拉開擋洞口的巖片，出洞，蹲在趙笠人身旁：「我覺得你比你以前樸實多了。」趙笠人忙說：「壞就壞在這，對於跟人鬥心眼，我現在是一點興趣也沒了。中統裡都是人精，我這種狀態回去，早晚給人整死——好不容易撿了條命，何苦呢！」

何安下：「你總得先把查老闆的夫人放了吧！」趙笠人：「唉，她在兩個月前已病逝。那是個好女人……我很想她。」

何安下拍拍他肩膀，感到是實在的血肉，嘆道：「老兄，你以後什麼打算？」趙笠人臉生愁雲：「想換個活法……要不，你去哪我就去哪吧！」

何安下悶住了，趙笠人忙說：「別忘了你我同受活佛灌頂，是修法同志，你可千萬不能拋下我！」

提到活佛，何安下想起一事，道：「我實在搞不清你是什麼情況，這個身體是真是假。你還記得活佛傳下的那句咒語麼？」趙笠人：「記得，六個字概括了駱駝音、蛇音、佛音，可以決定人的生死去向。」

何安下：「你不如念念。」趙笠人點頭，盤腿而坐，閉上眼睛，開始低聲念誦。

一念便不停了，何安下聽了整夜的「啊啊嚇灑瑪哈」之音。第二天清晨，趙笠人睜開眼睛，對何安下說：「明白了，我真的已經死了。這個身體不是重生，而是一個頑固的求生念頭造成的幻變。現在，我放下了。」

何安下眼中一花，面前已沒了趙笠人。

二十九　高人

何安下在天目峰西側山腰挖山洞，作為住所。他十六歲仰慕神仙，上山求道，道法未成，卻積累了許多野外生活的技巧。他下了忍受一切艱苦的決心，最大的艱苦便是寂寞。

半個小時後，發現山上除他之外，還有許多人。

當何安下奮力挖洞，累瘦了腰時，身後響起一個聲音：「哈哈，新來的？」何安下嚇得回頭，見身後站著一位長髮披肩的修行者，高額深目，一臉油滑。

他自報姓名為段遠晨，其生活條件比何安下強百倍，在距土洞兩百米處，蓋有一座木樓，他熱情邀請何安下去作客。

木樓以十二根大柱懸空兩米，樓下扔著三百多個瓷碗，碗中滿是剩飯污垢，招惹蚊蟲無數。樓上五間房，臥室、書房、靜坐室、廚房，還有一間供奉著道家神仙呂洞賓的鎦金銅像，何安下在此房中與段遠晨攀談。

問：「您依何法修行？」

答：「道家小天龍派靜坐法。」

問：「小天龍派，我怎麼沒聽說過？」

答：「因為……我是這一派的祖師。」

何安下不知該如何問下去，沒話找話：「樓下的碗是怎麼回事？」答：「山中刷碗很不方便。所以我每次進山，都是帶兩箱碗，用了就扔。」

何安下：「你很有錢！」答：「我不算有錢，上面有位修行者，一個月可掙一萬大洋。」

段遠晨帶何安下向更高處爬去，轉過山路，眼前呈現出一片盛大的生活景觀。林立著無數小木樓，甚至還開闢出一條可供汽車行駛的山道，有的小樓下便停著兩三輛轎車。

段遠晨感慨：「我上山晚了，好地方都被人佔了。」那些轎車是來訪的政府官員所開，做官的人都篤信佛道，常上山求高人指點迷津。

那位一月掙一萬的高人曾做法事祈禱，令某法院院長升為省長，所以來拜見他的官員最多。他現在正閉關，閉關就是把自己鎖在房間專心修鍊，每日由僕人從小窗口遞飯，短則三月長則三年。

閉關越久便越受人尊重，高人已閉關五年，每月初一會給來訪官員指點迷津，每月十五給山上的修行者講新聞，都是透過送餐的窗口說話，根本看不見他的臉。

段遠晨說高人身困斗室，卻能知天下事，每次講新聞，大家都聽得津津有味。今日正是十五，他已講了一個下午。高人講新聞，如說評書一般，是越說口才越好，情節越精彩，段遠晨總結出經驗，睡了午覺後再去聽。

高人住所高於眾樓，是位於山頂的一座青磚大院，共十八間瓦房，有十個僕人負責做飯，十個僕人負責到山下挑水。段遠晨領何安下到達時，院中已席地而坐了三十多人，都是奇裝異服的修行者。

正房的門上貼著寫有紅色符籙的封條，符籙是有法力的漢字，日常漢字的奇妙變形，據說可保護閉關者不受邪魔騷擾。

門上開了個巴掌大的小窗口，一個梳著長髻的修行者站在窗口前，他手中拿著一個塑膠喇叭，一臉焦躁。

段遠晨領何安下席地坐好，問旁邊的人情況。旁邊的人說高人語言生動，往往會從中午直說到深夜，但今天大家已等了三個小時，高人卻遲遲不語。

何安下觀察院中諸人，見一個個肥耳肥腮、皮膚滋潤，顯然都得到了很好的營養。又等了二十分鐘，眾人響起掌聲，何安下見站在正門口的修行者將喇叭遞到小窗前。

眾人安靜下來，靜待高人開口，不料「砰」的一聲，封條破裂，門被人從裡踹開。一個胖大漢子站了出來，想是高人，他向眾人一揮手，喊道：「出大事了，都進來聽聽！」

眾人蜂擁而入。何安下擠進去，見室內擺著高檔沙發，兩排書櫃兩排古董架，一個游滿熱帶魚的玻璃魚缸，三隻白色波斯貓，最裡面的一張西式寫字檯上放著一台棕殼收音機。

收音機中一個音如利刃的女音在播社評，原來今天中午，日本部隊向熱河發起了進攻，侵佔了長城一線，中國駐軍正慘烈地反攻。

眾人聽得入迷，段遠晨擠到何安下耳旁，小聲說：「他有收音機！難怪足不出戶而知天下事！」何安下則想：杭州比武擊死了三個日本人，沒想到引出這麼大亂子！

三次比武，皆因我而起……聽著廣播持續，何安下自責越來越深。那位胖大的高人坐在辦公桌後，一臉怒容。社評完畢，轉成音樂節目，播放的是貝多芬的《英雄交響曲》。

高人擰閉收音機，道：「我們該怎麼辦？」眾人七嘴八舌，紛紛叫嚷要下山殺敵，何安下也喊了句「把我上繳」，但湮沒在聲浪中，沒有引起反應。高人一拍桌子，道：「下山殺敵，不過多些炮灰而已。別忘了我們與尋常百姓不同，我們要利用我們的特長，以法力拯救國事。」

高人分析，近日官員們必會上山求指點迷津，眾人要統一口徑，分別對常找自己的官員說，此事重大，需要做一次大規模的法事，方能平息。而大規模的法事，不是個人之力所能承辦，需要聯合全山修行者，需要一筆巨大的修法資金。

有聰明人先明白了，道：「啊，這是一單大生意！」眾人逐漸都明白了，紛紛讚嘆高人的智慧。有人問：「咱們提多少錢合適呢？」高人想了想，說：「三十萬大洋。事成後，我佔三成，你們分七成。」

眾人歡呼雀躍，一個聲音響起：「三十萬大洋，就能化解中日戰爭？成本也太小了吧，那些官員們能信麼？」眾人登時無聲，高人思考半晌，一拍大腿：「三百萬大洋！」

眾人再次雀躍，紛紛讚嘆高人的氣魄。高人朗聲大笑，道：「還得感謝剛才那位兄弟的提醒，是誰呀？」

何安下站了出來。

何安下原想嘲諷兩句，不料成就了他們的大業。他靜靜站立，已想明白了，歷史的變故，與自己沒有關係。歷史，只是由貪婪愚昧的人造成的。

高人欣賞地看著何安下，轉頭對眾人道：「今天實在事出非常，為與眾兄弟共商大計，才破關而出。我要再次閉關，請大家退出吧。」

眾人退出，高人對何安下說：「小兄弟，你留一下。」何安下在門口站住，段遠晨也想留下，但被傭人推搡出去。

屋門關閉，高人帶何安下坐到沙發裡，說留何安下吃頓飯。高人特意強調：「米飯。」何安下不知該說什麼，只好點頭。

高人：「米是最普遍的糧食，但真正可稱為米的米，自古卻只產在一塊方圓不過五畝的地裡，是給皇族獻供的，唐代皇帝曾將此米種賞給日本使節。現在，中國已經沒有這種米了。」

何安下一驚，想起了暗柳生給自己吃過的米，緩聲問：「你能吃上這種米？」高人：「日本官員是將這種米作為禮物，送給中國官員的。我還剩一斤，願與你分享。唉，中日開戰後，就再也吃不到這種米了。」

米飯端上，有荷花之香，看著這種兩端長長尖尖的米，想起被沈西坡囚禁凶宅的歲月，何安下不由得恍然。

配米而食的菜，是一盤粉嫩的肉，高人夾了一塊到何安下碗裡。那是一種前所未有的口感，高人說那還是米，將日本大米磨成麵，以山西涼粉的做法製成的。配別的菜，口味一雜，便享受不到米的真味了。因此，要以米配米。

高人：「好，現在不說話了。」兩人專心吃米，碗乾盤淨後，高人盯著何安下，問明了他是自己尋到山上的，與山中眾人都無瓜葛，於是說：「你的氣色與動作，說明你是練武之人。願不願意做我的護院，一個月三十塊大洋。」

高人樹大招風，一年裡他的宅院連續遭竊，損失了兩個宋代花瓶、五個明代宣德爐、一批清代扇面，他料定是山中修行者幹的，但這幫人各有奇能，萬難追究。

何安下想三年後方能下山，高人生活質量頗高，跟著他總比住山洞好，便答應了。高人掏出一張銀票，道：「我是用人不疑，疑人不用。雇人先預支三個月薪水，這是一百塊大洋，你露一手功夫，就可以拿走。」

何安下拿起銀票，開始撕銀票的邊。他撕得很慢，撕下的紙邊放在桌面，細如白線。

高人哭笑不得，道：「這算什麼功夫？」此時屋頂上響起一個聲音：「你懂什麼？他撕紙的穩定性和準確性，如果用於比武，就太可怕了。」

何安下抬頭望去，見一個蒙面黑衣人正縮在大梁上。高人厲聲道：「你是誰？怎麼進來的？」

那人並不回答，房梁上卻垂下了一道白，落在地面「嘩嘩」作響，竟是兩頭長長尖尖的日本米，瞬間便撒了五六斤之多。高人大怒：「我說一百斤米怎麼吃得那麼快呢！原來是你偷啦！」

那人翻落，腳踩大米上，發出「嘎吱」聲響。那人讚道：「能發出骨頭斷裂的聲音，真是好大米。」高人怒吼：「別糟蹋東西！」隨即咒罵不休。

那人笑道：「您也不想想，用骨頭斷裂聲形容大米——常人用得出這個詞麼？二十年來，我經常聽到這種聲音，每打一個人，就會聽到。」

高人登時住了嘴，但用眼神示意何安下動手。何安下將桌面上的百元銀票收入懷中，向蒙面人一抱拳，道：「實在抱歉，我受雇於人。」

那人抱拳回禮：「沒關係，比武是樂事。我在他家偷了一年東西，今天現身，全因看到高手被俗人奚落，實在受不了。」說完一拳直直打來。

此拳簡單明瞭，極易招架。何安下順手在他小臂上一搭，正要將其牽引，卻感到他小臂上生出一股大力，直要將自己掀翻。

何安下放緩手勁，閃身避開，那人小臂卻頂著自己的掌根，又一股力量掀上來。這股力量比上一股急，一下便傳到了自己的後腰上，如果力量再進一寸，自己必會跌出。

何安下將腰一空，全身重量放在那人小臂上，那人力量回縮，何安下乘機脫手，退出兩步遠。

那人拳頭降低，後背如貓撲食般圓起。何安下腦海中浮現出查老闆長槍挑轎車的身影，道：「內含槍意——形意拳。」

那人笑了：「我剛才差一寸就破了你的重心，你卻先放棄了重心，整個人依在我胳膊上——真是置之死地而後生，這招非常精美，就像漢代的雕花玉珮。」

高人驚叫：「你還偷了我的玉珮！」

那人瞥了一眼，無奈地說：「我倆在談高級的東西，你能不能閉嘴？」高人衝何安下大喊：「殺了他！殺了他！」

何安下兩眼空洞地看著高人。高人又叫了兩聲，便不叫了，因為兩人目光都冷下來，令他感到自己的生命有了危險。他咳了一聲，溫和地說：「你倆算是打完了麼？唉，隔行如隔山，真是搞不懂你們這幫練武術的。」

何安下：「隔行如隔山，我真搞不懂，那些政府大員個個都是人精，怎麼會受你這種人糊弄？」高人嘿嘿笑了：「他們不是被我糊弄，而是被他們自己糊弄。一個人有了貪念，就不可能再有智商。」

蒙面人與何安下對視一眼，均覺得高人說得很有道理。高人善於察言觀色，抓住了自己受尊重的時機，爽朗地大笑，對蒙面人說：「以你的武功，殺了我，取走全部收藏，是很容易的事，為什麼一年來拿得這麼少？」

蒙面人啞然，半晌後說：「我只拿精品。」

高人乾笑兩聲，說：「盜亦有道！很好！何安下，你以後的職責就是防備除了他之外的竊賊。」

何安下啞然，半晌後說：「好的。」高人露出滿意的微笑，朗聲道：「你倆可以退出，我得閉關了。」

出了高人住宅，何安下將蒙面人送出很遠。兩人一路無語，分別時蒙面人嘀咕了一句：「沒想到他是那樣的人。」

何安下回來前，高人已經吩咐傭人給何安下安排出房間。房中有西式壁爐，西式鐵架床。床頭鑄著愛神丘比特浮雕，躺在雪白的鵝絨褥子上，何安下想：真是高人。

三十　九歌

十五天後，山中來了近四十輛轎車。

高人的青磚院中，舉行了大型法會。院中立起一座青磚台，台上畫有八卦圖案。高人穿一件道袍，披頭散髮，赤著兩足，左手持劍，右手執一個裝鹿血的銀杯，且歌且舞。

歌詞古奧，能聽懂的句子少之又少。台下第一層跪著二十餘位五官清秀的少女，緊裹著白色旗袍，令剛發育的身體有了風流；第二層跪著二十餘位官員，皆兩手抱拳，閉目祈禱；第三層跪著三十餘位山上的修行者，赤著上身，時不時在手臂、胸口淺淺劃上一刀，擠出血滴，彈向空中，嘴裡念念有詞；第四層是二十個傭人和何安下，他們在最外圈不停行走，以便有人在修法的過程中發生暈厥等意外時，及時搶救。

眾官員的隨從、保鏢守在院外，以防騷擾。其實山上並無騷擾，眾人便聚攏著抽煙聊天。正聊著，一人指著天空說：「咦，那是什麼？」

東北雲際出現了五個小黑點，以大雁的人字形編隊飛來。有人喊：「大雁！」有人喊：「日本轟炸機！」

消息由一個性格沉穩的隨從傳到院內，他沒有騷擾眾人，悄然跪到了級別最高的官員身邊，小聲訴說。最高官員極其沉穩，他爬上台子，在高人身邊且歌且舞，將此消息傳給了高人。高人更加沉穩，囑咐他一切照常。

院外的隨從、保鏢均十分焦急，判斷出了漢奸，將高官們在天目山的消息傳給日軍，如果院中人被盡數炸死，國家就沒有了棟梁。而知道內情的隨從說，這次法會非同一般，一定可以抵禦日本轟炸機。

這是失傳兩千年的春秋戰國時代的作法儀式，高人所念的正是屈原的《九歌》。《九歌》不是屈原的原創，而是他整理的遠古時代的祈禱文，屈原的官職是大祭司，就是大法師。

高人破譯出了《九歌》秘法——組織一場大型的性狂歡，可消災免難，震懾妖孽。院中的二十名少女均資質非凡，長於山青水秀之地，以高價購買來的，等會兒與國家棟梁們合歡，定可產生不可思議的力量。這是祈禱和平的法會，如果連五架轟炸機都對付不了，豈不是天大笑話？

正說著，飛機已至頭頂，爆炸聲和機關槍掃射聲震耳欲聾。

院內高人大吼一聲：「作法！」高官們各拉起一名少女鑽入屋中，其餘人紛紛臥倒。半個時辰後，轟炸掃射聲止住，眾人抬起頭來，見房屋安然無損，響著隱隱的呻吟聲。

一人感慨道：「在炸彈威脅下，仍雄風不減，長官們真是太厲害啦。」立刻遭到高人批評：「你這人說話不厚道，他們不是為了個人，是為了我們大家。」

何安下與傭人們一樣，不知道修法內容，聽得糊塗。此刻院門「砰」的一聲打開，隨從、保鏢都湧了進來，紛紛狂喊：「成了！成了！」

原來飛機離開後，隨眾、保鏢統計出日本轟炸機共扔出二十個炸彈、一千七百枚子彈，卻未能炸毀一棟樓，打死一個人。眾高官從屋中出來後，對日軍的大失水準感到不解，進而想到是自己作法的功勞，都嘿嘿笑了。

在下山的路上，有官員提議要對協助作法的女孩們登報表揚，遭到了大多數官員的反對，認為民眾素質太低，不可能理解他們的良苦用心，誤會了反而不好。

第二天報紙刊登的內容為：

「昨日，官員二十名在某山開會，遭遇十架日軍飛機轟炸，扔下四十顆炸彈、五千發子彈，卻沒有炸毀一棟房打死一個人，更不可思議的是，兩架日本飛機竟然在空中自行相撞，機毀人亡。」

此事件表明了日軍的頹勢，極大地鼓舞了國民的抗戰熱情。果然，不久日軍便停止了南下進攻，自此淤積在長城一線。

那二十餘位協助作法的少女該如何安置呢？二十餘位官員商討了兩天兩夜，決定效法曹操。三國時代，北方霸主曹操給自己建立了名為「雀樓」的行宮，娶了七十餘位少女，他逝世前，女人們仍很年輕，於是留下遺囑要女人們在他死後改嫁。

他死後，他的兒子做了皇帝，將他追封為魏國的第一代皇帝。皇帝的女人都改嫁了，實在不成體統，於是撥款為女人們養老，女人們再沒下過雀樓……

官員們為曹操的超前思維所感動，覺得非常符合西方的人性標準，於是讓高人向少女們轉達了這一思想。高人回覆說，少女們聽完雀樓的故事，產生了別的想法，請官員們集資給她們建一座雀樓，並負責每月生活費用。

官員們大為惱火，高人勸說，如果她們嫁到全國各地，將修法真相揭露，必引得輿論大譁，諸位的夫人難免吃醋，從此永無寧日……不如依順了少女們的要求，顯得有人情味，並留下了一個日後玩樂的地方。

官員們動了心，從各自管轄的教育基金、公共設置建設基金、扶持農業改良基金等經費中湊出了錢。

一座義大利城堡在天目山拔地而起，名為「雀樓」，多數修行者將其視為一家妓院。官員不進山的日子裡，修行者們會上雀樓，自詡為「享受長官餘澤」。

在法會與雀樓兩大項目中，高人不知有多少收入，反正他倉庫中的古董數量明顯增多。

他囑咐何安下：「加強警衛，尤其要提防那個只偷精品的竊賊。」何安下：「所有竊賊都是只偷精品。」

高人想想，的確如此，嘆一聲：「富貴榮華轉頭空！」要何安下陪他去山中逛逛。

法會之後，高人圓滿結束了閉關。可能屈原《九歌》的法力超出了高人原有的預想，他從此變了一個人，整日苦想，夜不能寐，迅速消瘦下來，與傳說中的屈原越來越像。

風吹過來，高人的道袍大面積飄蕩，明顯裡面已不剩多少斤兩。想到他以前的胖大形象，何安下不由得有些感傷。

何安下：「保重身體，不要再為國事操心了。」高人怔怔地看著他，何安下忙改口：「別擔心，保護古董，我會盡力。」

高人：「你不理解我，我是真心希望國泰民安。亂世攢黃金，盛世玩古董。如果中日正式開戰，我的收藏霎時就貶值了，我不擔心它們被偷了去，只擔心它們賣不了一個好價錢。要知道，都是好東西呀！」

他經過周密的計算，測定中日將在三年後全面開戰，他現在要把古董賣掉換成黃金。何安下提醒他：「竊賊對於古董，是只拿精品，你還能留下不少，而竊賊們對於黃金，則是有多少拿多少。」

他一臉神秘，說：「黃金不存在山裡。」何安下：「哪？」說出便自覺失言，忙致歉：

「我不該問。」他則笑笑，道：「告訴你亦無妨……瑞士銀行。」

說著說著，不覺走到了雀樓。義大利建築的氣派，令兩人感慨萬千。何安下：「西方的建築用磚石，中國的建築多為木料，所以西方建築可存留千年，而中國的建築幾百年便朽壞了。」

高人：「你這話說得實在沒有境界，富貴榮華轉頭空——中國人正是深刻地認識到了這一點，所以才採用木料。住在注定不能永存的房子裡，會有一種飄忽不定的詩意。」

何安下：「可惜中國的古建築，少有自然朽壞，多是放火燒的。太平時竊賊燒，戰亂時軍隊燒。不是飄忽不定的詩意，而是沒有保證的恐懼。」

高人沉思良久，拍拍何安下的肩膀，說：「我沒有看錯人，你很有慧根，啟發了我。」

當晚，高人的青磚大院失火，房梁是木料，很快地倒塌。三天後，那些崇拜高人的官員們先後進山，紛紛拿出重建大院的錢款。

何安下想：他又賺了一筆。

高人的行為啟發了山中其他人。因為高人要顯示高於眾人，所以建造的是青磚大院，而眾人房舍是木樓，燒起來更為便利。

一時間，山上頻頻失火。雀樓上的姑娘們，常在黃昏時集體亮相，濃妝艷抹地坐於城堡露台上，邊喝葡萄酒邊觀看火勢，嘰嘰喳喳地發表評論。

段遠晨的木樓燒得最漂亮，火苗高幅度竄起，時如群蛇亂舞，時如醉漢撒瘋。何安下問他怎麼能燒得如此漂亮，他回答：「用了汽油。」

大家都賺了。

三十一　狐狸精

高人新建的房屋是全木質結構，在建造期間，住的是軍用帳篷。帳篷為墨綠色，上有鉛質孔扣，用於繫固定帳篷的麻繩。

這些成排的孔扣，銀光閃閃，總令何安下莫名地感動。感動他的還有被風吹得圓鼓的窗簾、枯水期河底露出的灘石、耕地的舊犁、拴牛的老木樁……沒有原因，但抵抗不了，就是會被感動。

軍用帳篷直徑四十米，撐出一個三角形的尖頂，猶如教堂。這布料成就的恢宏線條，令何安下震撼。為何那些無生命的事物有著強烈美感，難道生命還有別的路數？

巨大的帳篷，原是戰場司令部開會用的。高人享受著野營的最高待遇，但他卻不堪忍受，在二十名持槍士兵的護送下，帶著五十幾個箱子下山了，他在山下租了一戶地主的宅院。

何安下作為監工留了下來。他一人獨享大帳篷，負責看守三個木箱。那是高人不願帶的收藏，他下山前打開木箱給何安下看。何安下驚訝地發現甲號箱是當代大畫家徐悲鴻作品，乙號箱是當代大畫家張大千作品，只是很奇怪，往往七八張的內容、筆法都一樣，乍一看簡直像同一幅畫的印刷品。

高人解釋這些畫都是官員們送的。官員們向畫家索要作品，不會付錢。畫家也有應付之法，把一幅畫作成多幅，往往十幾張紙鋪開，一個馬嘴連畫十幾張，再一個馬鬃連畫十幾張地拚著畫。

官員們得了畫，送給高人做禮物，結果高人往往同樣的畫作，一收能收七八張。高人臨走時，得意地說：「那個只偷精品的竊賊，如果再來，一定感到很為難吧？」

丙號箱裝書籍，都是道書。何安下翻開著，彷彿回到了十六歲時的山中歲月。難得的是有一本《魯班經》，魯班是戰國時代的人，木匠祖師和建築祖師，書中記載，要依據時辰建房，在早晨裝大梁和在晚上裝大梁，直接決定著住房人家的興衰存亡。

書中還有許多神秘不可解處，如在門檻下埋把刀，可令家中長子早亡；在臥室的窗框裡埋半把梳子，婦女懷怪胎；給門面刷油漆時，將一個紙剪的蠍子蓋在油漆裡，可令這家人走十年霉運……

書後還有鬧鬼之法，如果房東剋扣建築師工錢，建築師就夜裡將豬血塗在門上，引蝙蝠來吸血。蝙蝠落在門上的聲音，如同有人敲門。當主人開門，蝙蝠自然受驚飛走，主人看不見人，而一關門敲門聲又起，名為「鬼敲門」。

還有，給一隻刺蝟餵了鹽，扔到人家園中。刺蝟吃鹽後，會發出老頭咳痰的聲音，十分逼真。人出屋到院中一看，刺蝟自然躲在草叢，沒有人，老頭咳痰聲卻不斷，名為「病鬼進家」。

越看越覺得人心險惡，何安下合上了書。兩個時辰後，他產生一個童真的想法，把《魯班經》放在了雀樓的大門台階上。

接下來的幾天，山中修道者碰面後的談話內容往往是：

「你家昨晚被鬼敲門了麼？」

「敲了一夜，唉，你們都被敲過了，哪能放過我呢？」

「你家昨晚有老頭咳痰麼？」

「咳了一夜，唉，人老了招人討厭，鬼老了更招人討厭！」

大家做了灑雞血、塗香灰等驅鬼儀式，晚上的敲門聲和咳痰聲仍然不斷。大家都失眠了，能安心睡覺的只有何安下與雀樓上的姑娘們。

一夜，何安下在帳篷睡覺，聽到帳篷外也響起咳痰聲。何安下心中暗笑：「報應報應，捉弄到我頭上了！」

何安下假裝聲音顫抖，問：「誰呀？」外面響起一聲嘆息，卻由老頭的聲音轉成了女聲。音質沙啞，極為性感，能瞬間勾起男人最原始的欲望。

知道是雀樓的姑娘，何安下暗自感慨：「黏過男人，女人變得真快，剛來時還清純如水，才幾天就騷成了烈酒。」

何安下不去理她，埋頭睡了。迷迷糊糊中，覺得有一物拱入了自己的懷中，低眼看去，是女人的毛髮，她熱乎乎的唇正從自己的胸口一路吻上來。

眼皮沉沉落下。

很久沒接觸女人了，唯一的記憶是靈隱寺的她，被褥腐如積雪的大床，燈架上的天國力士……她具體的五官已記不清了，應與彭家七子的琵琶姑娘相像吧？查老闆和趙笠人為之毀業毀身的女人——韓閩珠，也應是這樣吧？好女人都屬於一個類型，總有七分相似。

她已親到我的脖頸，她是雀樓裡哪位姑娘？是跪在法會台下的第幾個？她純淨如水時，我一定還有著印象。

何安下張開眼，卻見一個潮乎乎的黑鼻頭對著自己，鼻頭之上是陡峭的長鼻梁、一雙碧綠的瞳孔。何安下一驚，本能地緊縮脖子，耳邊響起「咔」的一聲，冰層斷裂般清脆。

那是牙齒的相碰聲。

伏在胸膛上的是一隻狐狸。

何安下抬臂擊狐狸腹部，狐狸卻像天生的太極拳高手，小腹如鼓，借力彈出。它憑空翻滾兩圈，跌出了帳篷。

以手撫摸過去，帳篷的布面完好無損。它竟在瞬間將自己化成了空氣，或者將布面化成了空氣。

那是油滲過的布面，可以防水，雨打其上，會一粒粒地滾開。布面平整嚴密，猶如十六歲少女的小腹。

三十二　五嶽真形圖

段遠晨的新樓已蓋好，他今晚睡得特別香，因為睡前喝了半壺米酒。他喜歡挖壺中的酒糟吃，發酵的糯米，酸楚耐嚼，睡夢中的他仍轉嘴咀嚼。

忽然，嘴不動了，他咬住牙，周身繃緊，醒了過來。他野獸般的本能告訴他，有人正悄無聲息地走上樓來。

他的屋門靜靜打開，一個人影移到床前。那人將手探到他肩膀上，似要將他推醒。他肩膀一聳，頂住那人掌根，小臂如槍，向那人肋骨扎去。

那人瞬間將整個身體傾倒在他的小臂上，然後借勢彈出，在兩步外站定。段遠晨：「何安下！」何安下：「賊。」

段遠晨便是只偷精品的竊賊，他坐起，嘿嘿笑了。何安下：「我不是來印證武功的，只想問你，世上究竟有沒有妖怪？」段遠晨一愣：「你遇到了什麼？」

何安下：「狐狸精。」

狐狸在帳篷布面上神秘消失後，何安下迅速鑽出帳篷，見一條黑影正向樹叢竄去。何安下追蹤了一個時辰，狐狸帶他兜了半座山，又跑回人群聚集地，跑到雀樓，它消失了。雀樓嚴格實施義大利建築古法，圍牆厚實，是可以展開攻防戰的壁壘。

段遠晨：「哈哈，山中寂寞，容易疑神疑鬼。等你過上三年，會覺得自己就是個鬼了，那時什麼都不會怕。」何安下：「我十六歲做道士，在山上不止三年。」

段遠晨凝視著何安下，褪去了一臉的油滑，顯出岸然的道貌：「小兄弟，世上有許多事，你程度不到，便不可理解。比如你我的武功，便是常人萬難做到的，在此意義上講，你我就是妖怪。」

何安下沉思，許久後舒出口長氣，道：「談神說怪，很沒意思。今晚你如有興致，聊聊武功吧。」段遠晨拿出一罐糯米酒，道：「好，我們聊到天明。」

形意拳是山中的修鍊秘法，不練形意拳，入山等於沒入，因為入不了山中仙境。漢代道家說入山須得「五嶽真形圖」，現在世上確有此圖流傳，一般道觀會將此圖刻於桃木上，做成腰牌出售。獵人買來戴身上，可避免迷路、蛇咬、沼氣，在山中建別墅的富豪將此圖製成銅佩掛在屋簷下，可避免野獸、山賊。

這種五嶽真形圖，是五個山形，彷彿俯瞰效果的平面地圖。段遠晨淡淡地說：「什麼是五嶽？五嶽就是五臟，五臟是金、木、水、火、土之氣，肺為金、肝為木、水為腎、心為火、脾為土。形意拳內含槍法，槍法就是金、木、水、火、土之法。」

槍在古代是神器，先用於祭祀後用於戰場，西方人的教堂頂部尖聳，直指天空，而槍尖就是中國人的教堂。漢地的寺廟、道觀、學堂、衙門前總要插根旗桿，以示威嚴，這根旗桿就是古代「插槍鎮宅」風俗的演變。

槍是古代的天文測量工具，名為五行槍。金、木、水、火、土不是地球上的元素，而是金星、木星、水星、火星、土星的運行規律，所以五行的「行」字是運行的「行」。古人用槍測量人眼可見的五大行星的運行規律，後來將這種規律用在了槍桿上，發明出槍法。

三國時代以前的武器多為硬砸、硬砍的重兵器，運動多為直線，而槍法出現了獨一無二的「闊點為圓，縮圓為點」的技法，其中有五種運動方式，登時強過了之前發明的一切兵器，用斧鉞鉤叉錘鏜戟戈等重兵器迎戰槍，會吃虧，幾乎沒有還手餘地，因為在技法上落後太多。

古人的智慧深不可測，發現槍法「闊點為圓，縮圓為點」的五種運動方式，可以影響五臟，後來精確地掌握了其中規律，總結出以槍做出自上而下的圓弧，可滋養肺，做出自下而上的圓弧可滋養腎……

五嶽真形圖不是圖案，而是五種槍法。練槍法，能令五臟發生奇妙效能，可與草木山石發生感應，如此方是入了仙境。仙境是境界上的，不是秘密地圖，走路是走不到的。所以，內含槍意的形意拳便是五嶽真形圖。

何安下：「傳你形意拳的師父，已入仙境？」

段遠晨：「他教了我一年後，在某個早晨不辭而別。那時候，天目峰還很清靜，人們還不會勾搭高官富商。」

何安下：「你既然得了秘法，為何與他們混在一起？」

段遠晨：「我不與他們混在一起，又和誰混在一起呢？我沒有我師父的天賦和勤力，也許一生也入不了仙境。我現在覺得，有好吃好喝，就是神仙。」

三十三　蘭亭序帖

何安下無語呆坐，段遠晨低頭喝著米酒。兩人悶了許久，段遠晨將酒杯在桌上重重一頓，道：「我給你看看高人真正的精品。」

他掀開地上的一條木板，取出一個卷軸。打開，只覺墨香撲鼻，是書法拓片。在沒有複印、照片的情況下，為傳播書法名帖，古人發明了拓法，將紙上墨跡雙鉤其形，刻於碑上，然後將濕宣紙貼於碑面，用蘸墨的布錘打一遍，因為字形是凹槽，所以會得到一張黑底白字的拓片。

如果拓法精巧，便好像是用白粉寫在黑紙上，用筆的力度、筆鋒的側轉都可傳達出來。面前的無疑是上佳拓片，段遠晨說是北宋所拓，為東晉王羲之的《蘭亭序帖》。此帖號稱天下第一行書，是王羲之在醉酒時所書的草稿，因其中有幾處寫了錯字而塗改的痕跡，酒醒後重寫數次，卻再也寫不過那張草稿，王羲之方意識到此草稿的神妙，將正經寫的撕掉，獨留下這張草稿。

《蘭亭序帖》幾百年後為唐太宗李世民得到，一見便成最愛，立下遺囑將此帖作為殉葬品。為了讓世間留此絕技，他命唐代一流的書法家照帖臨摹，留下了三個墨跡臨摹本、兩個碑。

在北宋年間，趙氏皇族將三個墨跡臨摹本也雙鉤刻碑，加上兩個唐代的碑文拓片，重新翻刻，構成了五個版本的合集。

段遠晨手中所拿的，便是《蘭亭序》的宋版合集。何安下看得目瞪口呆：「這等珍貴東西，大官們怎麼捨得給高人？」段遠晨：「當今官員，幾個是有文化的？」

何安下嘆息，段遠晨隨即講出一段歷史隱情。漢文化的傳承方式是世家，世家是同時具備財力、政治勢力、文化影響力的家族，春秋諸國便各有各的世家。世家之間，互有興衰。所以古代是「改朝不換代」，不管誰當皇帝，都要用這幾個家族的人做官員，所謂「任人唯親」，「親」指的就是世家子弟。

第一次破壞這情況的人是曹操，他提出「任人唯賢」的口號，招攬平民為官，打壓世家勢力。但曹操最終失敗，他創立的魏國只傳了兩代，便被司馬氏篡權，改魏朝為晉朝，司馬氏是世家子弟，世家模式重新恢復。

真正斷了世家命脈的是唐朝，唐太宗確立科舉考試制度，以考試成績作為做官的前提，而不是傳統的以世家血統為前提。唐太宗打壓世家，是為了避免大權旁落。

但世家子弟本身為貴族，延續著漢文化的命脈，世家一衰敗，全國文化必然衰敗，思想審美上大倒退。唐太宗打壓世家的做法，結果是連書法都失傳了，漢字僅存字形而無運筆之法。

唐太宗採取補救措施，在思想審美上引入印度文化，在書法上培養書法家造新的運筆之法——「唐法」。唐代八大書法家，沿襲魏晉古法的僅有虞世南一人，其他都是新法。

但人是複雜的，當唐太宗鼓勵新法時，自己卻為東晉世家子弟王羲之的書法傾倒，他竭力推崇王羲之。王羲之的字刻碑臨摹，傳遍天下，但那只是王羲之的字形，而不是王羲之的筆法。

「王體」傳遍天下，而「王筆」卻失傳了。書法僅是小道，便有此不可挽回的損失，可見漢文化整體損失多麼慘重。唐太宗晚年認識到自己的錯誤，常深夜對著《蘭亭序帖》懺悔。王羲之筆法的失傳，關係他一生的痛點，所以將此帖做了陪葬品。

漢族一貫是擴張性的，但唐代大興佛教後，便不斷受外族侵略。宋代開始流傳「佛教興，國脈弱」的話，認為是引入的印度文化不好，其實與佛教無關，是我們自己的文化衰敗了，失去了傳承和創造的力量，大唐盛世不過是強撐起的熱鬧場面罷了。

段遠晨：「世家的存在，令文化人有了可以自重的餘地。明清科舉制度，則奪取了文化人的退路，不做官便沒有尊嚴，做了官便沒有自由。」

何安下：「你是世家子弟？」

段遠晨虛笑三聲：「我家只是鄉紳，萬不敢稱世家。形成世家需要漫長時間，一旦斷滅便沒有續生的可能，所以唐之後的官宦大家族只是權貴，在經濟政治上缺乏獨立性，在文化上沒有根基。」

何安下：「如果當今官員都是像王羲之那樣的世家子弟，本有祖產，又自小受文化薰陶，就不會那麼腐敗吧？」

段遠晨黯然失色，低頭從酒壺裡掏酒糟吃，吃了半晌，抬頭說：「世家是有秘密的，那是上古天文學。槍法是王羲之侄子王泯之用天文測量工具發明的。其實王羲之的筆法就是槍法，槍桿就是筆桿。」

史料記載，王羲之寫字是「入木三分」。古代的字是寫在木條、竹簡、硬紙板上的，王羲之寫字的墨跡可滲透到木條深層，說明他的書法是與槍法相通的，所以會出現武功的效果。

何安下癡呆呆看著手中的《蘭亭序帖》，段遠晨說在五個版本中，馮承素臨摹版最受推崇，其實馮承素摹本過於花梢，筆鋒張揚，而筆力疲軟，將這樣的字稱為「天下第一行書」是漢文化的恥辱。

段遠晨翻到第三輯拓片，要何安下仔細看，說這是虞世南臨摹版，第一眼看去會覺得筆畫纖細，越看越覺得筆力雄勁，因為它是以運槍的方法寫就的。虞世南是王羲之重孫智永的弟子，乃一脈真傳，卻被世俗忽略。

何安下認真看去，逐漸看出筆筆皆有「闊點為圓，縮圓為點」的潛在運動，一寸小字裡有三米長的大槍在扎來挑去。《蘭亭序帖》三百二十個字，猶如三百二十位形意拳老師，要教自己。

何安下霎時從目前處境中跳脫了出來，忘記自己正與何人相處、身處何處，只追著一個個字奔走。

《蘭亭序帖》最後兩字為「斯文」，看完這兩字，何安下抬頭，卻見室內大亮，已是第二天中午。

三十四　降妖咒

段遠晨不知去了哪裡，何安下走下木樓時，遠看到雀樓大門口擠滿人，顯然出了事情。

何安下只覺胸中有無盡的槍意，對雀樓的熱鬧視而不見，徑直回了山頂帳篷。

一入帳篷，便練拳。他學太極沒學招式，學形意竟也沒學招式，以形意拳之意動身動手，招式自然呈現。

他覺得這些隨手而來的架式，一定是對的，甚至不管對錯，只想盡興就好。不知打了多久，感覺後側異樣，他小臂如槍，反扎過去。來人卻將手搭在自己的小臂上，輕輕一蹭，跳出兩米。

何安下定睛，見是段遠晨。段遠晨嘻嘻笑道：「你對了！」何安下：「是這樣的練法？」段遠晨：「我說的是你昨晚說的話，你對了。」

何安下昨晚說的是狐狸精。

雀樓昨晚瘋癲了一個叫殷蘋的姑娘，她對隔壁的姑娘又抱又親，完全是男人舉動。她一夜禍害了兩房女子，到今天早上，仍不停止，終於驚了整個雀樓。眾女人將她鎖在一間房裡，請山中修行者作法降妖，兩個修法者去了，一個剛入屋便被她咬傷，一個用木劍打鬥半晌，忽然癱倒，耳鼻流血。

何安下：「狐狸精附體？」段遠晨眼神高深莫測，道：「我有一法可降妖，是形意門自古傳下的咒語，想學形意拳，先看你信不信這道咒語。」

何安下：「我信。」

段遠晨：「口說無憑，你用這句咒語去降服狐狸精。記住，千萬不能用武功，用了反而會有危險，不管發生任何情況，你只念這句咒語。」

他的面容第一次變得嚴厲。

何安下穿過雀樓門口看熱鬧的人，向裡走去。門口兩個長鬚道人展臂阻攔，何安下小臂如槍，憑空向前一捅，兩道人忙伸拳格擋。他倆的手碰到何安下小臂，後腿肚子都一哆嗦，險些跌倒。

兩人認出他是高人的護院，忙說：「您幹嘛？」

「降妖。」

走上雀樓，何安下囑咐自己，不能再用武功，你只剩下這句咒語。雀樓的四層樓梯口，坐著一位彪形大漢，赤裸的上身畫滿了符，那是鎮服妖孽的神字。

五六個姑娘圍攏著大漢，她們已無了處女的清秀氣象，五官似乎都得到了重新分配，出現了另一種美，可稱為艷麗。

姑娘們問何安下要做什麼，何安下回答是降妖，彪形大漢不屑地哼了一聲，起身離開樓梯口，向裡走去。一位姑娘陪他行到走廊最深處，用鑰匙打開一間房，大漢怒吼一聲，衝了進去。姑娘迅速鎖上門，飛跑回來。

何安下看到在走廊二十步處，躺著兩個渾身血跡的男人，不知死活，應該是降妖失敗的道人。彪形大漢進了屋，便沒有絲毫聲音。姑娘們招呼何安下坐在樓梯口的太師椅上，這是每一個降妖者上場前的休息座。

看著深幽的走廊，何安下閉上眼睛，回憶段遠晨的傳授。咒語為「摩訶般若般羅蜜」，只許默念，念時逆時針向左走圈，當走到第七圈時，便可以降妖。

何安下反覆叮嚀著自己，一定要相信，面臨危險時，這道咒語是你唯一的武器，不要放下武器。

不知等了多久，走廊深處的門「哐」的一聲響，似乎是大漢撞到了門上。眾姑娘都變了臉色，開鎖的姑娘小跑到走廊盡頭，透過門上雕花窗向裡望去。

等開鎖姑娘轉回頭來，何安下見到了一張扭曲的面孔，不知她看到了什麼。

她遠遠地招手，眾姑娘都以期待的眼神看向何安下。何安下起身，離開樓梯口，向裡走去。走了五六步，忽然意識到，自己走路的姿勢和頻率，很像剛才的大漢。

也許因為我跟他有著一樣的心態？以表面威猛鎮定掩飾內心的恐懼。何安下這樣想著，連忙跳了兩步，改換步伐，快跑到走廊盡頭。

姑娘開鎖，何安下閃身而入。眼前是血肉模糊的大漢，身後響起扣鎖的清音。

大漢躺在地上，胸口、臉上被抓了無數血道子，肚子一鼓一鼓，尚有呼吸。何安下邁過他，走入裡屋。

外屋桌椅傾倒，零亂不堪，裡屋則清潔靜穆。木床蒙著淺綠色帷幔，床前的圓桌上擺著兩個白瓷茶杯，一位衣著整齊的女人正站立沏茶。

她的手中是一個大紅茶壺，上面沒有花飾，壺的紅色本已令人賞心悅目。她抬起頭來，對著何安下淺淺一笑：「茶壺、茶杯不是一套，但我覺得紅色與白色相配很俏，就湊成了一套。不好意思了。」

何安下明知她是妖孽，張口卻搭上了話：「不不，很好，很好。」桌下是陶瓷圓凳，她招呼何安下坐下喝茶，何安下也就坐下了。

兩人相對而坐，一杯茶後，她笑盈盈地說：「我還以為你不敢喝呢！狐狸沏的茶，不怕有毒？」何安下一驚：「你承認自己是狐狸精！」她掩嘴笑道：「是呀，就算我不承認，你也早認定我是了。」

何安下不由得承認她說得有道理。她挑起左眉，柔聲道：「我覺得你人不錯，快說說你要用什麼法力來降服我？」

何安下一五一十地說了，她皺眉嘀咕：「這是什麼法術，我怎麼沒聽說過，到底靈不靈？」何安下：「要不要試試？」

她眼波輕動，喃喃道：「不要試了，肯定不靈。你現在心裡是把我當作一個好女人，不將我看作妖，你的降妖咒怎麼會靈呢？」

何安下愣住，急喝下一口茶，將茶杯在手掌虎口裡轉了兩圈，道：「我的確對你有好感，我的法術使不出來了。你隨便處置我吧。」

她眼如秋水，給何安下沏滿茶，小指搭在何安下的手腕上，道：「我也拿你沒辦法，要知道我們狐狸用的是幻術，我傷的那些人，都是他們自己傷的自己。你如此坦然，我的幻術也不好用。」

何安下：「那怎麼辦？」她也是一籌莫展的神情，哀怨地說：「要不，再喝會兒茶？」何安下同意，她的小指移開，兩人舉杯飲茶。

一會兒，她說：「這麼乾坐著實在無趣，要不你向我提問，天南地北、古今中外都可以，我們狐狸知道的事可多呢，包你開眼界。」

問：「《紅樓夢》到底有沒有寫完，後半部真本在哪？」

答：「《紅樓夢》已完，曹雪芹未死。他將後半部故事都添加到前半部裡了，《紅樓夢》有循環讀法。曹公沒有病死，而是入崑崙山修鍊去了。他坐船離開北京的，這在書中第一章明示出來了。」

問：「……中日會不會全面開戰？」

答：「三年後。」

何安下凝視著她，不知該不該信。她的臉頰升起紅暈，輕聲道：「你再問問我別的，比如你的事。」何安下搖頭：「不用，我只關心這兩件事。至於我自己的事，多想想，就能知道。」

她站起來，一臉正色，道：「我沒輸了，找不到你一點破綻。心無雜念的人，我們狐狸也尊敬。請受我一拜。」彎腰便要跪下。

何安下忙起身，扶住她雙臂，慌不擇言地說：「慚愧，我其實有個雜念……」隨著何安下扶她，她抬起頭，變了張面孔。

那是回憶中已模糊的相貌，但出現在眼前，便會認得真切。是她！靈隱寺求子的女人，在被褥腐如積雪的床上……

何安下怔怔地望著她，道：「我們的孩子生下來了麼？」她沒有回答，將頭探入何安下懷中。摟著她豐潤的背部，何安下再問：「孩子是男是女？」她的臉緊緊貼在他胸口，聲音細小得幾不可聞：「男孩。」

何安下霎時如五雷轟頂，覺得自己所有的經歷都有了意義。男孩，我要將道法、中醫、太極拳、形意拳……我所會的統統傳給他，讓他長大後娶上海最時髦的女子為妻……

何安下頭重腳輕，被她扶到床上。噢，我想得太遠了，現在該好好待她！她的身體圓實滑膩……

不知過去多久，兩人鬆懈下來。她伏在他胸口，狀如醉酒。何安下聞著她的香氣，不知不覺睡去。

醒來，感到她的臉貼在自己脖子上，便伸手摸過去，鼻頭精巧，鼻梁挺拔。她癡癡笑了：「醒啦，是不是擔心自己摸到個狐狸鼻子？」

何安下：「唉，你還是找到了我的破綻。」她道：「可惜，你對你心中的女人是真情，我仍是無法害你。白被你合歡一場，吃虧的是我。」

何安下陣陣噁心，她觀察到了，握住何安下的手，在自己身上劃了一圈，道：「你摸仔細了，這是十六歲女孩的身體，可不是狐狸身子。」

何安下：「我聽說你昨晚和今早上糟蹋了三四個女人？」她噘起嘴：「狐狸成精後，就沒有了雄雌。遇到傑出的男人，就是女人；遇到天生麗質的女子，就是男人。其實我們沒有性欲，只是作弄一下，把事鬧大的都是人。」

何安下勸狐狸精離開這個女人的身體，它不願意，說還要等其他修行者來降妖，想多看看人類的醜態。何安下無奈，起身穿衣。

腳落地面後，想起「摩訶般若般羅蜜」的咒語，就口中默念，快速地逆時針轉圈。躺在床上的它，猛地手腳併攏，像被一條無形的繩子捆綁。

它翻了個身，但翻過來已不能掙扎，死死摔在床上。隨著何安下走圈數量的增多，它身體變形，被越捆越緊了。

何安下走到了第七圈，它發出臨盆孕婦般的哀號。生命的誕生是如此慘烈，生命的消亡也是如此慘烈。

它口吐白沫，斷斷續續地說：「何先生，我們狐狸修鍊很難，猿猴進化成人有多難，狐狸成精就有多難。甚至更難，我們每兩百年便要遭一次雷劈，被劈中便前功盡棄。我已八百歲，躲過四次雷劈，我不想再做回一隻奔走覓食的野獸。」

何安下：「昨夜，你曾顯出狐狸嘴咬我喉嚨。」

它道：「那是在嚇唬你，狐狸成精，是成為了氣體。我早沒了狐狸身子，那是幻術。」

何安下：「我無法相信你。」

它道：「您是修鍊的人，一定知道武當山有劍仙吧。劍仙的修鍊法和我們狐狸的修鍊法是一樣的，都是看月看出的功能，只不過人是天地靈物，觀月可成仙，我們狐狸只能成精。仙和妖都是氣體，不過仙氣純，妖氣雜。」

想起自己結識的劍客柳白猿，何安下知道它說的是實情，神色緩和下來。它觀察到了，忙說：「狐狸成精太苦了，您就可憐我八百年修行，饒過我吧。」說完「嗚嗚」哼了兩聲，不是女音而是狐狸的叫聲，那叫聲如乞食的小狗，勾動人的惻隱之心。

何安下：「離開姑娘的身體！」它湧出大顆淚水，點頭答應了。

何安下退步而行，反向繞圈。段遠晨沒有教過他解咒之法，但他覺得應該如此，降服狐狸精，令他對自己有了無比的信心。果然，他走順時針的圈子，便像是解開了它身上無形的繩索。

它的身體在床上舒展開了，大口大口地呼吸。何安下倒行已至最後一圈，它叫道：「這一圈別走了，把這一圈留給我吧！」

何安下奇怪地看著它，它羞澀地說：「你的咒語神聖無比，我是劣根物種，七圈會要我命，一圈勉強能承受。你就把這一圈留給我吧，我時時感受其神聖，可助我的修行走上正路。」

何安下點頭，停住腳步。它在床上向何安下連磕三個頭，道：「大恩不言謝。等我修鍊成功，一定投胎為人，長成天下最美的女子，以身相許，向你報恩。」

何安下慌了，急喊：「千萬不要！」它認真地說：「我們狐狸不像你們人，是知恩必報的，我找定你了！等我。」

床上的女人身體忽然癱軟，西壁窗戶「哐」的一聲打開，一股紫煙飄了出去。

何安下知道它已走，心想：壞了。

三十五　達摩恩

回到段遠晨的木樓，見段遠晨在屋裡供了一尊小銅像，銅像前擺了香爐，段遠晨正將三炷香插入。

銅像是個長鬚和尚，髯鬚羊毛般捲曲，細看其眼窩深闊，不是漢人。段遠晨問降妖經過，何安下不敢細說，只講自己進門便念咒，狐狸精化煙而走。

段遠晨露出得意笑容，道：「有誠懇篤信之心，便是練形意拳的根器。」他說銅像是達摩老祖，南梁時代來中國的印度和尚，禪宗便是他開創的，學形意拳先須拜達摩。

何安下：「形意拳不是傳自魏晉世家麼，怎麼要拜達摩？」段遠晨板起臉，讓他閉嘴先拜。何安下依言跪拜後，段遠晨解釋：「形意拳不是達摩發明的，但練形意拳的人要感念達摩的恩德。」

達摩渡過長江，到河南嵩山一山洞修鍊，山中原有依五嶽真形圖修鍊的人，五嶽真形圖就是形意拳。達摩與其交流，得知在漢文化而言，武功深厚便是仙術。

人的體質中最難改進的是筋膜和骨髓，練武者會利用藥物來激發筋膜與骨髓，但某些藥物需千年長成，不好採煉。

達摩說他有一道咒語可抵千年藥材，傳下了「摩訶般若般羅蜜」。其中「般若」之音影響筋膜、「般羅蜜」之音影響骨髓，長時間念誦便會有藥效。

達摩省去了修鍊形意拳的一個大麻煩，為感謝這份恩德，所以形意拳拜祖師前要先拜達摩，以示不忘外人之恩。

拜完達摩再拜祖師，形意拳不是具體某個人發明，而是上古流傳下來的，所以祖師沒有具體形象，依舊向達摩像跪拜，但這次拜的是達摩像後面的虛空，這虛空便代表了上古至魏晉時代的無數先賢。

何安下：「此咒是練筋膜、骨髓的，也可以降魔麼？」段遠晨笑道：「持咒走七圈的降魔法是我隨口編的，想試試你的心力，降魔不在於法術，而在於心力，心力弱，再高明的法術也不會靈。如你不能降魔，一定也不能激發筋膜和骨髓。」

何安下：「你拿我性命開玩笑！」段遠晨瞪起雙眼，大聲道：「噓！摩訶般若般羅蜜！」何安下霎時蔫了，只覺自己以前的所思所想都散碎不堪，一種簡單明瞭的思維方式就此誕生。

半晌後，段遠晨：「你還有何怨言？」何安下：「摩訶般若般羅蜜。」段遠晨讚道：「罵得好。我正式教你形意拳。」

他帶何安下山中行走。大家都在建樓裝修，山中有多輛拉木料的馬車。段遠晨遠遠指著一匹馬，道：「我為勾搭官員，自稱是道家小天龍派祖師。什麼是小天龍？」

他自問自答：「小天龍就是馬。古代傳說有九種動物可以修鍊成龍，其中最便利的是馬。馬是龍種，古戰場上的長槍馬戰之術稱為『龍技』。形意拳不但內含一根長槍，還內含著一匹馬——我以前向你隱瞞了這一點，所以你雖知形意拳的玄理，卻練不出形意拳的功夫。」

兩人走近一匹拉車之馬，馬臀的線條圓滿剛健，如天地間的神器。段遠晨將手按於馬臀上，道：「這個馬臀要在人身上練出來，臀是人身最有力的肌肉，卻往往被閒置。」

何安下：「臀肌的力量可能傳到手上麼？」段遠晨：「這個道理，練拳的人不懂，不練拳的人卻懂。」

段遠晨曾陪一位官員去雲南遊玩，當地少數民族熱愛大鼓，一個七十三歲的老人被稱為「鼓王」。鼓王矮小枯乾，已駝了背，腰纏一片虎皮，掄著兩隻瘦如雞爪的胳膊擊鼓。鼓不是平置，而是鼓面豎立，三個鼓疊在鼓架上。

他打最上面的鼓時，需要跳起。以他的佝僂身形，蹦跳著擊鼓，顯得格外滑稽，然而打出的鼓音深邃遼遠，那是壯年男子也望塵莫及的力量。

段遠晨一聽鼓音，知他是位無意中修成了武功的高手，便讓官員吩咐鼓王去掉腰際的虎皮。虎皮撤掉，鼓王的褲子厚重寬大，布面的皺褶上，有著奔馬的動勢。

何安下：「老人的敲鼓之法，暗合形意拳拳理？」段遠晨敬畏地點頭，道：「馬是天下最善於用臀的動物，形意拳是最善於用臀的拳術。本以為是獨有的秘密，不料一個荒蠻之地的半死老頭卻參悟出這一道理，王者總有超拔卓絕之處。」

何安下：「如何練出這個馬臀？」段遠晨：「就是騎馬的姿勢。看馬術高手的騎姿，腳不落馬蹬、臀不落馬鞍——腳不會完全插進腳蹬子中，而是虛點著；臀不會真坐在鞍子上，而是虛坐著。」

何安下平地做出騎馬之姿，感到大腿內側的一條肌肉彈簧般蹦起，臀肌中頓時有了痛感，如被狠狠扎上一刀。段遠晨：「腳能虛點，是兩大腿有夾裹之力；臀能虛坐，是襠部有兜捲之力。做到這兩點，臀肌就調動起來了，裡面的筋膜會騰起，肌肉纖維會如一地莊稼般重生重長。」

建房勞工將馬趕走，去拉又一車木料。馬臀一鼓一縮地遠去，段遠晨盯著看，道：「臀是通過調整兩腿練出來的，等臀練好了，反過來以臀運腿，你便能在一步間邁出奔馬的狂勁。那時，拳頭才能真正重起來。」

何安下：「難道騎馬的人，都是武功高手？」段遠晨：「不會，因為真騎在馬上，人和馬相互配合，太容易達到效果，練不出武功。我們腳踏實地，卻可練出功夫。」

段遠晨不再說話，何安下體會著他話中之意，隨他一路行去。行了半個時辰，穿過幾重荊棘灌木，眼前展現一片水塘。段遠晨說高人注重飲食，這是為養紅鱒魚開掘的，除他之外無人知道。他靠著偷高人的各種東西，在山中過得相當幸福。

何安下泛起笑意，段遠晨在水塘邊坐下，脫去鞋襪，將腳踩於水面，道：「給你看看以臀運腿的效果。」

他的腳貼在水面上不動，然而水面卻起了漣漪，這漣漪越擴越大，最後竟遮蔽了整個水面，何安下看到他小腿的肌肉在上下抽動。

段遠晨對何安下一笑，將腳離開水面，兩腿高高翹起，道：「奧妙不在小腿。」何安下看著他，等待下文，卻突然身子一斜，坐不穩了，因為臀下的土地振顫了一下。

段遠晨兩腿高翹，僅臀部著地，難道他以臀肌向地面發了一個暗力？何安下不解地看著他，段遠晨卻跳起，脫去衣服，背對何安下，張開了兩膀。

他的後背兩側各挺起一縱肌肉條，從臀部頂端延伸到腋下，如兩根槍桿。他轉動肩頭，何安下看到肌肉條又得到了延伸，在胳膊上挺起，直到食指。

他側過腳，背部的肌肉條穿過臀部，在大腿上挺出，直延伸到腳踝。何安下：「這兩根肌肉條，就是人身上隱藏的槍桿？」段遠晨瞇眼：「游個泳吧。」縱身躍出兩丈，無聲落入水中。

三十六　虛龍假鳳

臀肌練成後，會以一種奇特的方式牽動周身肌肉，整個人體便得到了改造。段遠晨在水中，把自己游舒服了以後，捉上來八條紅鱒魚。

何安下尋思要架柴點火，段遠晨道：「不能烤，生吃才鮮。」剖開魚肚，撕成兩半，雖看得血腥，吃到嘴裡卻有著瓜果的清香。

兩人吃得盡興時，何安下隨口說：「你為什麼待我這麼好？」段遠晨：「因為，你將來會當皇帝。」何安下哈哈笑了，又咬了幾口魚，抬眼看去，卻見段遠晨一臉嚴肅。

何安下：「……真的？」段遠晨繃著臉，重重點了下頭，道：「當今軍閥割據，日本隨時會攻進來。如此內憂外患，都因清朝的嘉慶皇帝之後，便沒有真龍天子了，百年裡的皇帝、總統都是虛龍假鳳，所以不能鎮住江山，引得內鬼外鬼都跑出來，禍害百姓。」

何安下：「……是，我也知道需要，但，怎麼會是我呢？」段遠晨冷笑：「形意拳在古代是裂土封侯之術，我自有識別真龍天子的辦法。你脫去襪子，看看自己的左腳底，上面長出了七顆紅痣——這便是平亂帝王的貴相。」

聽到腳下長了那麼多痣，何安下只覺得噁心，忙翻腳底看，看後欣喜地說：「沒有。」

段遠晨登時慌了，奔過來看何安下腳板，不由得呆住。何安下：「你沒事吧？」段遠晨：「想不到你也是虛龍假鳳。」

他坐在地上，神不守舍。多思傷脾，何安下怕他想壞了身體，搭話道：「段先生，你怎麼會覺得我腳下會長七顆痣呢？」段遠晨：「你的相貌接近帝王之相，如果再有七顆痣，便是真龍。」何安下：「我的相貌？」

段遠晨：「我也不會看相之術，只覺得你和我有七分相像。多年以前，有個道士說我腳下如有痣，便是……」何安下：「你也是……」段遠晨惱火地說：「對！我也是一隻虛龍假鳳。」

吃魚，也覺無味了。兩人悶坐很久，何安下想到段遠晨說自己與他七分相像的話，便向他看去，只覺是迥然不同的相貌。何安下：「段先生，我與你哪裡像？」段遠晨：「嗯？你沒感覺麼？看古代帝王圖，都是方臉盤，鼻如懸膽，兩眼外側微微上吊，狀如飛燕——你我就是這個型。」

何安下覺得自己和段遠晨都跟此型尚有差距，段遠晨卻來了興致：「怪了，從漢朝開始，不論怎麼改朝換代，當皇帝的人一定是這個型。只是明朝的皇帝失去了飛燕眼和懸膽的鼻，清朝的皇帝失去了方臉盤。朱元璋是鼻孔上翻、兩眼角下垂，康熙是狹長臉，他倆只是奇才，雖有宏思偉構，卻難免手忙腳亂。」

何安下想起小時候在私塾見過的孔子像，叫道：「孔子也是皇帝臉。」段遠晨：「漢朝人發現孔子的相貌就是漢朝的第一個皇帝劉邦的相貌，所以稱孔子為素王，素王是虛龍假鳳的意思。」

提到虛龍假鳳一詞，段遠晨再次黯然，何安下打斷他的思緒，問：「究竟是做皇帝的人臉一定會長成那樣，還是只有這種臉的人才能做皇帝？」此刻飄來一股幽香，段遠晨望著池塘對面的紫森森的灌木，道：「向此五十米，開了一片花。」

花是什麼顏色？

兩人斷了說話的欲望，沉浸在花香裡。許久，段遠晨說：「此種臉型，是漢文化的秘密……那是周天子的臉。」

春秋戰國時代，諸國混戰，其實當時天子仍在，那是國號為「周」的古老帝國，已經延續了兩千餘年，各國的王原本都是周天子的臣下。後來，秦始皇以武力滅了各國，建立了大一統帝國，周天子被廢。

周天子的道統、政統俱喪失，其後代子孫不知所蹤，甚至血統也喪失了，但之後朝代的皇帝卻紛紛長出周天子的臉，令人敬畏地想到天意尚在，至今仍是周家的天下。

何安下：「難道周天子的子孫隱逸後，流散到各地，混入不同種姓中，最終在不同地方，以不同姓氏出現，仍做中華的皇帝？」

段遠晨：「多年以前，我的師父便有此猜想，他費了十五年時光研讀史料，總算找到了一點跡象。北宋被女真族滅亡後，女真族建立了金國，其皇帝娶了宋徽宗的女兒，並讓其女所生之子繼承了皇位，致使金國皇帝有了宋徽宗血統；南宋被蒙古族滅亡後，蒙古族建立元朝，其皇帝娶了宋朝皇女，並讓其女所生之子繼承了皇位，致使元朝皇帝有了宋朝血統；元朝皇帝所用的玉璽是宋朝的玉璽，而宋朝玉璽則是漢朝流傳下的玉璽，經歷了隋唐五代。朱元璋滅亡元朝，追擊元朝皇帝，元朝皇帝在草原失落了玉璽。滿族人滅亡明朝時，在草原撿到了此物，將它作為清朝皇帝的玉璽。」

段遠晨：「在宋、金、元、明的大變局中，血統奇蹟般地一脈相承，說明歷史確有一條隱線。你知道玉璽是何含義？玉璽代表的是血統！」

不知何時天色已暗，抬眼見一片雲遮住了太陽，雲烏如墨，邊際慘紅。何安下：「清朝滅亡已二十多年，百姓都習慣於共和政體，不會再接受皇帝了吧？」段遠晨沉聲道：「也許不再有皇帝，但虛龍假鳳會不斷，況且最大的一隻也出現了。」

上古時代的一隻鳥修鍊成龍，投胎做人，當了第一代周天子。其時有一隻瑞，也即將修鍊成龍，周天子將它扔到橫斷山脈的爛泥塘中，軟甲上被周天子刻了符籙，所以始終無法游出爛泥。它問何時能出，周天子答：「燈火苗子向下時。」火苗永不可能向下，預示它永無出頭之日。

唐朝的玄奘法師在取經路上曾路過此爛泥塘，並將這典故寫入日記中，共三十七個字，此日記後來以《大唐西域記》為名成書。

何安下：「什麼叫瑞？」段遠晨：「白色的軟殼龜，與鱉近似，但比鱉有靈性，擇善地而居，有瑞出現的地方往往風調雨順。其壽命千年，我們稱呼長壽老人為人瑞，便是借它來比喻。」

段遠晨嘴角泛起神秘笑容：「瑞是可變為龍的九種動物之一，現在正是燈火苗子向下之時。」何安下：「怎麼會？」段遠晨：「電燈泡不是衝下麼？」何安下險些叫出聲來。

池塘映襯天空，水面上浮雲千變。何安下：「它如投胎做人，便是真龍天子？」段遠晨：「它原有成龍的潛質，只是陷於爛泥裡四千年，怨氣太大，沒了恩養百姓的胸懷，做不得天子。他一定會先做土匪，禍亂一方。它禍害的地方越小，它以前的修為損失也越小。如果它禍害的範圍大到一個省，萬年的修為就全毀了。」

段遠晨莊重起來：「我小時候多病，母親讓我拜村口一塊巨石為義父。我們村視此石頭為神物，它是在我出生前，從天上掉下來的，上面的石紋恰似三行字。我認它為義父後，每天早晚都要對著它磕頭請安，不久後病便好了。在我二十六歲的時候，村口巨石突然消失，而我也在那天摔了一跤，從此後背多了三道傷疤。」

何安下後背一冷，哆嗦了兩下。那塊巨石就是瑞的軟殼，因為瑞的修行火候未到，投胎做人時，還不能將軟殼虛化，就以巨石的形象落在了投胎之地。降生後的小孩體弱多病，因為脫殼而出時受傷，它拜巨石為義父，與自己的殼早晚親近，病便好了。它二十六歲時，殼虛化回到了身上，石頭上的紋和背上的傷疤，是周天子當年刻下的符籙。

段遠晨笑道：「我做過三年強盜，為禍範圍兩百米，那是條山道。」何安下陪笑了兩聲，說：「幸會幸會，想不到你來頭這麼大！」段遠晨一臉謙和，擺手說：「哪裡哪裡，如果我這一生能心平氣和，將怨氣全部化解，死後便可恢復瑞的原型，繼續修鍊五百年，便能成龍了。我成龍後，絕不回人間做天子，而要四海遨遊，好好享受生活。」

他的遠大志向值得尊敬，何安下連說：「佩服佩服。」段遠晨嘴角浮現出一絲不易察覺的得意。

兩人臨水觀魚，又說了些歷史掌故，談興正濃時，荊棘叢中響起一陣清脆的鞭炮聲。何安下：「竟有人在這荒野之地結婚辦喜事？」

段遠晨：「那是槍聲。」

三十七　廣寧不孝生

段遠晨與何安下游過池塘，上岸撥開灌木而行，行出百米後，是一個下坡，開著數不盡的粉色野花。剛才談話時，正逢它們盛開，因而有了飄香。不能得見一面山坡同時花開的景象，令人遺憾。天地間的綺麗總是默默完成，避開人類。

俯視粉色花叢，可見隱伏著七八個持步槍的軍人。花叢盡處是一片竹林，竹林的縫隙中挺出三十幾根槍管，雙方處於僵持階段。

段遠晨示意何安下向回走，離開這是非之地。兩人轉身時，發現在平側方向三十米處坐著一位軍官。他一身土黃色軍服，卻像和尚般雙腿盤坐，閉目默念著什麼。

他的右手置於右肩前，右手中指與大拇指扣成環形，其餘手指挺立。段遠晨按住何安下肩膀，輕聲道：「那是大隨求菩薩的手印，他是廣寧不孝生。我們不要走，有熱鬧可看了。」

那個軍官是浙江一位新崛起的軍閥，他未出生便喪父，他母親回到了在廣寧縣的娘家，不久後生下他，但他父親的族人不承認他是遺腹子，他分不得遺產。長到兩歲時，廣寧縣法華寺的一位和尚收他做了義子，照顧他母子生活，有傳言說和尚是他的親生之父。

他十五歲入伍，驍勇善戰，晉升迅速。他身先士卒，在槍林彈雨中穿梭，卻未受過一次傷。有人說和尚傳給了他一個躲避槍彈的法術。

二十五歲的時候，他成為師長，率軍滅了自己的父族，然後帶二十萬大洋去法華寺，要修繕寺院。但他的和尚義父卻在他剛進寺廟大門時，以雙盤腿的坐姿逝世。他因此稱自己為「廣寧不孝生」，他的本名叫董安。

段遠晨沉在花下，給何安下說完掌故，探頭看遠處的董安。董安仍閉目靜坐，右手構成的環形紋絲不動。何安下向敵方望去，見一輛兩輪小車推出了竹林。

小車為綠色，豎著一根狹長圓管。兩名士兵將什麼塞入了圓管，然後圓管放平，對向了花地。阿安下：「這是什麼？」段遠晨：「……炮。這是要把人轟出來，我們起身逃竄，他們正好開槍。」

兩人做了聽天由命的打算，沉入花下。然而許久之後，也不聞炮響，兩人探頭，見竹林中的士兵高舉雙手而出，竟投降了。

他們盡數站到花地後，一隊持槍的士兵走出竹林。原是來了救援部隊，自後面包抄，將這夥人捉捕。何安下向董安望去，見他右手扣成的環一下崩開。他自花叢中站起，坡下士兵響起歡呼聲，一個斜背匣子槍的副官跑上坡，衝他行了個軍禮，喊道：「屬下來遲，令師座受驚。」

董安沒有作答，陰沉看著前方，兩名士兵正將一個高個軍官押來。高個軍官面目俊朗、皮膚雪白，兩手被反捆，任人推搡，並不掙扎。董安：「你是讀書人家的孩子，我格外器重你。你卻要背叛我，究竟為什麼？」

高個軍官：「取而代之。」董安嘆道：「痛快！我給亡母做法事而上山，身邊不會帶太多人，的確是最佳時機。我如死了，母親無人超度，豈不是很可憐麼？」

高個軍官：「我要打死你，定會幫你祭母。」董安：「假話！」高個軍官大笑：「確是假話，誰還顧得了這許多。」董安掏出腰際手槍，道：「你有豪傑之氣，我不能留你。」

高個軍官眉眼保持著平靜，下嘴唇卻不停顫抖，他大喝一聲，以牙咬住下嘴唇，閉上眼睛。董安卻收起槍，道：「你走吧。十年之後，再來殺我。」高個軍官冷笑一聲：「不用十年。」

捆手的繩子解開後，他狠狠瞪了董安一眼，向坡下跑去。董安遠遠做個手勢，坡下的士兵對著高個軍官端起了槍。高個軍官急煞住腳步，回身大喊：「你不是放我走麼？」

董安：「你學了一身土匪的狠勁，丟了讀書人的風度，十年後不過是個三流貨色。」他做個手勢，槍響人倒，一個年輕的生命就此逝去。

年輕並不等於美好，世上有許多天生的惡人。

何安下與段遠晨隱在花叢下，慢慢後撤。退入灌木，退入池塘，退上岸，直退到高人建築工地前的軍用帳篷中，兩人方再說話。何安下：「此人殺氣好重！」段遠晨：「不如說法力高。他那位和尚義父應該是禪宗嫡傳，南宋高僧大慧宗杲的法脈。」

段遠晨曾讀過禪宗人物傳記集《指月錄》，此書與佛教理論書不同，記載了許多修禪的實際經驗，可給修道做參考。書中記載的大慧宗杲聽到一個「佛」字會以手掩耳，聽到一個「禪」字，會啐口水。訶佛罵祖，方是禪宗一流人物，這位天下敬仰的禪師暗修密法，依據一個冷僻的菩薩——大隨求菩薩的手印、咒語修行，說其冷僻，因不像觀音、普賢等菩薩在民眾中有普遍信仰。

段遠晨也是看了這書才知有此菩薩，他在明版《華嚴經》插圖中，見到此菩薩右手舉於肩前，中指成環。因此他在花叢中一見董安手型，便知來歷。但在他的閱讀範圍裡，還未尋到大隨求菩薩的咒語。

何安下：「董安得了禪宗法脈，怎麼可以做軍人？」段遠晨笑道：「不但做得，還是一流的軍人。軍人想絕處逢生、敗中求勝，要有脫離常規的一悟，正與和尚參禪相似。宋朝之後的上將軍都要參禪的。」

何安下：「既然是脫離常規的一悟，為何還要修咒語手印？」段遠晨：「咒語手印難道不是常規之外的事麼？」

何安下無言以對，段遠晨：「有悟性，無法力，不能濟世。大慧宗杲參與朝政，曾遭到奸相秦檜的十一次暗殺，岳飛所用的長槍，是他讓一條蟒蛇變化成的。」

軍用帳篷的布面忽起了波瀾，外面並無風聲，帳篷口外的地面上有一片落葉安靜地臥著。

波瀾止住，一把軍刀刺了進來。布面割開的聲音，撕心裂肺。刀繼續下滑，直割出一米多長，一人側身鑽入，正是董安。

他坐到箱子上，左手持馬刀，右手按在腰間槍匣上，發出友善的微笑。董安：「今日是家母的忌日，但我軍務在身，不能返鄉祭奠，所以就在此地遙辦法事。遙辦需要請三十六位修行者不吃不喝地誦經，堅持的天數越長，便越有益於亡者。都市寺廟的和尚都被養懶了，哪有這等功夫？只好求助於山上的苦修者，我已請了三十四位。」

段遠晨兩手抱拳，爽朗地說：「孝子之心，天人共敬。只是剛才山中採藥滾了一身泥，容我倆換身衣服。」董安點頭。

四名持槍士兵將兩人押到了段遠晨的木樓，換好衣服後，與其他人一起押下山。路上，何安下問忍飢挨餓的祭奠法是否為邪道，段遠晨說這是印度的風俗，至今在青海、蒙古等地沿用，確是佛法儀式，只是在漢地不多見，可能是大慧宗杲法脈的修法。

段遠晨小聲說：「道家的辟穀之術，也是不吃不喝地修鍊，咱們這種人來錢容易，只要你能十天不進水米，高官富商便會供神仙般供著你。」何安下：「你會這種功夫，我不會，可要慘了。」

段遠晨：「我也不會。你換上的是我的衣服，領子裡縫了一兩特製麵粉。你在無人注意時，撕開吞下。這一兩麵粉很難消化，糊在胃壁上，你的胃就不會磨壞了。等辟穀時間結束，吃一方中藥，便可將這層麵糊吐出。」

何安下：「身體多少會受損傷吧？」段遠晨：「這層麵糊吐出來後，臭極了，待在胃裡怎麼會好？」何安下問有無更好之法，段遠晨連連搖頭，說此法還是他花了五百塊大洋買來的。

下山後行不久，眾人眼前出現了一座白牆灰瓦的大宅院。有人說：「不會是高人的暫住所吧？」此言一出，立刻有人罵道：「這混蛋，他自己玩好了，還拉上大家跟著受罪！」言論紛紛，還有人說高人很仗義，從來是有錢大家賺，一定會對挨餓做出妥善處理。能夠不吞麵糊，何安下自然高興，但見院子中三步一崗，五步一哨，恐怕高人也不得自由。

眾人入了堂屋，見已布置成道場，列出三排紅毯，以供盤腿打坐，紅毯旁配有三十六個小桌，均擺上一盞油燈，供夜裡讀經。紅毯的盡頭，樹立一個四尺高座，高人端坐其上。

眾人坐好，擊鼓鳴鑼，高人兩手縮在袖子裡，引領著唱誦《玉皇懺文》。一唱就到深夜，眾人腹響如鼓，頭昏眼花，連呼吸都變得困難。只有段遠晨仍音調高昂，何安下見他衣領破損，不知何時已吃下了麵粉。

當念誦聲弱得無法持續時，高人下了寶座，給每個人摸頭頂，被摸過的人便會精神起來。何安下和段遠晨坐在最後，見前面人的念誦聲都有了底氣，不由得稱奇，難道坑矇拐騙的高人真有法力？

高人走近，右手按在何安下頭頂，嘴裡念念有詞。何安下的飢餓感沒有減輕絲毫，正納悶間，一片清涼之物已塞入嘴中。在高人寬大道袍的遮擋下，何安下盡情咀嚼，覺出那是一片蓮藕，藕眼中塞了肉沫。

高人餵完何安下，又去餵段遠晨。段遠晨則掀開高人的大袖子，將藕片遞給了何安下，小聲說：「我胃裡有了麵糊，吃下這個，也消化不了。真後悔！」

大家都明白了，高人的寶座下藏滿了塞肉蓮藕，他念經時兩手縮在道袍裡，是拿刀子給蓮藕削片。

七天後，法會圓滿結束。大家均氣色紅潤，唯有段遠晨面黃肌瘦。

三十八　百二山河在掌中

七天裡，董安早晚都會來法堂，跪在母親照片前哭半個時辰。其聲慘厲，聽者無不動容。

遣散時每人領十塊大洋，與眾人平時的收入根本無法相比，但感念其孝子之心，竟都無怨言。

段遠晨走得最早，他急於去縣城藥鋪抓藥。作為高人的護院，何安下走得最晚，留在高人禪房吃飯，是一整隻陝西黑山羊，配以茅台酒。喝得臉紅心熱後，何安下問：「你們每個人背後都有官場關係，董安將你們關在一起挨餓，豈不是得罪了一批官員？」

高人：「正是要得罪，他是藉我們向那些官員示威，顯示自己的實力和魄力。很快，官員們會主動向他示好，並借助給他母親修墓之名，送錢送禮。」

何安下：「那大家不是白關了？」高人淡淡一笑：「官員平時對我們恭敬有加，孫子一般。但事到關鍵，我們是最無足輕重的。世上有幾人真正尊重佛道？」

背著高人給的一包袱日用品，何安下離開宅院，踏上山路。四野寂靜，走著走著產生輕微的頭暈。何安下知道是「山氣」使然，山氣不是沼澤毒氣，而是山石間旋盪的原始力量，這種力量促成了萬物的進化，人類與它脫離得太久，如果孤單入山，便會倍感壓力。

生命的衰弱，起於筋膜終於骨髓。何安下念起生膜滋髓的「摩訶般若般羅蜜」，先是默念，漸漸大聲喊出，心肺肝腸都痛快了。一路狂喊，不覺走了許久，天色灰暗，前方路面上出現一群山羊。

趕羊的是個十歲左右的小孩，圓額大眼，頗有靈氣。他衣服沒有一個補丁，皮膚白皙，不是山裡人常經日曬的紅黑色澤。即將落日，何安下心知異樣，他不再看小孩，低頭穿過羊群，快步前行。

行出二十多米，身後的孩子唱起歌來，歌詞為：「僧不僧，道不道，上不報君王，下不孝父母，沒婚沒娶，兒子有一個。」

狐狸精曾說他有個兒子，一直認為那是為迷惑自己而說的假話，從而在心裡迴避掉這個問題，突然從第二個人口中聽到，登時怔住。

何安下囑咐自己千萬不要理睬，但再也邁不動步，轉身問：「我有一個兒子？」小孩笑而不言，趕著羊慢慢行過來。

何安下兩腿注鉛般沉重，再想邁步已是不能。小孩笑得咧開嘴，露出雪白如貝的牙齒。他沒有現出妖魔的獠牙，何安下稍稍心安，卻見他拿趕羊鞭子的手厚實毛茸，上有深棕色條紋，竟是一隻老虎的爪子。

小孩嗓音甜潤，道：「你有一個兒子，在杭州王家，已快三歲。王家做絲綢買賣，可稱大戶。他作為王家單傳的血脈，自小得到很好的照料。你可以放心。」

何安下：「多謝！」小孩：「我養了三十隻羊，以消除心中飢火，兩百年來沒傷過一個人。今日實在忍不住了，你不該一個人進山。我修鍊只有兩百年，你如果與人結伴進山，人氣一重，我就不敢靠近了。」

何安下愣愣站著，小孩語帶歉意地說：「其實人肉除了有點甜味，並不好吃，一咬一口水，我不喜歡，只是我吃了兩百年羊肉，實在想換換口味。」

何安下仍處於聽到兒子消息的震撼中，小孩的話一個字也未聽進。小孩向何安下鞠了個躬，慢慢走過來，抓起何安下的胳膊，湊到嘴前。

感到最初的疼痛時，何安下想到達摩的咒語可降服狐狸精，或許也能降伏小孩，卻實在提不起心力，只想被快點吃光。或許人剩下一堆白骨後，便沒有了痛苦。

小孩似乎只是咬破了皮膚，何安下順著胳膊看去，見是一隻小花貓，並不是老虎。小花貓咬了半天，也沒扯下一塊肉來，真不敢相信它能吃羊。

何安下被搞得膩煩了，抬手一甩，小貓飛出丈外，落在地上又現出了人形。小孩略帶驚色，道：「你有法力？怎麼可以把我打飛？」何安下：「你的原形是一隻小貓，我當然能打飛。」

小孩怒吼：「我是老虎！」說完一個後空翻，落地時又變成了一隻小貓，喵喵地叫著。叫了兩聲後，它也覺得不對，又一翻滾，化為人形，焦躁地問：「你看到的是虎還是貓？」何安下：「貓。」

小孩「哇」的一聲大哭起來，何安下兩腿頓時輕鬆，可以邁步行走。想一走了之，但小孩的哭聲實在淒慘，便勸他：「別哭了，也許你記錯了。你是一隻長得很像老虎的貓。」

小孩大叫：「住嘴！我真是老虎，伸直尾巴有丈二的身長，吼一聲可傳三十里。」

何安下倍感無聊，掉頭走了。行出百米後，回身見路面上已沒了羊群小孩。

又行了百米，天色全黑，何安下從背後包袱中取出一支手電筒，照路而行。但山中蚊蟲多，一打開手電筒，蚊蟲成團地襲來，只好關掉。

摸黑行出十幾步，被條枯藤絆倒，黑暗中響起一個低沉嘶啞的聲音：「你還是打手電筒吧，我幫你驅趕蚊蟲。」

何安下驚得跳起，打開手電筒亂掃，發現藤條叢中站著一位灰衣和尚。何安下：「你是人是鬼？」灰衣和尚：「應該是人吧，而且還受過西式教育。」

四下響起重重的「嗡嗡」聲，蚊蟲正大團地襲來。灰衣和尚將右手置於肩前，中指成環。「嗡嗡」聲頓時消去，耳畔一下清靜。

那是大隨求菩薩的手印。何安下連忙兩手合十行禮：「法師，恕我不恭敬了。請問法師名號。」灰衣和尚自藤條叢走出，低聲道：「大癡守餘。」

何安下知道禪宗和尚的法號多為四個字，日本人的姓名便受此影響，也多為四字，於是鞠躬行禮，道一聲：「大癡法師。」

大癡法師四十歲左右，鼻大口闊，眼型狹長，本是將軍相，卻生了一雙書生眼。他的袈裟原為棕紅色，因年久褪色，成了灰色。

兩人並肩而行，大癡法師說出自己生平。清末權臣李鴻章認為想消除對西方文明的隔閡感，要讓幼童自小在國外生活，於是清政府有了向海外派遣留學童生的舉措。他是最後一批留學童生，五歲時到美國，十七歲時清朝滅亡。

公派留學資金取消後，他受到家鄉士紳的資助完成學業，取得律師資格，二十一歲歸國。他曾在政府機關任職，曾在大學授課，曾回家鄉進行農村改制，但他最終做了和尚。

他覺得世界已糟爛到極點，法律、道德於事無補，只能靠神通之力來拯救。他仰慕南宋時以神通力支持岳飛的大慧宗杲，便通讀《大藏經》，尋找大隨求菩薩的手印咒語，發現了大隨求菩薩的手印咒語是一個特殊法門的輔助之法。

這個特殊法門叫作雪山僕人門，有一道咒語六個手印，是佛祖三十九歲時在雪山修鍊的內容，給他送飯的僕人偷學此法，苦練後獲得了等同佛祖的法力，他以此法害佛祖，在法力強到極點時，卻因此法的力量，獲得了開悟。

開悟後的雪山僕人向佛祖懺悔，然後去遙遠星球建立了自己的佛教王國。大隨求菩薩是雪山僕人留在地球上的使者。此法門的祖師是偷看而得，達到等佛的法力，所以此法可以自修。

大慧宗杲在禪宗史上公認達到了八地菩薩的境地，已是近佛，應是他修此法的利益。佛經和大慧宗杲的事例，給了大癡法師極大鼓舞，攜帶抄寫的經本，入莫干山修鍊了七年，前日剛下山。

何安下：「你獲得了等佛之力？」大癡：「不知有沒有達到等佛境地，起碼是世上最大的妖怪了。」話未落，身側響起一聲虎嘯。

嘯聲凶蠻，何安下胸口痠痛，一顆心似要從體腔裡蹦出來。手電掃去，照出前方路上臥著一隻白額巨虎，散發著腥臊惡氣。

何安下心光一閃，難道放羊小孩真是虎精，大癡見它要傷我，就用法力將它變成了一隻貓？看來大癡已跟了我很久，他為何要這樣？

大癡面無表情，兩眼冷冷地盯著老虎。

老虎縱身一躍，撲向大癡。大癡右手中指成環，老虎竟瞬間縮小，套在了他的中指裡。大癡一甩手，老虎跌出，落地後恢復了丈二的身長。

它一陣狂叫，再次撲向大癡，依舊被縮小套住。大癡將它甩出，它落地後變成放羊小孩的模樣，傻傻地瞪著眼睛。大癡輕聲道：「你成精後，便只是一股氣了，怎麼還貪戀著以前的身體？」

小孩：「身體沒了，但吃肉的欲望還在，我也十分苦惱。」大癡：「一念之差，便毀了你兩百年修行，你難道想再做畜生麼？」小孩哇哇哭了起來：「你道理說得好，我也被你說服了，但吃肉的欲望還會再來，我到時候還是把持不住。」

大癡笑道：「兩百年來你算是刻苦的，欲望只殘留了一點。這樣吧，我就讓你吃塊肉，化去你最後的這點欲望。」說完左手呈刀型，自右臂上割下一片肉，扔在地上。

小孩翻滾化為虎身，伏在地上吃完，伸舌舔嘴，輕哼一聲，腦袋貼在兩前爪上，竟像是向大癡跪拜。大癡柔聲說：「你看過了我的手印，現在傳你咒語，以後你便依此修鍊，可省千年時光。聽仔細了，嗡—瑪尼達里紅—帕吐。」

老虎喉嚨咕咕作響，似在背誦咒音。喉嚨聲止後，它繞著大癡轉了幾圈，無限依戀。大癡緩緩道：「你我自有見面時。去了。」老虎長嘯，搖頭擺尾地去了，不時回頭看看。大癡揮手，它奔跑起來，縱身一躍，就此不見。

何安下以為大癡掌割右臂，只是幻術，不料虎走後，他右臂一直在流血。何安下從自己衣上撕出一條布，包紮時小聲問：「老虎成精，已是氣體，怎麼可真吃下一片肉？」

大癡笑道：「這個世界的邏輯，不是你所能想像的。」接著吟出一首詩：「氛埃一掃蕩然空，百二山河在掌中；世出世間俱了了，當陽不昧主人公。」

何安下問詩的含義，大癡只說了詩的來源。

此詩作者是大慧宗杲。

三十九　自嘆自感乃垂頭

修行者聚集地的夜晚燈火輝煌，女人們引進了歐洲橋牌，修行者們穿上了西裝。

中國的服裝是長袍大袖，衣料為柔軟的紗綢，身上輕了分量，手中的撲克牌也變得窩囊，所以要玩有重量感的麻將。西裝布料堅挺，具重量感，紙牌便顯得輕靈，構成輕重對比。

這個世界需要輕重緩急。

回軍用帳篷的路上，大癡法師發現前一段時間飛機轟炸留下的大坑，何安下告訴他炮與子彈密集打下來，卻像長了眼睛，都落在草叢樹林中，沒有傷一個人毀一座房，問：「難道屈原的《九歌》真有令槍炮改向的法力？」

大癡道：「古人不可測度，但你描述的高人，沒有這麼大本事。」他粗喘一口氣，兩眼放大，直愣愣盯著前方。前方是黑茫茫叢林，垂著稀薄霧氣。

許久，大癡睇起眼，轉向遠處燈火輝煌的雀樓。雀樓頂部屋脊立著隻銅鶴，被樓下燈火勾出一道紅邊，它是曹操招攬天下智士的標幟。

大癡胸腔鳴響，兩手「啪啪」拍了三下，道：「山中另有高明之人，是他令炸彈、子彈改向的。他的法力之大，才真是到了佛境。你想見見他麼？」

何安下點點頭，大癡兩手合十，向東方鞠躬行禮，縱身一躍，由土地跳到了一條碎石子鋪就的寬闊路面，長袖飄飄，竟是向雀樓走去。難道法力等佛之人，混跡在煙花柳巷？何安下心存疑惑，跟著去了。

雀樓大廳擺上了四五座檯球桌，是進口的外國原裝，桌面絨布的色彩極為純正，一眼望去，如四五灣碧綠的小湖。穿著黑色西裝的修行者坐在檯球桌邊，打著橋牌，肅穆之極，無半點聲音。雀樓姑娘隔三差五地坐在他們中間，眉眼恬靜，指導他們打牌。

大癡在美國留學時玩過橋牌，輕聲向何安下說明。何安下心道：西方的牌局，和大吵大鬧的中國牌局竟是如此不同。一臉油滑的修行者都有了紳士相，法力等佛的隱士不知是其中哪一位？

大癡在一個檯球桌邊坐下，何安下站到他身後。大癡斜眼看著旁邊的人，冷冷道：「你不會玩的，讓給我吧。」那是位大眼肥腮的壯漢，披散的長髮油亮厚密，上套著一個束髮的鎦金箍。他轉向大癡，臉上的紳士氣質轉成了土匪氣。

他道：「你敢把你說的話再說一遍麼？」大癡點頭，又說了一遍。他的太陽穴暴起了青筋，蒲扇大的手擰住了大癡的領口，另一隻手掄起，便要一個耳光抽下來。

但他的手就此停在了空中，因為他聽到自己頭上的鎦金箍「喀吧」響了一聲。鎦金箍有了深深的裂紋，大癡緩緩道：「你三十七歲在河南信陽，毒死了一戶人家，劫走三十根金條。你的頭上玩意用了幾兩？」

「唧」的一聲，壯漢頭上的鎦金箍落在地上，已碎成了數段。壯漢眼角泛紅，露出殺氣。大癡冷笑一聲：「你的拳頭曾打死過兩個人，都是一擊打裂胸骨，力量不可謂不大。但我可以讓鐵箍斷裂，也能斷了你每一根骨頭。」

壯漢額頭淌下一顆汗珠，他看向剛才教自己打牌的姑娘。姑娘肌膚白潤，眼瞳如墨，正是氣血最旺盛、心靈最單純的年齡，也許剛才她對壯漢有著好感。

壯漢看向大癡，兩眼發出獸性的光芒，道一聲：「我不信。」一記耳光抽在了大癡的臉上。

大癡的左臉出現了五個清晰的指頭印。

壯漢的兩隻眼睛起了驚人的變化，如蜥蜴般一隻眼看左，一隻眼看右，他保持抽耳光的姿勢，僵在當場。

打橋牌要喝紅酒，抽雪茄，大癡從旁邊取過一盒點雪茄的長柄火柴，打開抽出一根，

「咔」的一聲折斷。壯漢身上同時「咔」的一聲響，似乎被折斷了左腿骨，一下跪倒。

大癡又抽出根火柴，掰斷，壯漢右腿一軟，整個人滾在地上。

眾人嚇得不敢作聲，看著大癡一根根抽出火柴，逐一掰斷。壯漢開始還狂叫兩聲，之後便不省人事，只是隨著火柴的裂斷聲，身上「咔咔」響著。

大癡掰了十幾根火柴後，抬手撫摸紅腫的右臉，沉聲道：「姑娘，給我發牌，你們誰跟我玩一局？」

眾人面面相覷，久久不言。大癡將剩下的火柴都倒在桌面，道：「想要胳膊、腿的，就玩牌。」眾人急忙簇擁過來，霎時坐滿了桌子。

大癡向對面姑娘看去，姑娘哆嗦一下，將撲克牌扔了過來。絨布桌面碧綠如湖水，撲克牌貼著絨布滑行，快到大癡面前時，撲克突然一翻，立了起來。

撲克牌厚度僅一線，穩穩立著，漸有了裂紋。眾人皆看到，彷彿有柄空氣的刀，將撲克牌縱切三下，橫切四下。

撲克牌倒下，分成了十二塊。大癡拈起一塊，是規整的正方形，似乎刀切前經過了仔細的測量。何安下以為大癡又施法力，不料大癡道：「是誰施的法力，站出來吧！」

眾人紛紛搖手，表示不是自己所為。大癡掃視周圍，只見屋角站了四五個沏茶倒水的老媽子，窗後掛著兩三個鳥籠，樓梯口臥著一條癩皮老狗，不再有餘人。

大癡：「不相干的人，都走了吧。」此話如同赦令，眾人逃命般或上樓或出門，霎時走得乾淨。

看著空盪盪廳堂，大癡回首向何安下使了個眼色，示意何安下坐到自己身旁。何安下坐好，大癡低聲道：「我這次下山，是要以神通力拯救世人的兵災火難，原要選你做第一個弟子。我現在要結一個手印，代表著佛法自古以來的傳承。結此手印，那位法力等佛的人不能不顯身。看好了。」

何安下看到大癡二無名指、二小指在掌中交叉，二大拇指左押右，捻在二無名指、兩小指甲上，之後二中指、二食指並豎直伸，拆開二分許。

大癡道：「此印模擬篝火，掌心交叉的六指彷彿柴堆，由多條木柴架成，越燒越緊。直豎的四根指頭，彷佛上炎的火焰，象徵著佛教的燈火相傳。」何安下小心記住，大癡持此手印，喉頭滾滾，閉目低念著什麼。

念了一會兒，大癡張開眼，道一聲：「來了。」何安下急向大門看，並無人影，回頭見大癡盯著廳堂的深處，那條在樓梯後睡覺的癩皮狗正晃悠悠地走來。

癩皮狗身上掉了大片的毛，結了多處凍瘡，看著叫人噁心。雀樓姑娘絕不會養這樣的寵物。何安下：「是他？」大癡面色慎重，道：「生命沒有貴賤，即便螻蟻當中，也有佛的。」

斷骨的壯漢躺在地上，生死不知。癩皮狗走去，伸舌頭舔他的臉。舔了一會兒，壯漢

「哇」的一聲大哭，醒了過來。

癩皮狗衝大癡「噢噢」叫了兩聲，大癡喃喃道：「你怪我出手太重，即便對待惡人，也要留有餘地麼？」癩皮狗垂下頭，不知是點頭同意，還是有了心事。

壯漢孩子般哭著，以手抹眼，坐了起來，渾身的骨頭似未受過創傷。癩皮狗看了他一眼，晃悠悠走開，回到樓梯口重新臥下，怎麼看都是一隻昏沉病弱的老狗。

壯漢的手離開眼睛，兩隻眼睛恢復了正常。他淚汪汪地看著大癡，哀求道：「我的兩隻眼睛還是一隻看左一隻看右麼？求您饒了我吧！」大癡：「不，你哭了，所以你的眼睛好了。」壯漢轉轉眼睛，自我感覺一下，立刻一臉欣喜。

大癡溫言道：「你為什麼哭呢？」壯漢：「我哭是因為……我害死的不止一家人。」話剛出口，又一陣大哭。

大癡：「好了！沒有享不完的福氣，也沒有洗不掉的罪孽。你就做我的第二個徒弟吧。」

壯漢止住淚，怔怔點了下頭，跪行到大癡跟前。

大癡以手按於壯漢頭頂，輕聲道：「你先學了這首咒語。嗡——拔羅拔羅三拔羅三拔羅——因地利雅——微休達密——哈哈——嚕嚕恰利——卡路恰利——梭哈。這是禪宗早晚課念的開智慧咒，其中哈哈兩字是重音。」

壯漢「哈哈」兩聲，一臉的凶相放鬆下來，獲得了真實的快樂。大癡看向臥在樓梯口的老狗，吟出幾個模糊的音節後，問：「雀樓裡怎麼會養這樣的一條狗？」

壯漢：「我上山時，山上早就有這狗了。不是哪個人養的，而是輪家門吃大夥的剩飯。也怪，它長得這麼噁心，大夥卻都願意給它吃的。雀樓蓋好後，這裡油水多，它就跑來了，姑娘們也看著不討厭。」

大癡兩手合十，「啪」的拍出一聲，道：「能令惡人心生慈悲，你要學的就是這個。」

壯漢「啊」了一聲，隨即垂頭，不知是點頭同意，還是有了心事。

四十　暗傷潛恨塗青山

壯漢叫王大水，想帶大癡、何安下去他的木樓安歇。大癡搖手，說還是去何安下的住所。

到了軍用帳篷中，大癡看見西北角的裂縫，何安下告訴他是董安用軍刀劃開的，大癡嘴角泛起笑意。何安下記得大癡說過，董安所修的大隨求咒是「雪山僕人法門」的輔助之法，自己從董安的祭母法會而出，便被大癡跟隨，難道大癡從莫干山來到天目山，與董安有著神秘的關聯？

果然大癡問起了董安來歷，何安下將自己所知的盡數相告。大癡又問了董安在祭母法會上的表現，何安下也一一描述。

大癡在軍統鋼絲床上坐定，吩咐何安下、王大水坐在床角，沉聲道：「禪宗的開智慧咒，作為廟裡和尚早晚要念誦的功課，已經流傳近六百年，卻無人知道它的來源。其實它正是佛祖在雪山修鍊的咒語，竊法自證的僕人偷聽的正是它。」

何安下與王大水皆一怔，雖沒有佛教知識的積澱，也覺得此事蹊蹺。大癡緩緩道：「雪山僕人的法門隱藏在禪宗中，這道咒語當作禪宗早晚功課念，可以開啟個人智慧。而配上本門的六個手印，就有了等佛之力，可以拯救這個世界！」

董安劃開的布縫隨風開合，大癡道：「董安自幼學得本門的輔助之法——大隨求咒。如果你們念誦本門的根本咒，他必有感應，會趕來相見。此人手握兵權，前途無量，我便收他做我的第三個徒弟。」

大癡教何安下、王大水以兩中指右壓左地交叉在掌心裡，二大拇指左壓右交叉，各捻本手中指如環狀，二無名指二小指豎直併攏，二食指捻二無名指上節。此手印令兩掌之間鼓出一個空間，像是樂器的共鳴箱。

大癡囑咐：「在雀樓傳給你們的是火印，這個是木印，多數樂器都是木料。樂器有共鳴，此手印的共鳴是什麼？是諸佛說過的一切音聲。佛經上說，寧可誹謗諸佛犯了淫欲，也不能誹謗這個手印——在我的佛經閱讀範圍裡，這句話賭誓是賭到頭了。」

何安下與王大水結好手印，開始念誦開智慧咒。一個時辰後，不見董安的身影，大癡沉聲道：「佛在摩訶陀羅國時，曾用此印降伏發狂的大象。難道不能降伏一個軍官？不是法不靈，是你們信心不堅。」

何安下與王大水都面有愧色，抖擻精神，重新念起。董安劃開的布縫，吹入一股冷風。大癡擺手止住兩人，嘆道：「發狂的大象最多傷幾十個人，而手握兵權者，卻可令一個國家生靈塗炭。的確不是你倆所能降伏。」

大癡言罷，下了軍用鋼絲床，迎布縫站立，手結木印。何安下與王大水不敢怠慢，站到大癡身後跟著念誦。大癡雖是輕念，卻振動了整個帳篷，布面上起了海濤般的波紋，何安下覺得他的咒音似有實體，小拳頭般一下一下打在自己身上，說不出的難受也說不出的舒服，忽然沒了意識，迷失在音波聲海中。

不知過去多久，帳篷外傳來一片齊刷刷的腳步聲，因山谷的回音顯得音量巨大，來了數千人似的。大癡停下念誦，鬆開雙手，瞇眼看著面前的布縫。

布縫被風吹得蛇一般扭動，一隻手探了進來。這隻手慢慢地捋著布縫，捋到下方時，竄進了整個身體，正是董安。

董安穿著黃呢軍裝，腳套黑亮馬靴，腰部配著一柄軍刀，英氣逼人。他嚴厲地說：「原來是你在作怪！」大癡冷冷道：「欠管教的東西，說話客氣點。」

董安「噌」的一聲抽出軍刀，做出下劈之勢，軍刀上的寒光自刀根滑到刀尖。大癡右手立於右肩前，中指成環。董安皺眉，眉間兩道皺紋通到鼻梁兩端，似乎鼻梁在臉上聳立起來。

董安：「你想做什麼？」大癡：「定國安邦！」董安的軍刀垂下，大癡向何安下、王大水打個手勢，示意他倆退出帳篷。

帳篷外站著二十幾名持槍士兵，立著一匹氣宇軒昂的白色軍馬，皮毛上浮著顆顆紅珠，竟是血跡斑斑。王大水將何安下拉到旁側，神秘地說：「那是寧夏產的汗血馬，汗水是紅色的，如血一般。此馬極為狂傲，不是身具貴氣的人騎上去，拚死也要掀下來。看來董安不是常人，當今軍閥混戰，四海不寧，老百姓都等著一個能坐穩天下的人。」

何安下：「說不定就是董安？」王大水惶恐地晃著腦袋，也不知是點頭還是搖頭。何安下想到了段遠晨，那也是個自詡為天子的人，不知他有沒有配好草藥，化出體內的麵糊？

未等多久，董安從帳篷出來，大癡隨後走出。董安扶大癡上馬，自己挽馬韁步行，一臉恭敬。汗血馬只在大癡落座時嘶叫一聲，隨後便乖順了，放平了脖子，一步步走得小心。

大癡在馬上做了個手勢，何安下與王大水跟入隊伍，一群人向山下而去。

董安軍紀嚴明，無人言語，一隊人步伐整齊，靜靜而行。看王大水臉色，似憋了一肚子話，卻被軍隊的威嚴震懾，不敢說出。

轉過山坳，道路不再平整，是幾百米碎石子，在月光下閃閃發光。馬靴不適合步行，董安便坐在路邊一塊石頭上脫去馬靴，換上膠底軍鞋，整個隊伍停下等他。

王大水終於有了說話時機，對何安下道：「如果董安是天子，法師便是國師。」話音未落，一聲槍響，徹谷轟鳴。

士兵紛紛舉槍，簇擁在董安周圍。何安下看到大癡法師仍直直坐在馬背上，任馬前行。馬行了十幾步後，大癡法師跌下來，軟軟滾了幾下，便不動了。剛才那槍竟是衝他開的。

何安下貓腰奔過去，見血濕了法師的整個胸口，已是活不成了。王大水也奔了過來，見狀大叫：「法師不該坐馬，董安的敵人把法師當作了董安！」

槍聲大作，打得路面碎石爆出火花，繁星點點。

敵人在高處。

何安下與王大水臥在地上，一動不敢動。由於跑出了隊伍，槍沒有打他們這裡，士兵們團縮的地方則如沸水，密集地落下子彈，濺出數十股血柱。

不多時，士兵們便盡數癱倒，靜得像一塊塊肉砣。上方的子彈仍舊打下，持續了五六分鐘方停下來。何安下抬起頭，趁著月光，見山巖上站起一隊戴鴨舌帽的特務。

他們拿著短把卡賓槍，飛跑下山坡，從士兵屍體中扒出一個血淋淋的人來。汗血馬在槍響後，躲到一片岩石後，此刻卻跑出，衝那血淋淋的人連聲哀鳴。何安下知道，那一定是董安。

董安被架起，臥到馬鞍上。從他後背的細微起伏看，尚有呼吸。

一個特務趕到何安下、王大水跟前，晃了晃手槍，他倆急忙高舉雙手站起。他倆被押到一個身材瘦小的特務跟前，那人做了個手勢，要兩人退到岩石邊，然後舉起了卡賓槍。

這是要槍斃，王大水高喊一聲：「二十年後又是一條好漢！」面部痙攣，已呈死狀。何安下緊閉上雙眼，這時一個熟悉的聲音響起：「這個人是我朋友。」

何安下睜眼，見段遠晨頭戴鴨舌帽，正伸手指著自己。還沒來得及張口喚他，王大水已高喊起來：「我認識你三年了，我也是你朋友！」

段遠晨瞟了他一眼，對瘦小的人說：「算了。」瘦小的人垂下卡賓槍，段遠晨走到大癡屍首前，一腳踢上去，大癡屍體晃晃，腦袋歪在一旁。

段遠晨：「什麼人？」何安下答道：「一個和尚。」段遠晨：「他背後有什麼官場關係？」何安下：「他剛自莫干山出來，董安是他的第一個關係。」

段遠晨舒了口長氣，哼一聲：「跟我走。」向身後揮手，招呼眾人下山。何安下背上大癡屍體，跟著走了。

何安下看著走在前面的段遠晨，心中升起寒意，他不再是神叨叨的那個人了，變得果斷無情，似乎在某種情況下，可以殺掉所有人。

段遠晨邊走邊跟身邊的人說話，說了七八句後，他停下等著何安下走來。何安下背著大癡，面無表情地走到他身旁，他與何安下並肩而行，問：「背著他幹嗎？」

何安下：「這是我尊重的人。」

段遠晨沒有追問，從懷裡掏出煙盒，挑出一根，點著吸起來。煙味清醇，應很高級。他觀察到何安下鼻翼翕動，笑道：「煙絲要以美酒薰製，這是特製煙捲，用的是歐洲最好的白蘭地。」

何安下：「能享用到這種東西，你一定身在一個特別的組織。」段遠晨深吸一口煙，輕聲道：「小兄弟，我拿你做我徒弟看，所以不瞞你。我是中統第七情報組組長，扮成修行者，是為了監視黨內高官動向。」

兩人無言地走出二十餘米，何安下開口：「你在養魚塘邊說的話，都是耍我玩的？」段遠晨：「山中寂寞，容易深思多想，那些話是我的真實想法，但戴上這頂鴨舌帽後，便覺得荒唐了。我只是一個有著層層上級的特務。」

特務們穿的鞋不像士兵般統一，在碎石子上走出各樣的聲響，空谷回音，像是怪異的樂曲，其中的高音是馬蹄聲。望著董安血跡斑斑的背影，段遠晨虛聲道：「此人膽大妄為，若羽翼豐滿，必是天下禍害。他死之後，我也可離開此山，我心裡有了接替我的人選。」

何安下沒接他的話茬，段遠晨等了半晌，終於自己說出：「高人賞識你，你比我能刺探出更多情報。」何安下一字一頓地說：「如果我倆還有情誼，就不要拖我下水。」段遠晨嘆道：「人各有志，我不勉強。」

轉過一座山，段遠晨喝令隊伍停下，牽馬向路邊樹林走去，他回頭以莫測的目光掃了何安下一眼，道：「你也一塊來吧，看我了卻一件冤冤相報的舊事。」何安下將大癡屍首轉給了跟在後面的王大水，隨著入了樹林。

入林未深，便聞到一股怪異味道，介乎爛魚的腥臭和中藥的藥香之間的味道。何安下掀動著鼻翼，發現眼前是一片淤黑的沼澤。

段遠晨笑道：「身陷沼澤，越掙扎沉得越快，使不出一點力地死去，是最恐怖的死法。但據我在山中多年的觀察，發現有沼澤的樹林，空氣往往新鮮，所以沼澤等於人的肺，它可以吐故納新。」

段遠晨鬆開韁繩，走到何安下跟前，正說著話，忽然反手一抽馬臀。汗血馬受驚，向前急奔，無聲陷入沼澤，轉瞬間只剩下半個身子。

馬嘶如泣，董安沒有絲毫反應，他身體折在馬鞍上，垂著的頭和雙腿已沉入淤泥，僅有後背露出，後背上仍有著微小的起伏，說明還有著呼吸。

何安下：「何必如此？」段遠晨：「上級下令不留他的命，他身中六槍，原本也是活不成的。」

董安的後背消失了，距原後背位置一米處的泥面有著波動，那是沉下去的馬頭在做著最後的搖擺。片刻，泥面平整如鏡。

段遠晨蹲下，掏出煙盒，抽出根煙，在煙盒上敲打了兩下。他望著董安消失的地方，喃喃道：「你的祖先將我囚禁在爛泥塘，你也該嘗嘗這個滋味。」

何安下猛然想到，董安鼻如懸膽，眼如飛燕，正是周天子相貌。

火苗亮起，段遠晨點燃煙捲，吐出一口淡藍的霧氣。

四十一　千年靈芝

道路上等待的眾特務，見到何安下一人自叢林走出，說段遠晨留在林中要處理一件千年事務。古怪的話後，還有古怪的行為，他背起屍體，走向一條陡峭的窄路，要離群而去。

眾特務持槍喝住他，他卻全然不顧，只是回頭對王大水說：「你不跟我走麼？」王大水回答：「段遠晨需要個接替他的人。我虛無縹緲得太久，特務工作具體生動，會令我感到幸福。」

說得眾特務一陣迷茫，緩過神來，見何安下已走上那條陡峭山道，幾步隱入樹叢。

只聽了形意拳拳理，身體已自發地啟動，腳踝的肌肉壯實起來，小腿肚裡的筋腱槍桿般一探一抽。在高坡度的路上行走，需要一對能撐住勁的腳踝。

噢，我有著強健的腳踝。我的心，如果像腳踝般強健……

天亮前有一段格外陰冷的短暫時間，偶有鳥叫。不知去哪裡，不知做什麼，人能否如天一樣有規律？

天亮時，何安下背著大癡的屍體，登上峰頂，見山勢直鋪向遠方，深綠色叢林隔幾百米便有一棵高樹，這些高樹給了叢林威嚴的陣勢感。萬物中都有出類拔萃者，出類拔萃者改變了族群的性質。

何安下看向遠處的一棵大樹，明白自己入林登山，是要埋葬大癡的屍首。這棵大樹主幹挺拔，枝葉撐起成蓋形，如古代戰車的頂幡。在這樣的樹下，等佛的大癡應能安息。

目測了到達樹的距離，何安下背著屍體下坡。天色大亮，鳥鳴漸弱，行出五百米後，何安下感到大癡的屍體溫熱起來。他想，那是自己的熱量，由於緊貼著屍體，後背不好散熱。

大癡的兩條胳膊從何安下左右肩膀垂下，隨著何安下的步伐晃動。行到冠如車幡的樹下，何安下直起腰，鬆開摟著大癡兩腿的手。大癡的腳慢慢滑落，屍體是站不直的，他準備等大癡的腳一落地，便迅速轉身，摟住大癡的腰身。

何安下的身體沒有轉過來，因為大癡的腳落地後，便站直了身體。

大癡的右胳膊從何安下的肩膀上抽走，三五秒後，又從肩膀上探出。手握成拳，打開，是一顆帶血的子彈。

何安下道一聲「師父」，轉過身來。

大癡胸口的血跡已乾，失去了鮮紅本色，舊袈裟像沾了片髒水。布料上有一個破洞，泛起毛邊。

大癡臉色慘白，牽強一笑：「不要問我是活是死，解釋起來會很麻煩。」

他的身體明顯虛弱，何安下將他扶到樹下躺好。睡了兩個時辰，大癡側身張眼，盯著三十米外的草叢。那是半米高的寬葉草，結著暗藍色的細小草籽，不知是什麼品類。

有風吹過，何安下發現草根閃了一下光。在大癡眼神的授意下，他跑過去，搜索草叢，揀出一個銀鐲子。

銀鐲子光滑晶亮，未經過日曬雨淋，應是有人剛剛掉下的。大癡將鐲子握在手中，置於胸前，平躺著再次睡去。

正午時分，大癡醒來，側身向三十米外的草叢望去。一分鐘後，草叢自內被撥開，走出一個十六七歲的姑娘。她前額的頭髮狠勁地向後梳去，在後腦勺結成一個蘋果大的髮髻，這是老太太們的髮型，不料出現在小姑娘身上。

她的衣著款式也格外老氣，灰衫黑褲，沒有花飾。她彎腰在地上尋找，很快發現了樹下有人，遠遠喊著：「喂，你們看到一個銀鐲子麼?」

嗓音甜美脆亮。大癡點了下頭，何安下高喊：「拾到了!」她泛起笑容，美得無法形容。

她連跑帶蹦地奔過來，年輕姑娘的活力震撼人心。何安下腦海中浮現出另一個女人的身影，不是靈隱寺中的求子少婦，卻是雀樓裡狐狸精附體的姑娘。

她向大癡伸手要鐲子，一段白藕般的小臂滑出了袖口。大癡將鐲子扣在胸口，道：「鐲子上刻有鑄造日期，在五十年前，是你奶奶留給你的？」她發出銀鈴般的笑聲：「不是不是，是我十四歲時，媽媽給鑄的。」

何安下驚叫：「你已六十四歲？」她轉向何安下，甜甜地說：「怎麼！你一點沒看出來麼？」何安下苦笑著搖搖頭。

她懊惱地蹲下，兩手按著左右太陽穴，說：「我真恨我自己。孫子都顯得比我大，太給他們丟人啦。有時候，我恨不得找塊石頭啃兩口，先把滿嘴的牙崩掉！」

她褲子寬大，在蹲著的姿勢下，仍能繃出圓滾的臀形。何安下避開目光，見她拾起了腳邊石頭，忙說：「千萬不要。」

女人總有愛美之心，她也不是真啃，甩手扔掉了，楚楚可憐地望著大癡，道：「給我！」大癡將鐲子收入袖中，緩緩說：「你不是六十四歲，而是一千歲。」

女人吃吃笑道：「和尚真會開玩笑。」她瞇起的眼睛彎如鉤，單純的小姑娘霎時有了少婦的春情。

大癡坐起，右手置於右肩前，中指如環。女人變了臉色，忙跪倒，連磕響頭，直磕得前額淤青，方直起腰身。何安下看著頗為不忍，對大癡說：「師父，獸類成精很是艱難，只要她有一絲善心，就饒了她吧。」

她卻急了臉，轉向何安下，厲聲說：「小師父！我可不是小貓、小狐狸變的！」大癡溫言道：「我知道，你是一株千年靈芝。」

她消了火氣，轉向大癡，淒楚地說：「我也知道您受了傷，急需補品。您躺在樹下以等佛之力，招攝此地藥材。我是最好的藥材，不得不現身。但我早脫了草木之形，修出了真正的人身，四十三年前跟一個叫李濤的村民結婚，已有五個兒女，兩個孫子了。求您可憐可憐我吧。」

大癡冷笑一聲：「天下草木，本是任人食用的。就算你修成人身，也可以用幻術，將自己變成一株靈芝。」

她哽咽道：「師父，那可是吃人呀！」大癡陰了臉，不再言語。她雙眼含淚，咬得嘴唇滴血，終於嘆了口氣，兩手伸到頭頂上，緩緩併攏。

千嬌百媚的女人消失了，地上出現一株植物，葉片肥碩，色澤深紅。

大癡示意何安下摘過來，何安下剛一碰觸，便縮回了手。葉片是女人肌膚的質感。

何安下的手再也伸不下去，大癡眼白如寒冰，示意何安下讓開，右手劃出一個圓圈。靈芝破土而出，飛箭般射入大癡中指環內。

大癡捋直了靈芝葉片，置於鼻前，深深吸了一下。何安下驚訝地發現，他慘白的臉有了血色。

大癡揚手一拋，靈芝落地滾成人形，依舊是十六七歲姑娘。大癡雖仍氣虛，卻比剛才說話多了底氣：「你是千年神物，所發藥香，已足夠我恢復元氣。」

她：「多謝師父不殺之恩。」輕欠腰身，道了個萬福。何安下沒料到女人的行禮，竟可以如此好看。

大癡緩緩道：「你就做我的第四個徒弟吧。你以後修此手印。」他二小指交叉，屈在掌心。隨後二食指頂端鉤住二小指頂端，二大拇指併押二食指中節紋上，二無名指直豎併齊，二中指繞到二無名指後，四個指頭併齊。

她眼光閃亮，兩手在胸前結出了手印。大癡囑咐：「這叫女印，結印時須雙腿盤坐。永不要輕視女性，得到女性相助，方能圓滿成佛。此印具女性美德，持此印便等同於佛，傲慢無比，隨心所欲。」

她盤起雙腿，在地上坐好，大癡音調忽然高昂：「傲慢如下，隨我念誦——諸佛長生我亦長生，諸佛成道我亦成道，諸佛度人我亦度人，諸佛化身我亦化身，諸佛放光我亦放光。」

她音如黃鸝，念完後，引起一片鳥鳴，似那一番話餘音不絕。

大癡放輕聲音：「隨心如下，跟我念誦——能施即施，能割即割，能修即修，須成即成，須破即破。」

她咿呀地念完，淌下顆淚來，道：「我現在已是人身，以前做植物時的修鍊體驗都不管用了。你走後，我遇到修鍊上的困境，又找誰說呢？」

大癡：「傻丫頭，人與植物有何區別？我再多傳你一個手印。」他合併兩手腕，以二無名指於中指、食指間出頭，二中指二食指頂端相抵，四個指頭聚齊。隨後二大拇指壓在二食指上節紋位置，二小指併頭直豎。

她照做出來，現出柔美笑容，道：「我怎麼一結此印，便覺得愉快？」大癡含笑道：「這叫芽印，模擬植物發芽的狀態，可修鍊頂輪氣脈，人的頭部虛空有一個氣息構成的經脈，如輪子狀。植物頂輪成就，方能破土發芽——人也一樣。」

她面色紅潤，深深道了個萬福，忽然右手按住左肩，轉身一甩，整條左臂自袖口飛出，落在大癡身前地面。

她道：「供師父療傷。」

大癡默然垂頭，何安下叫道：「你只剩一條胳膊，如何結手印？」她淺淺一笑，道：「我的心裡有，便結成了。過五百年或六百年，這條胳膊會再長出來。你就不必操心啦。」

大癡抬頭，泛起笑意，將銀鐲子扔出。她單臂靈敏接住，行禮告辭。

她小跑而去，間有蹦跳。怎麼看都只是個活潑的小姑娘，沒有千年道行，沒有身體傷殘。落在大癡身前的胳膊，化成了深紅肥碩的葉片。

四十二　大西洋神族

大癡自地上站起時，拒絕何安下的攙扶。他跌倒三次後，終於立住，腿部劇烈顫抖地邁步，狀如初生的牛羊。

牛羊降生後，三分鐘內完成站立，五分鐘內完成奔跑，因為世上還有虎狼。

大癡與何安下穿越叢林時，何安下問：「您不想問問董安的情況？」大癡：「不必問，他一定死了。」

何安下：「您用神通力測出來的？」

大癡：「不必測，我的生活經驗足夠判斷。」

大癡越行越快，何安下勉力追隨，其間有一段簡短對話。何安下：「去哪裡？」大癡：「平定天下的人已死，我們去哪裡都是一樣。亂世裡只有亂走，快快。」

走了二十五天，到達莫干山。

這是大癡七年修鍊的地方，他在一個巖洞中由青年人成為了中年人。巖洞口部延伸五十米，便是他活了七年的範圍。巖洞口有多道垂下的鐘乳石，猶如寺廟大殿內懸掛的彩幡，影響風的走向。

在清晨和傍晚，會有山風吹入，在這五十米範圍內形成迴旋，帶走灰塵和濁氣。風是他的清潔工。

五十米之外，不知深遠到何種程度，每天都會有三兩聲雷鳴般的嗡響。大癡告訴何安下，那是龍的叫聲，龍罪孽深重，所以是鱗甲之身，但龍的智慧比人類高，龍宮中的佛經比人間佛經高明九倍。

這裡隱藏著一條龍，雷鳴般的嗡響是它看佛經時發出的讚嘆聲。何安下：「你可以培養它做天子。」大癡：「龍和天子是兩個概念，就像狼和狗，狗是狼變的，但已是另一個物種了。人們無法把一頭狼馴化成狗，我也無法將龍培養成天子。天子和狗都須經過幾萬年的人性薰陶，不是一朝一夕可以辦到。」

大癡給何安下規定了每日的練功時間，早晨四點鐘坐兩個小時，中午兩個小時，子夜十二點兩個小時，其他時間則都在睡覺。

昏昏沉沉過去三個月，在冬季的一個早晨，何安下覺得身上有了使不完的力量，大腦格外清醒。三個月來，恍惚記得吃的是一種核桃大小的山果，山果皮為棕色，肉為綠色，裡面有密密麻麻的黑籽，滋味酸楚。

剝下的果皮，每日由風帶出洞外。何安下問山果的名字，大癡說叫龍珠，當年秦始皇派徐福帶五百童男童女去日本諸島，要尋找的長生不老藥便是它。護送徐福的一千侍衛是福建人，他們到達日本後找到龍珠，卻發現福建早有此物，人不吃，是山中獮猴所吃，所以叫作獮猴桃。

耗費巨資，找的卻是猴子的食物，無法回國向秦始皇交差，這一千五百人就此留在了日本。

然而獮猴桃確與修鍊有關，它非仙藥，是修鍊者的食品。獮猴桃不是天然植物，由遠古時代的修行者配種而成，一直秘傳。其生長迅速，需水不多，一株可供人四季食用。日本在古代被稱為「蓬萊仙島」，古修鍊者渡海到那裡修鍊，所以山間留有獮猴桃。福建山區的獮猴桃，也是遠古時代的修行者遺留下的。

猴子不是人類的祖先，而是遠古人類的寵物。猴子善於模仿，所以身上留下了人類祖先的痕跡。比如雙腿盤坐，是遠古修鍊者的練功方式，一度失傳，後世修鍊者從十三隻北印度猴子身上重新學到了這一坐姿。

猴子吃獮猴桃，也是模仿上古修鍊者。

何安下：「人不是從猴子變的，哪是什麼變的？」大癡：「人是由人變的。不是進化來的，而是天地直接生成的。」社會上流行達爾文的進化論，以求在內憂外患的壓力下，激發國民的奮鬥精神——何安下有所耳聞，問：「世上說，物種進化是由低級到高級，總有一系列低級的動物做鋪墊。」

大癡：「你光知道動物的進化，不知道天地也在進化，天地到了高級時刻，人就生成了。」

大癡的獼猴桃種在洞外七十米處。何安下從此負責每日摘果回洞。因為樹根下埋了特殊法器，此株獼猴桃在雪天也能生長，一夜結三十個果，那便是大癡與何安下一天的食物。

陰曆十一月二十三日晨，何安下出洞摘果，看到遠方山路開著一輛軍用吉普車。山中只有土路，雖然相隔遙遠，仍能看出吉普車的顛簸。

當吉普車拐入一彎山坳時，何安下聽到了一種奇怪的聲音。十秒鐘之後，他確定那不是現實的聲音，而是鳴響在他頭腦中的聲音。似乎是音樂，然而微小得辨不清曲調。

隨著頭腦中的音樂，他向西側樹林行去，顧不上荊棘，直行出七八百米，見到一棵巨大杉樹下停著一輛馬車，馬車的門簾為藍色錦緞，邊沿為金線所繡，閃著一圈黃光。

車外站著一個人，紅袍光頭，依稀認得是罕拿活佛灌頂儀式上唱誦的小喇嘛。何安下急忙奔過去，向小喇嘛行禮。小喇嘛面無表情，深灰色的瞳孔如凍結的冰面，他手裡持著一根繩索，繩索一頭是鐵刀。

何安下出於本能，向後退了一步，鐵刀無聲地擦著他的下巴飛過去。小喇嘛一抖繩索，鐵刀回到手中。

鐵刀尾部為鉤狀，這是青海牧民的餐刀，刀尾可鉤出牛羊的骨髓。而在佛教密宗而言，這是降魔的刀。

當刀第二次襲來時，尾鉤對著何安下的右眼。何安下在瞬間產生了五六種應對方案，此時馬車內響起一聲低喝，刀打了個空旋，飛回小喇嘛手中。

馬車的門簾掀開，露出罕拿活佛碩大的頭顱。罕拿：「你是受過我灌頂的人。」何安下驚喜道：「您還記得我！」罕拿：「不記得，但你身上有我的氣息。」

罕拿做個手勢，小喇嘛將鉤刀繫於腰際，趕過去攙扶，何安下也急忙跑了過去。兩人將罕拿扶下馬車，罕拿一手擒著小喇嘛脖頸一手擒著何安下脖頸，向前行出了十幾步。

他的手掌寬厚溫暖，似乎有光，何安下感到自己的頸骨被照得雪亮。

通過樹枝的縫隙，可見到遠處山路上開著一輛軍用吉普車。

罕拿瞇起眼睛，胸腔中有了沉沉的聲響，然後手掌從兩人脖頸撤離，二手合掌，以拇指、無名指掌中相鉤，挺出小指、食指、中指。此時發生了一件極為恐怖的事情，遠處山路側面的岩石突然倒塌，將吉普車掩埋。

說倒塌，並不準確。其情景更像是從山體裡橫著伸出一把叉子，將吉普車叉住，然後這把石頭的巨叉，將吉普車壓入地下。

細辨罕拿所誦的聲音，竟是「嗡—瑪尼達里紅—啪吐」，那是大癡教給自己的大隨求咒。罕拿看到何安下驚愕的表情，浮現出慈祥笑容，道：「你記住了？以後遇到危難之事，結此手印誦此音聲，護法神瑪哈嘎拉便會現身相助，他的武器是一柄鋼叉，可刺破障礙、誅殺邪魔。」

何安下：「漢地禪宗供奉的大隨求菩薩，也是這一咒音。」罕拿雙手合十，恭敬說：「瑪哈嘎拉是佛教第一護法神，無處不在，漢地必會有他的化身，只是我不知他叫了大隨求。」

何安下講述了自己學大隨求咒的經歷，聽到大癡所住山洞的情況，罕拿表示去看看，吩咐小喇嘛將馬車趕到樹叢深處隱藏。

何安下問：「大師在躲避什麼人？」

罕拿嘆道：「阿修羅。」

阿修羅是嫉妒心極盛的精怪，天神、畜生、餓鬼都有具體區域，不會相互干擾，而阿修羅沒有自己的區域和形體，在天界、地獄、野獸界都有阿修羅，人間也有阿修羅，會引發人類大規模的自相殘殺。

罕拿沒有繼續解釋，何安下認為他受到了某個軍閥的迫害，至於為什麼會逃到莫干山來，罕拿也未說。他原本有十多名隨從，現在只剩下了一名小喇嘛，杭州不知發生了怎樣的變故。

雖需要扶人脖頸，罕拿卻行走如飛，很快到了大癡巖洞。大癡不在洞中，洞深處響著雷鳴般的嗡響。往日三兩聲便停止，今日則連綿不斷。罕拿看著黑暗的深處，臉色鄭重，道一聲：「扶我坐下，我要歇息。」

小喇嘛解下自己的紅袍，鋪在地上，供罕拿躺臥。罕拿倒下後，便響起了沉重的鼾聲，洞深處的鳴響頓時弱了，若有若無，似乎龍也不敢干擾他的睡眠。

小喇嘛赤著上身，神色緊張地守在洞口，手中緊握著降魔的鉤刀。何安下有不祥的預感，周身肌腱在骨頭上抻拉著，如在樹枝上爬行的肉蟲。

太陽落山後，洞下叢林是伸手不見五指的黑暗，洞內則由於角度關係，可照入月光，隨月亮升高而越來越明。

照入洞內的月光一寸寸延伸，進展到罕拿躺臥處時，小喇嘛解下腰間繩索，掄了起來，鉤刀的破空之聲，犀利慘絕。

約過了半個時辰，洞口地面出現了兩條影子，何安下望去，見洞外站著兩個穿黑色雨衣、戴皮革禮帽的人，晴天卻穿著雨衣，說不出的怪異。

小喇嘛的繩索掄了過去，兩人沒有任何反應。鉤刀毫無阻礙地削到了一人頭上，那人仍呆呆不動。

皮帽滾落，露出黃燦燦的頭髮。小喇嘛的鉤刀第二次飛過去，那人向前邁出一步，處在陰影下的五官顯現出來，瞳孔碧藍，竟是歐洲白種人。

兩人迎著小喇嘛跑來，一人身形一晃，抓住了繩索頂端的鉤刀。小喇嘛不與他拉扯，從腰際抽出一把牛耳尖刀，順著繩索刺了過去。

抓繩索的人猛然停住，吸引了小喇嘛的注意力，另一人乘機將小喇嘛抱住，然後像將孩子抱上床般，將小喇嘛輕輕放在地上。

小喇嘛平躺在地，無聲無息，牛耳尖刀插在小腹肝部。

兩人撣撣雨衣，並肩走向洞口。何安下站出洞口，兩人緩慢走近，做手勢要何安下讓開，何安下搖搖頭。

兩人第二次做出叫他讓開的手勢，何安下剛要搖頭，兩人已欺近身來，原來手勢是干擾注意力的騙招。

一人抱住何安下的左腿，一人摟住了何安下的胳膊，他們的力量大得驚人，向相反方向扭轉，似要將何安下整個人撕裂。

何安下想起段遠晨說過形意拳內含槍意，淡忘了兩人，提起一桿意念的大槍，對著上空月亮一槍刺去。

蟒蛇般箍在身上的手臂被震開。

兩個雨衣人並不驚慌，敏捷地退後數步，彼此說了兩句音調怪異的語言，雙雙打開雨衣鈕扣，伸手入內，動作整齊劃一。

兩人的手同時掏出，均握著一把手槍。

我沒有大癡般起死回生的法力，所能做的，只是挨上幾槍後衝上去，全力擊拳，我的拳力起碼可以打死一個人。重要的是頭部不能中槍，應以曲折路線衝上去……何安下算好衝上去的曲線，靜等槍響。

此時旁側的幽暗樹林中響起了一聲大吼：「等等！」走出了兩個人，一個是穿藏藍色西裝的高大白人，一個是穿淺灰色中山裝的中國人，卻是段遠晨。

段遠晨介紹身邊的白人：「這是德國人類學家貝爾格先生。」何安下拱手行禮，貝爾格也行了中國人的拱手禮。段遠晨指著何安下，道：「這是我朋友。」

貝爾格向兩個雨衣人擺擺手，兩人垂下了槍。

段遠晨：「我跟他談。」貝爾格點了下頭，段遠晨走近，伸臂摟住何安下肩膀。手指剛落在肩頭時，何安下抖動了一下，但沒有做出反擊，還是任憑段遠晨摟住。

段遠晨露出滿意笑容，摟著何安下，行出十幾步，說：「一年前，黨內數位高級官員訪問德國，得出一致結論，德國的法西斯制度最適合中國。一年內，我們已開始推行此制度，五個月前德國黨衛軍派考察隊到中國的青海，三天前他們去杭州拜訪罕拿活佛，結果罕拿潛逃了，我的職責範圍就是浙江這幾座大山，前天受命協助捉捕罕拿。」

何安下：「如果傷害罕拿活佛，我便不能做你的朋友，我已決定拚命。」段遠晨嘴角掛著怪異的笑，道：「不會有傷害，因為他們將罕拿視為祖先。」

青海人怎會是德國人的祖先？何安下表示難以理解，段遠晨道：「我也理解不了，但他們相信神話。」

德國納粹在崛起之初，便籠罩著神秘色彩，黨魁希特勒迷戀星象術。他掌控德國後，蓄養了四千名江湖術士，作為高級智囊團。此智囊團從古代文獻中發現了一個神話。

上古時代的大西洋中有一塊略小於歐洲的陸地，居住著名為「亞特蘭蒂」的神族，具備飛翔、透視、遙感、截肢再生等特異功能。因為地震，此大陸下沉，倖存的神族在印度登陸，流散到西藏、青海，然後向西遷移，一路與當地土著通婚，逐漸喪失了特異功能。

純種德國人被稱為「雅利安人」，雅利安是亞特蘭蒂的近似音，智囊團認為這個音調證明了德國人是神族的後裔。納粹組織招募有家譜記載的一千六百年以來未與外族通婚的雅利安青年，經過測試，發現他們有輕微的特異功能，於是定下秘密計劃，以良種選配法，逐步提純血統，復原出亞特蘭蒂人，組成神族兵團，稱霸世界。

除了在德國內實施良種選配法，還要尋找當初滯留在西藏、青海的神族後裔，將其帶回德國配種。黨衛軍考察隊隊長貝爾格認為，罕拿活佛地牢逃生的奇蹟，證明了他便是神族後裔。

段遠晨笑容詭異：「可以玩最漂亮的德國姑娘，我都希望自己是神族後裔。」何安下顯出怒容，段遠晨收住笑，道：「黨衛軍精於算計，與他們打交道，中統總是吃虧，但這次為派考察團，他們卻很大方，給了中統許多優厚的交換條件，所以我受了嚴命，要拚死辦事，直到他們滿意。」

段遠晨眼中閃出冷酷之光，何安下警覺，剛要做出反應，段遠晨搭在自己右肩上的手已鉗子般夾入肉裡，扣住筋腱。何安下的右半個身體頓時失去知覺。

段遠晨輕聲道：「我將你視為朋友，所以給你說了事情原委，希望你能理解。我沒有對不起你。」說完手一甩，像扔一個布娃娃般，將何安下扔到旁側岩石下，向三個德國人招招手，領他們入了洞。

四十三　軸心物質

右臂右腿沒有知覺，何安下艱難翻身，以左臂左腿爬行。入洞後，見段遠晨等四人呆站著，距離罕拿躺臥處有十幾米。何安下趴在地上，以為自己眼花了，因為罕拿周圍十幾米區域的地面，竟有著水面的波瀾，搞不清一地岩石，究竟是液體還是固體。

段遠晨等四人正因此，入洞許久卻不敢前行。罕拿側臥，背對眾人，鼾聲如雷。許久，貝爾格以流利漢語對段遠晨說：「不死戰士。」段遠晨一臉困惑，貝爾格道：「我們考證希臘哲學家蘇格拉底是具有神族血統的人，他說過亞特蘭蒂人是不死戰士，可以形成一種生物場，抵禦任何物質的傷害。」

罕拿止住鼾聲，沉聲道：「不死？我卻要死了。」石頭波濤將他的身體橫轉過來，面對眾人，他閉上了眼睛。

十幾秒後，他堅挺的鼻頭忽然塌陷，皮膚登時灰暗，逐漸蛻變出一種黑紅黑紅的色澤，整個人猶如紅銅鑄就。

段遠晨以顫抖聲音向貝爾格解釋：「佛教管這種情況叫紫金檀體，死後有此屍變的都是大成就者。」又過了二十幾秒，眾人都覺得罕拿的屍體有了別的變化，究竟什麼變化，卻誰也說不出來。

兩分鐘後，貝爾格道：「他的屍體是不是縮小了一點？」眾人紛紛驚叫。半個時辰後，罕拿的屍身縮成了一個成年人腳掌大小，只是兩耳沒有縮小，垂在胳膊旁，像是華麗的裝飾。

罕拿屍身保持著這一尺寸，不再縮小，黑紅的膚色開始淺淡起來。二十分鐘後，紅色蛻盡，變得瑩白剔透。

貝爾格對一個雨衣人說了兩句德語，那雨衣人走到石頭波浪的邊沿，伸出一條腿試探著踩下，不料落實了，與踩在固體石料上沒有任何區別，於是他將另一條腿也邁了進去。

他行了二十多步，彎腰拾起罕拿的屍身。看來貝爾格要將罕拿屍身帶回德國研究。

雨衣人握著罕拿，轉身向回走，他剛邁出一步，下半身便陷入地面，石頭波浪似乎成了液體，打了個漩渦，迅速將他淹沒。

石頭波浪很快凝固不動，恢復成平整的一方地面。另一個雨衣人從雨衣裡掏出一個弓形器皿，搯了三下，成為一把鐵鎬。

他奔到雨衣人消失的位置，奮力掄鎬打砸地面。十分鐘後，挖出了一米深的大坑，但他的同伴卻不見蹤影。

何安下知道，罕拿又一次化身逃生了。

貝爾格掃視洞內環境，做手勢要挖地的雨衣人停下來，說了幾句德語，雨衣人從雨衣內掏出一個長方形扁盒子，從裡面取出一副鐵夾，經過摺疊，成了一個狀如羽毛球拍的儀器。

貝爾格以此儀器對著洞的黑暗深處，儀器中央的網格上有了「吱啦」的聲響。雨衣人面露狂喜之色，高舉兩臂，叫道：「瑪哈嘎拉！瑪哈嘎拉！」

何安下奇怪德國人怎麼會叫佛教護法神的名字。貝爾格做個手勢，制止雨衣人的喊叫，走到段遠晨跟前，說：「段先生，你不必跟我們了，我倆要到洞深處探尋。」段遠晨惶恐地說：「我受命照顧你們，不能離開半步。」

貝爾格陰了臉，道：「涉及我國機密，你不便在場。」段遠晨：「你國機密？可這是中國的地方，我要負責的。」

貝爾格使了個眼色，雨衣人的手槍對準了段遠晨。段遠晨看著雨衣人，笑道：「你是有嚴格家譜，一千六百年末與外族通婚的雅利安人吧？你有著輕微的特異功能？」

雨衣人點了點頭，他的五官有著完美的比例，皮膚白皙，如東方人般細膩。段遠晨臉色一冷，猛然撲過去，張嘴叼住了槍管。

段遠晨哼道：「開槍！」雨衣人扣動扳機，槍響清脆，洞深處傳出曖昧回音。段遠晨的嘴仍叼著槍口。

何安下卻看到，在開槍的一瞬，段遠晨的嘴離開了槍口，他側頭閃過子彈，然後重新叼住槍口。

雨衣人怒吼一聲，連開五槍，段遠晨的嘴似乎始終含著槍管，但子彈卻打到了對面的石壁上，彈眼清晰。

貝爾格拍手鼓掌，段遠晨吐出槍管，道：「我沒有特異功能，但我有功夫。相信我，我可以保護你們。」

貝爾格笑道：「我們合作！」他向段遠晨伸出了手，擺出握手的姿態。他的手上戴著皮手套，可能覺得戴手套與人握手，不禮貌，於是他用左手摸到右手手套口，準備脫下來。

他的左手在右手手套口提了一下，段遠晨感到左腿有一種冰凍的感覺，然後聽到了震耳的槍響。

何安下看到貝爾格的手套中指頂端破裂，冒著青煙。手套內應該藏著一把袖珍手槍，段遠晨左腿插上了一個微型針管。

雖然段遠晨迅速將針管拔出，但掙扎幾下，還是倒在地上。

貝爾格道：「我沒有功夫。」

段遠晨：「但你會欺騙。」

貝爾格：「不得已。」

段遠晨點頭，表示諒解。貝爾格瞥了一眼雨衣人，向段遠晨說：「我與這個青年一樣，有嚴格家譜證明，是一千六百年末與外族通婚的雅利安血統。我和他有輕微的特異功能，眼睛可以夜視。」

段遠晨：「看清黑暗中的東西，通過武功訓練也可以做到。我所修習的拳術，甚至可發展出蝙蝠的功能，看不見，卻可以感覺到。」

貝爾格：「那是放大的觸覺。漢人不是神族後裔，卻有許多奇妙的方法，可以達到近似神族的功能，但我們更推崇天然。等我們征服世界，再來研究漢人。」

段遠晨瞳孔放大，呆呆地看著他。

貝爾格：「你所中的是深度麻醉藥，近似於死亡。好好體會一下吧。」段遠晨閉上眼睛，如冬眠的動物般縮緊全身，就此不動了。

貝爾格看向何安下，何安下的右半個身子依然沒有知覺。貝爾格抻拉了一下手套，一個藍色針管立在何安下肩頭。

何安下忙拔針管，貝爾格擺擺手，說：「不要！藥水很貴的。」他一臉溫和，就像你多年的老朋友，向你提出善意的建議。

何安下愣了下神，還是拔下了針管。針管已空，貝爾格發出友善的微笑，表示遺憾地搖了搖頭。他轉頭看向雨衣人，兩人都流露出慎重的表情，從領口掏出了十字架項鏈，垂在胸前，然後並肩向洞穴深處走去。

他倆隱入黑暗，何安下呆呆看著，感到大腦越來越遲鈍。段遠晨卻展開身體，坐了起來，向何安下晃了晃手中的針管。

段遠晨：「洞中危險。有了這東西，他們的死活，就與我無關了。」半晌，何安下嘀咕出一句：「老狐狸。」

段遠晨哈哈大笑，看來他的武功抵禦住了麻醉藥。他在何安下身上點了幾個穴道，何安下的右半個身子恢復知覺，頭腦也清醒了幾分。

何安下：「洞中有何危險？」段遠晨：「雖然他們對我們保密，但中統早已獲得情報，他們來中國，尋找神族後裔是次要任務，主要任務是尋找一種叫軸心物質的東西。」

德國與義大利、日本的聯盟，名為「軸心國」。這一名字隱藏著納粹內部一個神秘信仰——世上存在著一種軸心物質，具有瓦解和重組一切物質的功能，找到它，便可以迅速改變世界。它的德語發音叫「瑪哈嘎拉」。

何安下驚叫：「這是佛教護法神的名字！」段遠晨思索半晌，道：「也許同樣的東西，佛教認為是神靈，納粹認為是特殊物質。」

兩人不由得產生好奇，都轉頭向洞深處望去。洞深處暗得喪失了深度，如一堵黑色牆壁，寂靜無聲。

許久，段遠晨嘆了聲：「德國的東西，還是厲害。」說完倒地昏迷。他未能全部清除掉體內的麻醉劑。

何安下也脖子一軟，撲在了地面。失去知覺前的最後一個念頭是：「不能讓他們得到軸心物質。」何安下以殘存的力量，將兩手拼在一起，構成了狀如叉形的瑪哈嘎拉手印，對向洞穴深處。

然後他便什麼也不知道了。

洞穴深處有了雷鳴般的嗡響。

四十四　青龍

何安下醒來時，段遠晨仍在昏睡。

洞中光線充足，已是第二天中午。洞內站了三十幾個穿黃呢軍裝的士兵，地上擺了兩副擔架，分別盛著貝爾格和雨衣人，正在吸著小罐氧氣。

大癡不知何時已回到洞中，坐在擔架旁的馬紮上，正在跟一個穿淺藍色長衫的人說話。那人剃光頭，頭頂有一層青色髮根，下巴剛挺，咬肌發達，雖穿長衫，絲毫不能掩蓋凜凜的武將之氣。

大癡：「佛教講眾生平等，有無神通力，在於個人德行，而不是血統，黨衛軍執著於血統，是邪見。」

長衫武官：「對於黨衛軍尋找的軸心物質，大師有何高見？」

大癡：「軸心物質，便是中國人講的氣，黨衛軍將其錯認為有實體的物質，也是邪見。

軸心物質無處不在，否則萬物便不能成形，怎麼會藏匿在一個洞穴中，與世隔絕？」

長衫武官側頭思索。

貝爾格摘下口鼻上的氧氣罩，嘆了聲：「如果軸心物質本是妄想，我便無法回德國了。」

大癡：「中國歷史上出過相似情況，徐福奉秦始皇之命去日本尋找不死藥——龍珠，卻發現龍珠只是食品，也無法回中國了。」

貝爾格聲音顫抖地說：「他後來怎樣？」

大癡：「留在日本，自尋活路。」

長衫武官：「貝爾格先生，你可以留在中國，我聘你做顧問。」

貝爾格搖搖頭，看著另一個擔架上的雨衣人，問：「你的意思呢？」雨衣人摘下氧氣罩，道：「軸心物質就在洞中，我們的儀器上有顯示。並且我們受到了軸心物質的襲擊。」

貝爾格：「可憐的孩子，我們錯了。在我暈倒前，已聞出那是沼氣。我們是被最普通的毒氣薰倒的。」

雨衣人碧藍的眼睛中流出了眼淚。不管是何人種，有著怎樣不同顏色的瞳孔，流出的眼淚卻都是一樣的，無色、透明。

雨衣人：「不，我要回德國。」

貝爾格：「尋找神族後裔和軸心物質的計劃書，是我寫的，共有兩千頁。看我的報告，元首三夜未睡。你覺得我還能回去見他麼？」

雨衣人：「那我該怎麼說你？」

貝爾格：「說我死了，在尋找軸心物質時，被沼澤吞噬。」

雨衣人嗯了一聲，重新將氧氣罩摀在嘴上。

貝爾格慚愧垂頭，習慣性地抻了抻手套。

一聲槍響，震徹洞中。眾士兵紛紛掏槍，長衫武官大喝，眾士兵迅速安靜，隨著他的手勢，大家看到貝爾格的手套上冒著青煙，雨衣人的額頭有個血洞。

貝爾格的手套槍這次射出的不是麻醉劑，而是一顆真子彈。

長衫武官：「貝爾格先生，何苦？」貝爾格：「我的國民對元首崇拜近乎狂熱，只要他回國，感染到大眾情緒，就說不出假話了。」

長衫武官：「中統該如何向貴國使館做報告？」

貝爾格：「身陷沼澤。」

長衫武官：「你可以做我的顧問。我會在南京給你找一處隱秘的住所。」

貝爾格：「顧問免談。青海是我到中國的第一站，我喜歡那裡的荒涼，有亞特蘭蒂祖先的氣息。我打算去那裡，自求生路。」

長衫武官做了個手勢，士兵們抬起擔架，將貝爾格和雨衣人屍體抬出山洞。段遠晨從地上翻身而起，向長衫武官堆出了滿臉笑容，高喊一聲：「浙江區第七情報組組長段遠晨，向長官報到！」

長衫武官不置可否，段遠晨點頭哈腰，隨士兵們出了洞，搞不清他是恰好驚醒，還是一直在裝睡。

長衫軍官兩手抱拳，向大癡行禮，道：「多謝大師指點，就此別過。」大癡：「不必告別，我做你的顧問。」長衫軍官兩眼一亮，道：「我以為大師方外之人，不會……當然很好。」

大癡：「我要對我的徒弟做些交代，請等我片刻。」長衫軍官如電的眼光掃向何安下，略一停頓，轉身出洞。

大癡走來，伸手，將何安下扶起。他帶何安下走到一個垂下的鐘乳石後，道：「中統由陳大先生、陳二先生執掌，近年來陳大先生已走上政壇，清洗了自己的特務身分，陳二先生實際掌權。中統成立年深日久，大特務各成龍虎，貪贓枉法，所以兩位陳先生在本族侄子裡培養出一個人，來制裁中統內部人員，他被人暗中叫作鈍刀陳。」

何安下：「鈍刀？說明他辦事不利？」

大癡：「不。鈍刀割肉，分外痛。他懲處某人，必將罪證收集得詳密，以理服人，讓你無法推託，讓為你說情的人無法張口。在這個不講理的世道，一個講道理的人，不是很可憐，就是很可怕。」

長衫軍官站在洞口外，靜如雕像。

何安下：「他是鈍刀陳？」

大癡點頭，道：「他在莫干山有一座別墅，罕拿活佛逃到這裡，說不定原想向他求庇護。他雖只有二十六歲，卻能主持公道。」

何安下：「我帶罕拿回來時，你不在洞中。」

大癡：「我在，只是你看不見我。兩個德國人深入洞穴後，我方離開，去了陳家別墅。罕拿自有脫身之法，不必我幫忙，我只是藉此和鈍刀陳搭上關係。」

何安下：「鈍刀陳是第二個董安？」

大癡搖頭，道：「他的稟性太剛直，只能做幹將，做不了天子。」何安下：「您有等佛之力，為何屈尊給他做顧問？」

大癡：「中統已經發展到三十萬人，獨立於行政之外，不受司法制裁。這群人任意妄為，黎民百姓就受苦了。老天沒給我一個天子，僅僅給了我一個頭目。或許我有等佛之力，對苦難蒼生，卻只能幫一點點。」

何安下：「我相信鈍刀陳是正人君子，但特務畢竟是邪門歪道，您何苦與他們混在一起？」大癡：「令惡人少做一件惡事，就是我做了一件善事。」

何安下垂頭無語。

大癡緩緩道：「我知你不願跟隨我了，但你給我磕過頭，希望你能繼續修我的法。在這洞中待三年再下山，或許你我還有見面的緣分。」

大癡兩手合在胸前，交叉屈下兩中指，兩無名指併排壓在中指中節上，兩拇指、兩食指成環，扣在兩無名指指頭上，兩小拇指並立。

大癡：「這叫心印，是手能做出的最近似於心臟結構的形狀。第一次帶你入此洞時，我說過，龍族的智慧比人類高，龍宮中的佛經比人間精深。你鬆開此手印時，手指會依次彈起，心臟起搏是此動態，龍飛翔也是此動態。所以鬆開此印時，將感召龍族現身。」

深處響起了雷鳴般的嗡響。

何安下：「你說過，此洞深處隱藏著一條龍，那是它讀經時的讚歎聲。真的有龍麼？」

大癡：「三年時間不要荒廢，你讀它的經書。」

說完，大癡轉身向洞口走去。洞口射著白燦燦的陽光，大癡走入光線裡，光中有一個晃動的黑影，何安下知道，那是鈍刀陳在向大癡鞠躬。

洞口白光不再閃動，光色純淨，形狀完好。

大癡下山了，人們都走了。

何安下轉向洞穴深處，面對死寂的黑暗，結了心印，念誦禪宗開智慧咒。不是想測試龍族是否存在，而是因為心慌。

大癡提出居洞三年的要求時，自己有沒有點頭或是應聲？似乎沒有，但他一定認為我答應了。沉默便是答應。

既然答應了，便要做到。

何安下心煩意亂，無力再念咒語，鬆開了手印。壓在中指上的三對手指逐一彈開，狀如龍飛。

洞深處嗡響的音量驟然加大，一聲聲傳來，已是轟鳴。

黑暗中有青色光亮，一條蛇般的長條身子起伏而來。此物遊出黑暗，何安下看到蛇身下有四個爪子，有力地蹬著地面。

它奔跑而來，有兩尺長，背脊波浪般起伏。蛇身鷹爪，正是龍的特徵——這是龍的微型化身？還是一條幼龍？

它跑近，停住不動。

是一隻黃鼠狼。

黃鼠狼身細體長，還有一條與身體等長的尾巴，奔跑起來，遠看似蛇。它不是一般黃鼠狼的黃灰色，而是油亮的青色，齜牙凝視何安下，喉嚨發出嗡響。

何安下啞然失笑，難道洞內回聲，將小動物的嘶叫擴大成龍吟？

黃鼠狼盯了何安下一會，見他無動靜，就溜到西側石壁下。那裡擺著二十幾個獼猴桃，還有數片吃剩的果皮。黃鼠狼不動果子，吃起了果皮，吃得仔細專注。

何安下走過去，拿起一個獼猴桃，掰開，扔一半給它。它轉頭看了一眼，並不理睬。何安下將那半片重新拾起，剝下果皮，再扔給它。

黃鼠狼敏捷一躍，叼住了果皮，按在地上，小口小口地吃了起來。何安下笑道：「你很本分呀，不搶別人口糧。好，以後我吃果肉，你吃果皮。」將果肉塞入口中，覺得生活有了滋味。

何安下距離黃鼠狼已經很近了，它並不躲避，似乎做好了與何安下結伴生活的決心。何安下：「噢，對了，聽說黃鼠狼的屁很臭，你可千萬不要放屁啊。」

黃鼠狼一下抬起頭，嘴上八根鬚子挺得筆直。何安下覺出這是它憤怒的表情，忙說：「抱歉。我們做朋友，不相互揭短，好麼？」

黃鼠狼的鬍鬚軟下來，低頭繼續吃果皮了。何安下感受到友情的溫暖，過一會想到：它能揭我什麼短？唉，我這個人真是不可理喻。

洞內東壁有兩床被褥，上懸著蚊帳，用一個釘子釘在石壁上，以躲避夜晚的蚊蟲。被褥、蚊帳的布料高檔，前山有七八座別墅，不知大癡是從哪一棟裡移來的。

床鋪邊擺著兩個瓷杯，表面畫著古代亭台樓閣，杯口和把子鑲有金線，是大癡用來接雨水喝的。黃鼠狼吃完果皮，跑去叼住了瓷杯的彎把，一溜煙跑入洞深處。

半個時辰後，它叼著瓷杯慢悠悠走出黑暗。為讓杯口水平，它斜側著頭叼，原來杯中盛著水。

它走到何安下腳前，小心地將杯子放穩。

水清似晴空。

巖洞中的水多含礦物質，它一身油亮的青毛，應與長期飲用此水有關。何安下：「你想讓我的皮膚也變成青色麼？」

黃鼠狼的八根鬍鬚頓時立起。何安下忙說：「朋友間，開個玩笑。」拿起杯子咕嚕嚕喝下，水質純淨，如吸了一大口新鮮空氣般快慰。

黃鼠狼的鬍鬚鬆軟了，何安下友好地笑笑，忽感到自己身上發生了一種奇妙變化。他的腦海中有一部書在慢慢地翻開，書上的字體怪異，如海螺的旋紋，但自己似乎都能看懂。

看到的是什麼？懂的是什麼？無法用人間的詞彙表達，但確有一些道理在心中明晰起來。

四十五　白虎

「縱遇刀鋒亦坦然，身中毒藥也悠閒。」

——三年後的一個夏日，何安下發現洞內一根鐘乳石上有碎片剝落，現出這一行字跡。

他知道，大癡遇到了危難。

他手結心印，輕彈而開。半晌，黃鼠狼自洞深處跑出。他兩手抱拳，道：「龍兄，我要下山了。」

何安下走出很久後，回望，洞口前矗立著一線黑影，空中一聲悶雷，正是三年中熟悉的嗡響。

大癡現在何處？何安下相信只要下了山，他就會以某種奇特的方式聯繫自己。那麼先去哪裡？沈西坡讓自己三年內不要回杭州，現已三年，扎死中統大特務的風波應該平息了吧？

杭州有一座斷橋，名為斷橋卻可通行。斷橋是斷情處，從古至今，不知有多少青年男女在這裡灑淚而別。橋仍在，情已絕。

何安下站在橋面，看著橋上粗大的電線桿，橫行而過的黑電線，想：這十多根水泥柱，壞了千古哀情。管城市建設的官員一定沒經歷過女人……噢，不對，他們經歷過太多的女人。

胡思亂想地下了橋，發現行人都不直行，而是沿邊走，將橋下的路面繞出了一個圓形空場。

圓形空場直徑三十多米，無人敢越入半步，造成了人為的擁擠。何安下感到奇怪，徑直前行，走了兩步便被人拉住。何安下回頭，見是一名五十多歲的黑衣警察。

老警察：「不要命了。回來！」何安下只好退回，問出了何事。老警察向空場指指，何安下看到中央地面上用白色粉筆寫了「日本領地，擅入者斬」幾個字，字旁擺了一疊日圓，空場邊沿也用粉筆畫了線。

老警察解釋，一個星期前，下橋位置的路面上被人畫了這個圓圈，行人以為是日本浪人酒後撒瘋所為，任意走入，結果竄出一條黑影，砍殺了五個行人。

這個圓圈登時成為禁區，後來有幾個不知此事的行人走入圓圈，都被黑影斬殺。這白日鬧鬼的事情震驚杭州政府，特派警察守在橋頭，提醒路人。

杭州警方懷疑是身具武功的日本武士在搗亂，在空場邊沿密集地站上一圈警察，然後派一名警察走入中央……他依然被斬殺，上百人都看不清楚黑影是如何出現如何消失的。

老警察：「這絕不是武功，只能是日本的鬼魂，專門來羞辱咱們的。瞧那疊錢，咱們中國的土地是蘿蔔白菜，給錢就能拿走的麼？」

老警察滿臉脹紅，額頭青筋暴起。看著地面上的一疊日圓，何安下冷笑：「不是鬼，是人。」老警察一愣：「怎麼會？」

何安下：「當然會，因為你們從來沒見過高級的武功。」

說著，何安下走入空場。

老警察驚叫一聲，何安下道：「老爹，別怕。我是道士，專門捉鬼。」洞中三年，衣衫破舊，鬚髮從未刮過，頭髮在頭頂綰成個髮髻，用一根筷子插著。想不到自己此次回杭，和第一次到杭州時一樣，都是道士打扮。

何安下摸摸頭上髮髻，自嘲地笑笑，一步步走著。人們頓時擁過來，但在地上的粉筆印前止住。

何安下處在人圍成的圓圈中，待了五分鐘，黑影並沒有出現，於是何安下伸腳抹去地上的字跡，對圍觀群眾喊：「諸位，把你們腳前的粉筆印塗了吧！」

人們遲疑著，終於有一人伸腳，其他人才逐漸伸出了腳。大家低頭抹粉筆印，沒有一人出聲說話。粉筆印乾淨後，何安下拾起地上的日圓，喊道：「哪位先生借我個火，把它燒了。」

眾人久久沒有反應，何安下知道黑影斬人的事件太過恐怖，雖塗去了粉筆印，但大家仍不敢走入圈中。

一個站在邊沿的青年掏出了火柴，何安下打算走過去，卻聽身後響起「咔嗞」一聲，回頭見老警察手捧一個鐵質打火機走入圈中。

老警察繃著臉，沒有任何表情。他走近，對著何安下手中的日本紙幣，「咔嗞」一聲打出火苗。

火苗湊上了紙幣，老警察浮現出笑容，展開了臉上數不清的皺紋。他一生卑微，一生為虎作倀，打出這個火苗，也許是他一生做過的最有尊嚴的事情。

紙幣燃燒。圍觀群眾仍在觀察、等待，沒有人出聲，沒有人邁過已消失的粉筆印界限。合上打火機，老警察直起了腰。他延續著笑容，掃視圍觀的群眾，繞場行走。他已是個老人，再沒有做出英雄壯舉的機會，他渴望一點喝采聲。

老警察突然後背一挺，跌在地上。

群眾終於出聲，卻是恐懼的驚叫。他們看到白光一閃，老警察後背中刀。

何安下看到的是一個穿著與地面一樣顏色衣服的人，砍了老警察一刀後，就伏在地面上，遊蛇一般向自己襲來。此人速度極快，常人的眼睛不會看清。曠野中，三十米距離內衝來的豹子，也是看不見的。

此人野獸般用四肢奔跑，到何安下腳前三尺處，自身下翻出一把薄細的刀，刺向何安下小腹。

何安下感受著刀頭的寒氣。刀刺破衣服，點在皮膚上，即將穿腸而入。

何安下抬腿上踢，踢在刀刃上。

那人仰面翻倒在地，手中的刀刺中自己的大腿。群眾方看清那是一個穿著淺灰色緊身衣、細腰寬胯的女人。

何安下的鞋頭被切裂，但沒有傷及腳趾。他剛才判斷，刀在前刺時，刀上的力量是縱的，橫面沒有力量，即便刀刃鋒利，也不會將鞋切得再深一釐。

判斷正確。

女人以灰色絲巾蒙面，仰在地上，慢慢拔出大腿上的刀。有一人尖叫出聲：「日本鬼子！」眾人猛醒，罵成一片，紛紛衝入場中，無形的圓圈崩潰了。

她將被毆打致死，再高的武功也無法制止群眾的公憤。何安下站立不動，看著鞋面破裂處露出的腳趾。殺人者被殺是否值得憐憫？

人們逼近，在暴力即將發生時，她做了一件事情——將自己的衣服迅速脫光，只留下淺灰色的蒙面絲布。

罵聲止住了，遠處風吹柳葉的聲音變得清晰。這是年輕的身體，肌膚雪白，將血映襯得格外紅艷。血不像是血，像是出於愛美之心，精心點綴上的飾物。

沒有人能伸出打她的手。她開始爬行，人們閃開了一道縫，之後跟隨著她。

她一下一下地爬著，隆起的脊椎骨扭出明確的線條。人群緩慢地移動，鴉雀無聲。何安下觀察到她各關節處的肌肉上，有著時隱時現的小坑，這是自小習武的痕跡。

一個人有力量，不在於肌肉的隆起，而在於凹陷。她身上這些隨著運動而出現的小坑，說明她在瞬間可以爆發出難以想像的力量，並極為敏捷。骨瘦如柴的狼和豹子，有千里奔波的耐力，能撲倒體型大於自己數倍的野牛，因為它們的身上有這些小坑。

這是令人血脈僨張的女性軀體，而其本質是野獸之身。野獸很少血流如注，那是人類才有的狀況。她左腿的刀傷，深可及骨，未敷任何藥物，血卻已經止住。

她的左腿在地上拖著，展示出了腳底。腳後根的繭子呈現出暗黃色，大拇指下的繭子裂出了一道紋，與白皙潤滑的身子對照，就像是另一個人的腳。

這是一雙在水田裡插秧的腳。

也是一雙刺客的腳。再輕便的鞋子，在光滑的屋脊上，都會成為累贅。腳趾的靈敏，是翻牆越脊時維持平衡的保障。如果她在西式舞會、酒會上行刺，脫掉高跟鞋，便可以直接奔跑。

她爬向斷橋。

斷橋橋頭立著兩座漢白玉老虎。何安下的眉毛皺緊，在他的記憶中，斷橋橋頭從未有過這兩座石雕。

她艱辛地爬到橋頭，爬到老虎下。漢白玉的色澤，猶如她的膚色，沒有人間煙火氣。

眾人忽然眼前一花，不見了她的蹤跡。

何安下看到的是，她藉著石雕老虎的白晃晃色澤，迅速起身，翻過橋欄，跳入湖中。利用色彩進攻和逃逸，是日本武學的特色。

漢白玉老虎是她早早留下的退路。

四十六　雲雨難忘山河新

離開斷橋，行走出三十步，何安下發覺自己受到了跟蹤。

橋頭群眾回過神來，罵聲四起，一會兒便散了。斷橋交通恢復正常，圓形空場被人流淹沒，似乎從未存在過。

何安下又走了十幾步，左腳的鞋便散開了，無法再走。他將左腳的鞋甩開，索性將右腳鞋也脫了，赤足行走在大街上。

西湖有一棵垂柳，他第一次到杭州，便臥在此樹下歇息，當時考慮的是能不能從世上得到一個饅頭。

何安下再次臥在此樹下，但他沒能享受到睡眠，很快走來兩個穿鐵掌皮鞋的人，說：「請跟我們走一趟。」

何安下的回答是：「斷橋橋頭的漢白玉老虎，是公家放的麼？」兩人彼此詢問：「有老虎麼？」

唉，國人真是太粗心了。何安下感慨著，起身，說：「好，我跟你們走。」

原以為他們是便衣警察，但他倆沒去警備廳，而去了一座茶樓。登樓梯時，何安下想他倆應該是中統特務，沈西坡的手下。

二樓最好位置的單間，可以眺望西湖。單間門口遮著一扇碧綠的屏風，屏風上是淺淺金線勾勒出的荷花。荷花盛開，荷葉上有著殘破的窟窿，榮敗同時存在。

屏風後坐著個高瘦的人，正獨自飲酒。他做手勢邀何安下坐在身旁，搖晃著手中的高腳杯，說：「從你的步伐看，你練的是形意拳。我也是，白次海先生門下。你是誰的門下？」

杯中是產自德國的紅葡萄酒。

他是段遠晨。

何安下知道三年來自己相貌有所改變，但沒想到變化如此之大，連他也認不出自己了。何安下岔開此話題，道：「你剛才在斷橋橋頭？」

段遠晨不置可否。

何安下：「以你的武功制服那日本刀客，只是舉手之勞。為何不出手？」段遠晨一臉正色地說：「讓日本人鬧鬧，可令民眾警醒。」

何安下：「死了數條人命。」段遠晨叼起酒杯，仰頭喝下，道：「他們死得其所，我們可藉此號召當地富商向軍隊捐款。兄弟，一個日本士兵的子彈配備是一千八百發，一個浙江士兵是三十五發。中日必有一戰，那時死的人可是成千上萬。」

他的話令人無法指責，因為是為了國家。何安下思索不清其中的邏輯，垂頭看著眼前的酒杯。酒紅似血。

何安下：「為了一個崇高的理由，就可以傷害民眾麼？」段遠晨哈哈大笑：「我也不忍心，但為了做好事，先要做惡事。政治，從來是忍痛作惡的。」

段遠晨給何安下倒了一杯酒，再次詢問何安下的形意拳學自何人。何安下沉吟一下，說：「你。」

段遠晨大驚，仔細看看，叫道：「兄弟，你怎麼變成這樣了！」何安下的臉脫去了油脂，五官乾硬，顴骨猶如刀削。

段遠晨的胳膊摟了過來，顯得十分親密。三年前，他曾以這種姿勢暗算過何安下。現在，他搭在何安下肩上的手，也處在穴位上。

何安下任他摟著，道：「我向你打聽一個人。」

段遠晨：「誰？」

何安下：「沈西坡。」

段遠晨沉下臉色，道：「你怎麼認識他的？」何安下：「我連你都認識，還有什麼人不能認識？」

段遠晨泛起詭異笑容，道：「他是中統杭州分站的站長，三年前，被內部槍決了。」段遠晨觀察著何安下的表情，道：「他殺了自己的上司，有一個同夥，至今在逃。」

何安下面無表情，段遠晨的手指在他肩頭穴位上輕輕敲了兩下。段遠晨：「三年的時間不算短，許多嚴重的事情都變輕了。我現在坐上了沈西坡當年的位置，追究不追究，全憑我一句話。」

何安下抬頭看著窗外西湖，水面上反射著正午的陽光，整個湖面像個巨大的鏡片。何安下：「當年的事，我不想再提。」

段遠晨的手撤離了何安下的肩膀，拿起酒杯喝了一口，道：「你可以在杭州生活，我派一個人先帶你去理髮、洗澡、買身乾淨衣服。」何安下：「天目山有個人跟隨你加入了中統，你讓他帶我去就好了。」

段遠晨：「你說的是王大水？」何安下：「嗯，是這個名字。」段遠晨大笑，道：「他已青雲直上，成了南京總部的大特務，我見了他都要點頭哈腰。」

何安下也笑了，說：「那就不必了。」起身作揖告辭，段遠晨沉聲道：「你不願跟我沾上關係？」何安下：「不是。我自己可以活下去。」

走出茶樓，何安下想著沈西坡，不自覺地走上了一條僻靜小路。等他回過神來，發現自已走上了通往藥鋪的道路——走過數十萬次的回家之路。

路旁有沙沙作響的竹林，穿過竹林便是藥鋪。三年了，它沒有破敗倒塌，甚至外牆還粉刷一新。我受通緝後，它難免被沒收的命運。

藥鋪的招牌已不見，藥鋪的門板換成了寺廟的木欄，裡面供奉著藥神孫思邈泥塑。一個老頭在門口支張竹椅，正縮在椅中打盹。

何安下走近，老頭醒了過來。見到他的道士髮型，老頭忙站起身，說了聲：「道爺。」何安下問這座藥王廟怎麼建得如此不正規？

老人說：「這是私人的廟，並不供外人上香。這原是一所被政府查收的藥鋪，兩年前拍賣，被杭州絲綢大戶王家買下。王家三代單傳，這一輩的娘子在靈隱寺中求子生下了孩子，但也吃了這家藥鋪的助孕之藥。」

王家買下這所房子，供上藥神像，是為了紀念不知所蹤的藥鋪主人。每月十五，王家娘子都會帶著兒子來上香。

她還記著我？孩子拜的不是藥神，而是自己的親生父親。有了這個兒子，她坐穩了少奶奶的位置。兒子生在王家，可保一生富貴。啊，一切是如此圓滿。

守廟老人變了臉色，惶恐地問：「道爺，您怎麼哭了？」

何安下急忙摸臉，觸手溫熱。眼淚為何總是熱的？

以手摀臉，他轉身跑了。夏日陽光充足，葉片上的反光，像是數萬顆淚珠。

何安下猛地停下腳步，迎面一位穿紫色旗袍的女人愣愣地看著他。女人豎著高高髮髻，上插一枚綠瑪瑙頭飾。她手牽著一個五六歲的小男孩。

我已相貌全變，連段遠晨都認不出我，而她卻認出我了？男女之情，常會超出常理。何安下暗自思量。

何安下向她走去。她一摟小男孩，將其緊貼住自己的大腿，對何安下有著明顯的防範之心。

何安下恍然明白，她愣愣的眼神，不是認出了自己，而是自己的古怪裝束嚇著了她。何安下垂下眼，默默經過。今日不是十五，她為何來上香，難道今天是孩子的生日？萬箭穿心。何安下向前艱難邁步，身後卻響起了她的一聲呼喚：「道爺！」

她還是認出了我？何安下緩緩轉過身來，她的手中拿著一塊銀元，說：「買雙鞋子吧。」銀元遞給了小男孩。小男孩跑過來，將銀元交到何安下手裡，又跑了回去。她盈盈一笑，牽著小男孩向竹林深處走去。

銀元冰涼。握著這塊銀元，何安下去了靈隱寺。靈隱寺中，有如松長老。

靈隱寺的山道上，臥著一塊飛來石。這是來自外太空的隕石，與地球上的石質不同，凝結如鋼，有三百米長寬。

飛來石上開闢出一條小道，道上坐著一個乞討的女人，女人五官尚算清秀，脖子手上結了厚厚的泥垢，不知多久未洗澡。一個同樣骯髒的小孩頭枕著她的膝蓋，正在酣睡。小孩五六歲。

她愣愣地看著何安下，沒有發出乞討之聲，可能認為何安下是個與她一樣的乞丐。她膝蓋上的小孩驚醒了，狠狠地瞪了何安下一眼，轉身打開了女人的上衣，掏出乳房。

她乳頭有五釐米長，這是長期吸食的結果。農村的孩子吃奶，可吃到十歲。小孩叼住乳頭，吸了起來。吸了兩口，就吐出了，怨道：「娘，我要吃乾飯。」

她把乳頭又填到孩子嘴裡，以手拍著孩子的後背，輕聲說：「再嘬嘬，睡著了，就不餓了。」

何安下掏出銀元，放入她的乞討碗中。她流露感激之色，隨即一臉緊張。因為何安下的手又探到碗中，指頭在銀元上輕輕地撫摸，似乎要將銀元拿回。

何安下摸著銀元，彷彿摸著兒子的頭頂。這塊銀元是兒子親手給他的，是他與兒子的唯一聯繫，本該永久保存，卻隨手給了人。

女人伸手握住碗的邊沿，試探地輕輕移動。何安下猛抬頭，她眼神惶恐。

何安下的手脫離了碗，她迅速將碗藏在了身後。她的動作，令她的另一隻乳房也甩出了衣外。

何安下站起身，向更高處行去。

四十七　鎖麟囊

飛來石更高處，有一條四尺長的暗藍色，近似人形，據說是神僧濟公的影子。何安下看到，濟公影壁前坐著一個穿淺灰色長衫的人，他留著短短頭髮，已大片花白。

來廟裡燒香的，總是有心事的人。何安下沒有多想，經過了他。走出十幾步後，恍然覺得他的身形有一絲熟悉，便轉過身來，登時驚住。

那是大癡。

何安下急忙奔回去，跪在他身側，叫道：「師父！」大癡轉過臉來。他的臉失去了往日等佛的神氣，皺紋如網，在額頭、腮部結了三塊暗棕色的老人斑。

何安下：「究竟發生了什麼事？您怎麼……」

大癡嘆道：「鈍刀陳死了。」

大癡輔佐鈍刀陳，為了提高他在中統內部的權力，有時會以法力為他做一些特別的事情。這些事善惡難辨。

一年前，大癡發現自己的法力急速減弱，他努力修鍊，仍不能挽回。十五天前，法力消逝殆盡，鈍刀陳也在那一天飛機失事，死在貴州山區。

對飛機殘骸的調查結果是，飛機被人安了一顆定時炸彈，在駕駛艙底板下。內部推測為，鈍刀陳得罪的人太多，是他們聯手做的。

持掌中統的兩位陳先生，並沒有調查內部特務，只說鈍刀陳被妖人所誤，將罪過歸咎在大癡身上。目前，大癡正受到中統特務的追殺。

何安下：「你傳的五個手印，我已小成，可保您平安。」大癡慘然一笑：「等佛之力，不過是如電如露的幻影。你如要學，我還有一個。」

大癡將兩手無名指各疊在中指後，兩食指壓在兩無名指上，形成食指、中指夾無名指的狀態；兩大拇指各壓兩小指甲上，成環狀；兩中指指端相合。

何安下：「這叫何印？」大癡卻失神了，良久方說：「虎是百獸之王，皇帝是萬民之王。這個手印，是所有手印的王，稱為王印，修此手印可將修其他手印獲得的法力加大。依個人的信心、品德，小則兩倍，大則無限。」

而他現在卻空無法力。

何安下感慨片刻，道：「師父，雖然今日上香人少，但畢竟是在路旁，不宜久留。」大癡從長衫中掏出一個白色口罩，遮住了口鼻，然後起身前行，何安下追上，焦急地問：「師父，我們這是去哪裡？」

大癡：「當然是去靈隱寺。」

靈隱寺的黃色院牆不知用的是何種塗料，瑩燦燦的，令人陷入惶惶的自責情緒中。

大癡帶何安下走到第二重院落西北角的藏經閣下，道：「對你說過，我是從《大藏經》中查出了雪山僕人法門的，沒跟你說過，我是在這座樓看的《大藏經》。此廟主持如松向我提供了一切方便，卻又說我為獲得法力而學佛，雖然救眾生的願望悲切，但畢竟偏激，將來恐不會有好結果——不料被他說中了。」

何安下：「要不要與如松長老相見？」大癡：「我戴口罩，不是躲避中統特務，是為了躲避他。」

兩人在樓下站了一會，大癡道：「我們去大殿，給本師釋迦牟尼佛上一炷香，然後離開。」

邁入大殿門檻，大癡與何安下都頓住了身形，第二條腿無論如何也邁不進去了。殿內佛像前有供香客跪拜的蒲團，蒲團側面有一張擺有銅磬的小桌。香客跪拜一下，殿內值班的和尚便要敲一下磬，以表示佛心與人心相應。

坐在磬後的是如松長老。

大癡收腿，閃身出殿。何安下也要退出，如松長老卻開口說話了：「何安下，既然來了，就向佛磕個頭吧。」

段遠晨與我對面不相識，如松卻一眼認出了我……何安下忙跪倒蒲團上，磕了三個頭。銅磬連響三聲，音質清亮，如天亮前的鳥鳴。

何安下抬頭，如松一臉慈祥。何安下：「長老！」如松：「今晚有大菩薩來杭州說法，這有兩張入場券，供你和你的朋友。」

如松自袖口掏出個白色信封。何安下遲疑接過，如松向殿外瞟了一眼，道：「你的朋友走遠了，快去追他。」

何安下忙起身，追出大殿。

一陣急跑，在寺外松林裡追上了大癡。何安下遞上信封，大癡打開，抽出了兩張戲票。唱戲的角是程硯秋，劇目是《鎖麟囊》。

夜裡八點二十分，大癡戴著口罩坐在劇場第三排。他的左側是何安下，第一二排坐著杭州高官，中央最佳位置空著兩個座位。

八點二十三分，段遠晨穿著灰色中山裝走入，他站在最好的座位前，卻並不坐下，引得整個劇院的人都起身站著。但他不跟人寒暄，也無人敢跟他說話，場面極為怪異。

二十七分，如松到達。段遠晨恭請如松坐在首排中央位置，然後在如松身旁坐下，整個劇場的人方才落座。

三十分，鑼鼓響起，戲劇開演。何安下觀察劇場內的各個門口都站著便衣，方醒悟到如松請看的戲，竟是中統特務的包場。

剛才整劇場的人起立時，大癡與何安下沒有起身，大癡戴著口罩，何安下赤足束髮髻，是以十分顯眼。現在，不斷有人側頭觀察他倆。

如松令大癡深陷虎穴。將戲票交給大癡時，何安下轉述：「如松長老說是大菩薩說法。我們去不去看？」大癡：「長老做事，必有深意。去。」

大癡已失法力，從三百個配槍特務中帶走他，十分艱難。何安下無心聽戲，兩手縮在衣服裡，結起了王印，期望自己的法力翻倍。

鑼鼓聲加大，演到了「同亭避雨」的場次。暗中修法的何安下不由得被吸引，劇情說的是富家小姐薛湘靈在出嫁路上遇到大雨，婚禮隊伍躲入路邊亭中時，亭中躲著另一隊出嫁隊伍。

那是一個貧家女，因窮得沒有嫁妝，而在轎中哭泣。平時嬌生慣養、自私使性的薛湘靈頓悟到人間疾苦，將自己裝滿珠寶的鎖麟囊送給了貧家女做了嫁妝。

薛湘靈這一段唱詞快言快語，引得眾特務爆聲叫好。何安下則聽出了唱詞先是譏諷世人追逐名利而喪失本性，後上升為悲天憫人之情。

轉頭向大癡看去，大癡的口罩上有了兩道濕痕。何安下叫了聲「師父」，大癡抹去淚水，輕輕說：「我佛原本貴為王子，也是嬌生慣養，看到人間生老病死而頓悟，產生拯救世人之心。薛湘靈向貧家女贈鎖麟囊，正是我佛的初心。」

前排座位有幾位資深老人，為照顧他們，有中場休息。老人由小特務攙著去上廁所，而幾個特務圍住了大癡座位。

一個特務的手伸入衣襟內，暗示有槍，對大癡說：「摘下口罩。」大癡站了起來，前排的如松長老也站了起來。

兩人遙遙相望，如松也是眼掛淚花。大癡摘下口罩，道：「多謝。一謝你當年供我讀經，二謝你今日請我看戲。此劇的確是菩薩說法，我已找到了我當年的初心。」

如松：「大願望就是大法力。這些人困不住你了吧？」大癡一笑，猛然跑了起來，他的身前身後都坐著人，擺滿放著茶果的桌子，而他則無障礙地穿行過去，跑到劇場牆壁，迎頭一撞，消失在累累青磚中。

滿場驚叫，段遠晨站了起來，掃視全場。眼神沒有一絲凶光，全場特務卻都住了口，乖乖坐好。

原要捉拿大癡的幾個特務，要帶何安下出去。段遠晨道：「他與妖人大癡沒有關係，我可以作保。」幾個特務點點頭，走回了座位。

如松向段遠晨行合十之禮，道：「我事已了，先行告辭。」段遠晨合十，囑咐身邊特務開車送如松回寺。

他目送如松走出劇場，叫自己身邊的特務跟何安下換了座位。兩人落座後，段遠晨說：「沒想到你認識如松長老。」何安下：「我也沒想到他認識你。」

段遠晨解釋他母親得了癌症，是如松長老教她念經，減去了臨終前的痛苦。正值程硯秋在杭州演出，段遠晨暗中買下了全場票，以犒勞手下特務。他給如松送去十張票，原本是供如松給寺廟關係戶的，不料如松親自來了。

和尚看戲，總覺蹊蹺，果然中間出了變故。如松是藉戲恢復大癡的法力。

鑼鼓聲響，戲再次開演。不管世上有了怎樣的變故，戲總是要按部就班地演下去。故事延續，薛湘靈嫁人後，因水災落魄到給大戶人家做哄小孩的老媽子，小孩把皮球扔到樓上，薛湘靈低身找球。

這個簡單情節卻是《鎖麟囊》全劇華彩處，稱為「尋球九步」。只見扮演薛湘靈的程硯秋矮下身形，兩腿時盤時展，連做出九個步態，以婦女的身姿演化出龍騰蛇盤之勢。

此九步妙到極處，不懂戲的何安下也看得心曠神怡。他猛鼓掌時，段遠晨側過頭說：「嗯？他怎麼會打形意拳？」

段遠晨教何安下，只教了形意拳的意，而未教形。形意拳有十二形，總結了龍、鷹、猴、馬等十二種動物的天賦運動方式，雖僅十二形，卻可概括天下全部動物的動勢。程硯秋的「尋球九步」，是形意拳中龍、蛇兩形的組合。

戲完後，段遠晨帶何安下去了後台，對正在卸妝的程硯秋說：「我是白次海門下，你是誰的門下？」程硯秋轉頭，一副完全不理解的神情。

段遠晨咳了一聲，道：「你的形意拳，誰教的？」程硯秋單眉一豎，喝道：「出去！」何安下以為段遠晨必會發作，不料段遠晨陪著笑，乖乖出去了。不但他出去，還把何安下也領出去了。

兩人站到舞台上，看滿場觀眾已退，三五個工作人員正在打掃劇場。何安下問：「你怎麼脾氣那麼好？」段遠晨嘆道：「角兒就是角兒，不得不服。」

舞台與後台僅一方布簾之隔，段遠晨不斷掀開布簾，窺視程硯秋卸妝的進度。約過了三十分鐘，段遠晨叫聲「好了」，拉何安下走入後台。

千嬌百媚的女人，變成了英氣逼人的男子。程硯秋身高一米八三，見段遠晨又來了，咳一聲，有了令人不敢走近的震懾力。

段遠晨離他六七步遠就停下了，堆笑說：「程老闆，我沒別的意思。給你看樣東西。」

段遠晨在擁擠後台中，沉身做了幾個盤旋，與「尋球九步」極為近似。程硯秋從梳妝檯前站起，道：「方二先生的拳，你怎麼會？」

段遠晨收勢站好，道：「是早年以一桿大槍，在海上押貨船的方二先生麼？」程硯秋：「我說的人，以前是上海查老闆的裝箱先生。」

京劇行頭裝在大木箱子中，後台擺行頭有各種講究，負責裝箱的人相當於古代的巫師，地位很高。查老闆是上海第一扮相，他失蹤後，他的戲班就散了。程硯秋的戲班聘了他的裝箱先生。

程硯秋：「尋球九步是京劇原有的動作，為旱水、臥魚、剪子股組合而成。今天練晨功時，方二先生向我展示了你剛才打的拳術。我向他請教，他卻不說話了。作戲的人，看見了好姿態，就像收藏家看到了千年古玩，拚死也要佔為己有。我白天都在揣摩，晚上演出時，終於能將拳術融到了尋球九步中。」

說到這，程硯秋不由得淺笑一下，俊朗的漢子又有了女性的嫵媚。

段遠晨喃喃道：「你是練武的天才。他是我師叔。」

方二先生說感冒了，未來劇場，在旅館休息。程硯秋晚上有飯局，告訴了方二先生的旅館房間號，就與段、何二人告辭。

方二先生住的是單人房間，他瘦小枯乾，縮在床上，翻看一本印滿時髦女性的畫報。段遠晨道：「我是白次海弟子，給方師叔請安。」說完跪下磕了一個頭。

段遠晨起身後，向何安下使了個眼色，何安下也磕了個頭。

方二先生仍盯著畫報，直到將畫報翻完，方開口說話：「白次海？唉，我這位師弟愛玩花活兒，妄想成仙。他教的徒弟，狗屁不通！」

段遠晨卻面露喜色，道：「多謝師叔指點。」方二先生哼了一聲，道：「指點談不上，你出手吧。記住，下狠手！因為我要殺你。」他不再看段遠晨，又看起了畫報。

段遠晨猶如受老師當眾表揚的小學生，美得合不攏嘴，又向方二先生磕了一個頭，起身後整肅面容，出拳向方二先生左額太陽穴擊去。

太陽穴是頭部要害，重擊必出人命。方二先生忽然自床上滑落，以類似尋球九步的姿態，閃過段遠晨，揚手摘下了何安下紮髮髻的竹筷子，反手一刺。

何安下長髮披下。

竹筷插入段遠晨後腦。

腦骨堅硬，竹筷卻像捅窗戶紙一樣捅了進去。段遠晨低喝一聲，像是「師叔」兩字，便臥在床上不動了。

方二先生凝視著何安下，道：「你是他的屬下？」何安下：「山中修鍊人，剛剛下山。」方二先生：「你與他有何淵源？」何安下：「他也曾在山中修鍊，那時他教過我拳術。」

方二先生嘆道：「我師弟的天賦遠在我之上，我原以為他徒弟會跟他一樣……此人在杭州欺男霸女，鬧出了十餘條人命，我藉程硯秋的戲，將他引來，是為了清理門戶。」

竹筷豎在段遠晨後腦上，創口未有血流出，他臉下的床單卻滲出了一圈血。竹筷刺入時，通過一個力點，震壞了他全身。血是從口鼻裡流出來的，那是內臟的淤血。

方二先生：「你既然學過形意拳，我就留給你一句口訣，做個紀念吧。」何安下愣住，只聽他言：「發力時，腳趾間的蹼要鬆展開來。口訣為——不學雞爪，學鴨掌。」

方二先生拎起皮箱，哼一聲：「不給程老闆添麻煩了。」帶何安下出了房。

兩人走上大街，在一個十字路口分手。分手時，何安下問：「您去哪裡？怎麼生活？」方二先生：「找一個著迷武術的富商，將教你的那句口訣賣給他。開價三十萬大洋，我後半生就有了保障。」

他費力地拎著皮箱，笨拙地躲閃車輛，過了馬路，很快隱沒在闌珊燈火中。

四十八　宇宙節拍

披散著頭髮，何安下再次登上去靈隱寺的路。夜已深，飛來石上的乞丐母子蜷著睡覺。一塊銀元，並不能改變她的生活。

何安下輕輕經過，不願驚擾她。然而女人卻醒了，叫了聲「道爺」。何安下回身，見她坐了起來，手裡拿著一根竹筷子，道：「您要不嫌棄，拿它紮頭髮吧。」

他以僅有的一塊銀元給了她，她也用僅有的東西做報答。不能逆她的好意，何安下走到她身前，欠腰伸手。

她卻未將竹筷抵過來，依舊握著，道：「您要不嫌棄，我給您紮頭髮吧。我保證給您紮出一個最莊重的髮髻。」

我一身破衣，連鞋也沒有，要莊重的髮髻做什麼？——這是何安下說不出的話，他背坐在她身前。

孩子在酣睡。她的手指插入何安下長髮中，捋順，盤起，插入筷子……在插入筷子的同時，何安下感到一條冰插入了自己的後腰。

何安下前撲，滾出兩米，回頭見她持一把雪亮的短刀，含笑看著自己。她矮下身形，連續劈刺，步法近似於尋球九步。

何安下躲閃間，想到「放鬆腳蹼」的口訣，便甩出一腳。她正俯身追擊，被一腳踢中胸部，跌出七八米外，後背撞上石壁，慢慢下滑，落地後便不動了。

孩子仍在沉睡。

何安下的腳上掛了一層肉色皮革，摘下展開，見上面有兩顆乳頭。月光下，七八米外的女人上衣敞開，露出一片如雪的色澤。

皮革是她的假胸，模擬給孩子餵奶而變形的乳房，而她本身的乳房則挺立飽滿，乳頭小如初蕾，其色淺粉。

何安下走近，她的嘴角流出一線血，滴在胸部，那是比乳頭更紅的色彩。何安下：「斷橋橋下，我傷的人是你麼？」

她點頭，伸舌舔去嘴角的血跡。何安下：「聽說日本管中國人叫支那人——不配擁有土地的人，我們真的不配待在我們自己的土地上麼？」她慘然一笑，道：「我有中國血統。」

她斷斷續續地說，在日本有許多華人富商，日本平民女子以給華商做妾為榮，她的母親便如此，而且還是姐妹二人嫁給了同一位華商。

她道：「我抱的小孩，是我最小的弟弟，託你將他送往上海的日本租界。」何安下：「你既然有一半中國血統，為何還要殺中國人？」

她張嘴，似要辯解，話未出音，又一滴血滴在胸部，眼神就此凝固。

何安下掩好她的上衣，念一句「阿彌陀佛」，以撫慰她的亡靈。轉身，熟睡的小孩竟不見了。

自小在奇特的家庭下長大，會比一般小孩敏感多思。也許他剛才一直在裝睡，等待逃走的時機。何安下站起身，感到後腰劇痛，摸了一把，滿手血跡。

何安下敲開靈隱寺大門後，就暈厥過去。醒來的時候，已是第三天了。他臥在床上，腰部敷了厚厚的草藥。

他住在藏經樓下的耳房，午飯時分，如松隨著送餐和尚一塊來了，說：「好險，如果刀再深一分，刺破腎臟，你便無救了。」

何安下失血過多，如松安排他住下調養，一日吃三帖中藥。因傷在腰部，無法下床，大小便都在床上，由小和尚伺候。

奇怪的是，如松從此不再出現，小和尚臉上逐漸掛上了惶恐之色，並越來越重。何安下問他出了何事，他說方丈吩咐了，要何安下專心養病，別理睬外事。

恍惚間又過了兩日，何安下勉強可以下床，便一路扶牆，去了如松禪房。禪房外跪了一百多位和尚，都在肅然念經。

何安下問出了何事，被告知如松長老即將圓寂。何安下跪倒，央求守門和尚讓自己入房，見如松最後一面。守門和尚擺手拒絕，禪房中卻響起如松渾厚的嗓音：「是抄經的人吧？讓他進來。」

數年前，為化解何安下的心中鬱結，如松曾叫他抄寫了四十九天《般若波羅蜜多心經》。何安下一邁入禪房，兩行淚便淌了下來。室內站著兩位四十歲的和尚，體格強壯，氣度威嚴，應是監院大和尚與首座大和尚。

如松毫無死態，反而氣色紅潤，盤坐在床上，裹著一條金黃綢面的棉被。如松：「你養病這幾日，世上有了巨變，日本軍正攻打上海。而我也要走了。」

何安下先是愣住，聽到後一句，邁步跪在床前，以額頭碰觸如松的膝蓋，哽咽得說不出話來。

此刻監院大和尚說：「何人為新任主持？請您示下。」

如松：「靈隱寺將有浩劫，誰做主持，誰便會以身殉教。何苦害人性命？所以我死之後，不立主持。寺內事務，由僧眾自理。」

監院大和尚沉聲答應，隨後首座大和尚慎重地問：「浩劫過去，誰做主持？」如松：「浩劫中，自會長出大悲大勇的人才，比我指定的要好。」

首座大和尚沉聲答應。

如松仰望屋頂，屋頂上有一塊黑斑，那是室內燃香薰出的煙痕。如松緩緩道：「除了大癡，在二十年前，還有一位來讀《大藏經》的俗人。他是個窮學生，還有咯血的毛病，但他將六百部顯法、八百部密法的《大藏經》通讀完畢後，便不再咯血了。

「我那時尚有去外地講經說法的體力，留他做了我的文書，記錄言論。後人看我的修為，要看我留下的三十一篇文章。而這三十一篇文章，都是他為我整理，其中也有他的見解。我常想，他倒是新主持的人選。」

監院與首座齊聲道：「此人現在哪裡？」

如松笑道：「此人已是他山的風景了，他讀了佛家的《大藏經》後，又去研究道家的《道藏》，寧做貧寒學子，也不做尊貴主持。」

如松瞟了何安下一眼，繼續說：「唉，宋代之後的修行者多由道入佛，以道家做路途，以佛家為歸宿。他則由佛入道，以道家做歸宿，真是千古例外。」

首座道：「他山之石，可以攻玉。道家自古是佛家的友教，他吸收了另類知識，重回靈隱寺，必會令靈隱佛學別開生面。」

如松：「當今已非做學問的時代。」

監院：「如您不願立主持，靈隱寺可恢復方丈制度。」

主持是帝王制，作為第一領導者的主持獨權決策，由首座和監院執行；方丈是丞相制，由首座和監院決策、執行，作為第一領導者的方丈保留對監院、首座的評判罷免權，平時僅做精神領袖，不參與具體事務。

如松嘆道：「群龍無首，百姓自理——是人類最合理的制度，但大到一個國家，小到一所寺廟，都不可能做到！一管就死，不管就亂——你們看著辦吧。」

監院問那人姓名，得知叫司馬春夏，不由得驚呼：「是那個在上海寫武俠小說的人！」如松孩子般地笑了，道：「對，他是做了這事。」

如松與他失去聯繫多年，並不知他在上海的具體地址。監院和首座要親去上海尋找，如松擺手：「你倆請不來他的。文人自有怪癖，不對脾氣，他不理你。」

監院詢問何人能請，如松指向何安下，說：「他。不像你們自小在廟裡修行，他是個在野山野水中活過來的人，對司馬的脾氣。」

窗前供桌上的香將燃盡，首座臉色沉重，拿起一塊淺黃色硬紙板和一桿毛筆，遞給如松，道：「請主持留下訓世遺言。」

每一位禪宗和尚臨終前都要寫一首詩或一段語錄，作為對弟子的最後教導，也藉此顯露自己一生修為的程度，是隆重大事。

如松接過紙筆，卻閉上眼睛。好一會兒，方才睜開，道：「前些天，我聽戲了。你們知道麼，許多人聽戲時都愛打拍子。就不寫字了，給你們留下個拍子吧。」

如松曲右手食指，以指節在硬紙板上敲打。何安下聽到的聲音為：「啪噠，啪噠噠，噠噠噠啪噠」。

如松道：「此拍子是宇宙的節奏，以此節奏做任何事都容易成功，但人類社會的整體走勢卻又不按這個節奏走——真是一個悖論。供你們好好參究。」

言罷將紙板一折，斜頭而逝。

四十九　可能千載永悠悠

何安下到達上海時，沒有赤腳，穿上了僧鞋。他披著灰色僧袍，頭上仍束著道士的髮髻，髮髻中是日本女刀客插上的筷子。

其時，中日淞滬戰爭已打了四天。

中方空軍轟炸了日本海軍陸戰隊司令部，在京滬杭上空共擊落日機四十餘架，隨後中方海軍魚雷快艇在上海外灘重傷日本軍艦「出雲」號。

上海青幫持刀封鎖住各個路口，盤查行人。何安下的奇裝異服引起懷疑，被押解到路旁詢問，很快被認為是日本間諜，押到了貝勒路。

貝勒路一家酒樓後院中，站著三十多位穿古裝的人，多是和服的日本浪人，因為日本僧人在上海為數不少，所以也有一些穿僧服的人。一個相貌凶惡的軍官正在逐一盤問。

何安下被推入受審人群中，當軍官問到他時，何安下叫了聲：「王大水！」

軍官愣住，何安下講起天目山中事。他咧嘴笑了，原本被煙燻黑的牙齒竟已白淨。他一把摟住何安下的脖子，叫道：「三年不見，我成了小白臉，你成了糙爺們。」

王大水將審問交託別人，帶何安下入了酒樓，酒樓裡站著三個身高腿長的女特務，迎過來沏茶倒水，擺上果盤。

王大水是大癡所收的第二個徒弟，他加入中統後未對任何人說過。大癡受中統通緝時，王大水暗中照應，令他躲過兩次追殺，覺得自己對得起師徒情誼了，從此不再過問他的生死。

王大水嘆道：「他是等佛之人，我你是凡人，有點黃金、美女的小幸福，可要牢牢抓住。」何安下問他是否還修大癡傳下的法，他說早不修了，過一會兩眼放光，說：「我現在對道家感興趣。」

道家有採陰補陽之說，王大水做了中統高官後，得到個美女，成了易如反掌的事，他決定利用這一優勢，採陰補陽，長生不老……最低限度也要通過睡女人的功法，鍛鍊出七八十歲仍能睡女人的體質。

何安下聽不下去，王大水仍滔滔不絕，說他已經用實踐證明了採陰補陽的科學性。淞滬戰役開始後，他白天在上海收集情報，晚上坐火車去南京滙報，清晨前趕回上海，根本無法睡覺，但他的身體不但沒有垮掉，反而精神越來越旺盛，似有使不完的力量。

他的秘訣是坐火車時，挑兩個年輕漂亮的女特務作陪，聊東扯西，打情罵俏。在眉目傳情間，度過生理疲憊的極限。

王大水：「光是聊聊，就有這麼大功效。證明了採陰補陽的科學性。」何安下覺得無聊透頂，說有事在身，要告辭了。王大水：「上海亂成這樣，你走在馬路上別給流彈打死，有什麼事，我給你辦好了。」

何安下想，找人正是特務的專長，說：「找司馬春夏，幫我查一下他的住址？」王大水笑得燦爛，連拍何安下肩膀，道：「問我可是問對人了，我去過他家多次，熟門熟路。你們只知他是寫武俠小說的大家，我則知道他是隱秘的道家修鍊者。」

何安下：「啊，你拜他為師了？」

王大水臉一紅，道：「我至今沒見到他。」

司馬春夏近五十歲，無有子女，妻子逝世多年。他現跟著侄子生活，其實是他租下了侄子家的一間房，每月交房租。他也不跟侄子家一塊吃飯，各有各的爐灶。

他用的是一個燒煤球的小爐子，沒有廚房，就在院中做飯。王大水拜訪多次，問他侄子都說他在屋裡，但王大水每次打開門，均見不到人。

聽說何安下是代表靈隱寺請司馬春夏做方丈，王大水迸發出巨大熱情，高聲說：「我陪你去。我有車！」估計他覺得這次總算能見上面了。

司馬春夏住子家是座二層木樓，樓下院子狹隘，不到二十平方米。

王大水推院門而入，仰頭衝二樓喊：「在麼？」二樓一扇細小窗戶中傳出一聲：「在！」

王大水滿意地笑笑，領何安下入了院，走到一樓最裡的屋前。裡屋窗戶下擺著一個鐵皮爐子，窗戶上滿是油膩的煙垢。因為陰天，屋裡開了電燈，透過污濁的玻璃，可見裡面有個人影坐在桌前。

王大水：「真有人！」何安下點頭，表示也看到了。王大水脖頸脹紅，道：「讓我先進，想單獨問他幾個問題。」

何安下退到院中，看王大水推門進去。

半晌，王大水出來，懊惱叫喊：「屋裡沒人！走了走了。」

王大水拉何安下往外走，何安下抵住他手，道：「我想試試。」

站在門前，何安下思緒萬千。想自己十六歲上山求道，至今經歷了太多的人和事，學過太多的功法，卻依然沒有找到活著的核心。

何安下隱隱感到，屋裡的人能給予自己一個核心。至於他去不去靈隱寺做方丈，對於他，對於自己，都是太輕太輕的事了。

何安下推門，邁入。

室內狹小，僅放了一張床和一個書桌。書桌前坐著一個消瘦的側影，背靠藤椅，左手握著一本捲成桶狀的線裝書，右手懸肘懸腕地用毛筆在書上寫著眉批。

何安下愣在門口。

他沒有回頭，道：「今日風大，關門說話。」

屋門關上。

其時，八十七師攻佔日本海軍俱樂部，八十八師攻破日軍墳山陣地，三十六師攻入日軍運兵的匯山碼頭。

中方取得絕對優勢，和平近在咫尺。

待在門前的王大水，莫名地感到一絲驚懼，轉身，見到兩名穿著黑色中山裝的人走入院中。王大水下意識摸槍，兩名來人遞上了一份牛皮紙袋。

紙袋封口上的猩紅印章，令王大水放鬆下來。那是南京中統總部的公戳，他倆是自己人。

文件上寫著現新入編的上海軍統特務中，查明有一個人是彭家太極拳傳人，他有刺殺軍統高官的嫌疑，要王大水將其抓捕，必要時可誅殺。王大水收起文件，問：「他給日本人做事？」

一名來人答道：「不是。那是三年前的舊事了。」

三年前，彭家太極拳傳人彭十三比武擊斃日本劍道高手柳生冬景，柳生冬景是日本間諜頭目，之後彭家兩百六十五人一夜被殺。王大水問：「是日本人做的？」答：「是中統。那時日本間諜和中統有著合作——我們對盟友要有個交代。」

王大水臉色慘然，看著身側的屋門，裡面有何安下和司馬春夏。門內的世界，或許他永遠也無緣知道。他虛嘆一口氣，道：「走。」

他和兩名特務出院，去捕殺太極拳傳人了。空中有著隱隱的炮聲。

屋門緊閉，像一尊在荒野裡被遺忘千年的墓碑，安靜得似乎世上從沒有過殺戮。

（完）

國家圖書館出版品預行編目資料

道士下山／徐皓峰著.－－初版.－－臺北市：
大塊文化，2009.05
面；　公分

ISBN 978-986-213-111-4 (平裝)

857.9　　　　98002330

LOCUS

L O C U S

L O C U S

L O C U S